文学的アメリカの闘い

多文化主義のポリティクス

原川恭一＋並木信明［編］

松柏社

文学的アメリカの闘い　目次

III　ジェンダーの闘い

序　アメリカ・ヨーロッパ・植民地／文化の闘い

D・H・ロレンスは、独自のアメリカ論で異彩を放つ『アメリカ古典文学研究』の序文において、アメリカ人は芸術の領域でもヨーロッパの裳裾《もすそ》を追わずに、アメリカ人らしくふるまわねばならぬときが来た、といっているがいったいアメリカ人はどこにいるのかと疑問を投げかける。

本当のアメリカ人と呼ばれるこの新しい鳥は、いったいどこにいるのか。新しい時代の胎児をどうかこの目に見せてくれ。さあ、ぐずぐずしないで見せてくれ。アメリカで、ヨーロッパ人の肉眼に見えるものは、すべていわば不実なヨーロッパ人ばかりなのだ。[注1]

一九二三年に発せられたこの〈アメリカ人とは何か〉という疑問は、二〇世紀がまさに終わりを告げようというこの時に至るまで、〈アメリカ人〉の側から明確な答えを得てはいない。それればかりか、一見単純明快に見えるこの問いかけはさまざまな文化的ポリティクスを背景にして、答えを見いだすことがますます困難かつ複雑になっている。

アメリカ合衆国は、一七七六年七月四日の独立宣言に始まる、と政治的理念としてまたテクストとして述べることはできる。だが政治的独立を果たしても、それまでイギリス国王の臣民と思い続けてきた植民地の人々の大半が、かつての母国や旧世界から精神的にすっかり離脱したと信じたわけではない。イギリス、ヨーロッパの家具・調度品・美術品・文学といった文化的人工品《カルチュラル・アーティファクツ》は、引き続きその後も新生国の多くの人々の理想であり嗜好品であり続けたのである。植民地独立後大西洋の両岸で著名となった最初の作家ワシントン・アーヴィングは『スケッチ・ブック』の中で、アメリカからの長い航海の後に、イギリスというヨーロッパが「陸地だ」という見張りの呼び声によって次第に接近してくる様子をこのように述べている。

経験したことのある者でなければ、ヨーロッパが初めて見えて来る時アメリカ人の胸に湧いて来る無量の心地よい感慨は想像もできない。……それは幼いころ聞いたことのある、あるいは彼の学習時代の幾年かが思いをめぐらしたところのすべてのものが充満している希望の陸地なのである。〔注2〕

だが、高揚した気分に満たされた作家は港に到着したときの喧噪を描写しながら、ふと自分だけがその陸地で異国の者だということに気づかされる。「今やすべてがいそがしく、騒々しかった。知人たちの面会――友人たちの挨拶――商人たちの商談。私だけが孤独で用がなかった。私は会うべき友もなく、受けるべき歓声も持たなかった。私は私の祖先たちの国に上陸した――しかし私はこの国では他国人だと感じたのであった。」(一八) ヨーロッパの文化的遺産を自らの文学の基礎としたアーヴィングではあったが、旧世界を見る姿は異邦人のそれであって、そこには旧世界から独立した新世界人の、つまり異化されたヨーロッパ人のまなざししかなかった。
一八三七年、エマソンがハーヴァード大学で講演した「アメリカの学者」はしばしば〈アメリカの知的独立宣言〉といわれるが、それは〈ヨーロッパ〉対〈非ヨーロッパ〉という構図における独立ではなく、あくまでもヨーロッパ内部での新・旧の対比であったことは引用したロレンスの批判によって明らかである。ここで、〈ヨーロッパ〉と〈非ヨーロッパ〉の対比にこだわるのは、アメリカ合衆国の成立をもたらした独立革命戦争が〈ヨーロッパ〉対〈植民地〉という対比によって対象化され、この戦争が歴史上初めて植民地の独立を導いたとアメリカ自身によって誇らしげに歴史化されてきたからにほかならない。しかし、実体は明らかに非ヨーロッパではなく——といってヨーロッパそのものでもなく——いわばヨーロッパの異種だった。それはすなわち一九世紀後半の社会進化思想に乗じてアメリカという異種が自らを旧世界の進化と規定していくコンテクストを説明するものでもある。

二〇世紀を総括する言葉はさまざまあるがその中でも〈戦争の世紀〉という定義はひときわ力強い。第一次大戦と第二次大戦という近代的大規模戦争のほかに、ロシア革命、スペイン内乱、アジア・アフリカ・中南米での独立戦争、ヴェトナム戦争、湾岸戦争から最近の旧ユーゴスラビアと国連軍との戦いなど例には事欠かない。さらについ一〇年くらい前まで、第二次大戦後の米ソ二大陣営による核兵器を使った不可視の戦争状態が続いてきた。

アメリカはこれらの戦争の多くに直接加わり、ほとんどすべてに勝利を収めてきた。つまり、戦いを通してアメリカは二〇世紀を＜アメリカの世紀＞としてきたともいえる。また他方、コカコーラ、ハンバーガー、ジーンズ、ハリウッド映画そしてインターネットといった大量消費社会の消費財と文化的人工物によっても世界を制覇しつつある。

このようなアメリカ合衆国の侵略的性格は、一七世紀のイギリスによる北米アメリカの植民地化によって始まる。イギリスによる植民地化が、スペインによるインカ帝国制圧にみるようなあからさまな武力的支配ではなかったがゆえに平和的で、何もかもすべてが善であったわけではない。確かにそこには宗教的、政治的、経済的な理想の追求しようとする人々が集まったことは事実である。だが彼らの中にはアメリカ大陸をただ理想を実現する空間としてしか考えず、元からそこに住む人々を人間ではなく獣や悪魔としてしかみなかった人もそれ故に、武力制覇以上に罪深かったとさえいえるのである。一六六二年に新大陸の未開の森林を前にしたマイクル・ウィグルズワースの眼にはそれは「悪魔の巣窟」としか映らなかった。「獣吠える不毛の原野、／そこに住むのはただ／地獄の悪鬼、そして悪魔をあがめる／獣めいた輩《やから》ばかり」。

[注3]

独立宣言に盛り込まれた「人は生まれながらにして平等である」こと、「人は生命、自由、幸福の追求という譲渡できない権利を創造主より付与されている」ことなどの基本的人権は、ヨーロッパで果たせなかった近代の理想であり、アメリカはその実現のための壮大な実験場となった。〈理想〉という言葉の響きはよいが、この場合の理想はヨーロッパ近代思想の人間中心主義に根拠を置き、やがて進化思想や産業資本主義と深く手を結びつき、その担い手とそれ以外の者とを差別化し、担い手の内部でも階層化を促すものであった。その階層の頂点をWASPと呼ばれるイギリス系のプロテスタントの白人男性たちがほとんど占有していたことはいうまでもない。

二〇世紀半ばに〈アメリカ文学〉が成立し、後半に〈アメリカ文学〉が解体した。もっと丁寧にいうと〈アメリカ文学〉というイデオロギーが成立し、それが崩壊したのである。一九四一年のF・O・マシーセンの『アメリカン・ルネッサンス』を始め、R・W・B・ルイスの『アメリカのアダム』(一九五五)、リチャード・チェイスの『アメリカ小説とその伝統』(一九五七)、そしてレズリー・フィードラーの『アメリカ小説における愛と死』(一九六〇)など四〇年代から六〇年代にかけてすぐれたアメリカ文学論がつぎつぎと発表された。

こうした文学論のほとんどが、イギリスやヨーロッパの亜流ではない〈アメリカ文学〉の独自性を探求し主張するものであり、〈アメリカ文学〉という実体を前提するという意味で本質主義的批評と規定しうるものであった。これは丁度合衆国が二つの大戦によって確固たる地位を築き、当時のソヴィエト連邦と対抗する大国として文化的アイデンティティを必要としていた時期とも重なる。その意味で〈アメリカ文学〉は自由主義という国家的イデオロギーを帯びていたと分析できよう。その後一九七〇年代後半から一九八〇年代にかけて、こうした背景に基づいて定められた正典《キャノン》が人種やジェンダー的マイノリティから、白人男性中心主義に基づいていると批判されることになったことはよく知られたいきさつである。今後、もはやアメリカ文学は確固としたイデオロギーではなくなり、ポストコロニアルな視点も取り入れながら、新しいアメリカの文学を生成し続けるのだろう。

本書は前述の〈アメリカ文学〉という統一体を前提することなく、一九世紀から二〇世紀にかけてのアメリカの文学的テクストの中に表象される人間の生が人種・ジェンダー・社会的階層などの差異に基づく文化間の争いから構成されているという視点によって、アメリカの文学を読み直す試みである。アメリカ文学の本質や目的を探求するのではなく――それは先に述べた本質主義に堕してしまう危険性がある――何がアメリカ文学を形成してきたのかを、種々のポリティカルな拮抗と闘いの中に見いだそうとするものである。

原川立教大学名誉教授の指導を受けた卒業生の研究グループ「ＩＳの会」のメンバーを中心に、さらに本書の企画に賛同した藤平育子、坂野明子の両氏を加えて完成することができた。この本の作成に貢献してくれた方々にこの場を借りて御礼申し上げたい。後は読者の真率なご意見を待つばかりである。

並木信明

注

［1］『アメリカ古典文庫12　D・H・ロレンス』　酒本雅之訳（研究社、一九七四年）四三頁。

［2］ワシントン・アーヴィング『スケッチ・ブック』　田部重治訳（角川文庫、一九五三年）一六－一七頁。以下の引用は同書による。

［3］H・N・スミス『ヴァージンランド』　永原誠訳（研究社、一九七一年）三頁。

I　人種と民族

1

坂野明子

〈身体〉の復権を求めて

バーナード・マラマッドの『修理屋』にみる闘い

【過剰なる身体をめぐって】

一九六〇年代、アメリカには激しい政治の嵐が吹き荒れた。当時、人々は現状の社会を根本的に疑い、否定し、よりよい社会、よりよい自己のあり方を求めて闘った。言うまでもなくその大変動の引き金となったのは五〇年代から始まった黒人公民権運動であった。バーナード・マラマッド（Bernard Malamud, 1914-1986）は六六年の作品、『修理屋』（*The Fixer*）に関して、インタビューの中で、この作品が黒人公民権運動に触発されたものであることを明かしている［注1］。長い間差別に苦しんできたアメリカの黒人たちが団結して抗議の声をあげる姿に、マラマッドは人間にとっての政治の重要性を強く感じとったらしい。また、ユダヤの血を引く身として、当然、ホロコーストの犠牲となった数百万のヨーロッパのユダヤ人のことも改めて意識したに違いない。実際、同じインタビューの中でマラマッドは「ヒットラーが自分に過去のユダヤの人々の暮らしや価値観について考えさせた」［注2］と述べて、『修理屋』が作者の政治的、歴史的意識の高まりの所産であったことを示唆している。

『修理屋』の誕生のこのような背景は、物語の展開を自ずと規定する。二〇世紀初頭の、革命前の緊迫をはらんだロシア社会で、一人の貧しいユダヤ人がユダヤ人であるというだけで一種のスケープゴートとして、少年殺しの犯人に仕立て上げられ、投獄されてしまう。そこに作用しているのは明らかに〈政治〉であり、初めは〈政治〉に注意を払わなかった主人公ヤーコフ・ボックも、最後には皇帝を撃ち殺す夢想にふけるようになる……と筋書きを追えば、被差別民族の「闘い」が作品の主要モチーフと考えても差し支えはないだろう。キャスリーン・G・オーションも、ヤーコフが「最後には人間の自由の大義を確信し……大義のために命を捨てる覚悟ができた」［注3］と明言している。主人公の孤独な闘いは個から全体へと意味を広げたのである。

バーナード・マラマッド

しかしながら、物語を読みながら読者が素朴に感じ取るのは、そのような政治的言語だけでは括れない「何か」ではないだろうか。「権力」、「差別」、「革命」、「連帯」などの言葉をいくら組み合わせても、少しもからめ取ることのできない「何か」がそこにあると感じはしないだろうか。簡単に言ってしまおう。それは作品のほぼ全体を被う濃厚な〈身体〉の描写である。ここでは〈身体〉の圧倒的存在感が政治的抽象概念の影を薄くし、ある意味で作品の主役の座を奪わんばかりなのだ。

このことは一方で、少なからぬ読者をこの作品から遠ざける結果も招いている。たとえば、フィリップ・ロスは「サド侯爵と『O嬢の物語』の作者をのぞけば、こんなにも詳細に、こんなにも長々と、肉体に加えられる残忍かつ屈辱的な行為を描いた作家はマラマッドくらいのもの」［注4］と、例によって諧謔的に述べている。ロスが『修理屋』の身体描写を否定的に見ているのは明らかであろう。また、それと関連した意味合いで、批評家の中には、長い単調な牢獄生活が大部分を占めることに不満を述べたり〔注5〕、主人公の最後の変貌を唐突すぎると考える者も少なくない。これらの評価は、しかしながら、マラマッドが取り組んだ「身体の物語」の意味の誤読から生じたと思われてならない。すなわち、批評家たちは主人公の身体的苦痛を単に「ユダヤ人の苦しみの具体的描写」とみなし、その過剰に感覚的拒否反応を示しているのである。

確かに我々は作品中のおびただしいまでの身体苦の描写にひるまないわけにいかない。これでもか、これでもかと言わんばかりの、主人公の身体に加えられる苦しみ。拘束、飢え、寒さ、怪我、病気、不潔さ。だが、作者がここまで＜身体＞に拘ったのだとすれば、その意味を「苦しみの強調」に帰して満足していいものだろうか。実はマラマッドは人間存在にとって＜身体＞が持つ意味を探ろうとしたのではないだろうか。そしてそれはマラマッドが文学的営みを通して追求してきた「人間の生」という根源的テーマと深く関わっていると考えられはしないだろうか。これらの点に焦点をあてながら、以下に、『修理屋』に見られる「闘い」の特質について考察を加えることにしたい。

1　従順な身体と化して

作品の冒頭、主人公ヤーコフ・ボックは、いい意味でも、悪い意味でも、〈身体〉不在で、観念中心の「自己を恃む人」として登場する。生まれて十分後に母が死に、一歳にもならないうちに父がロシア兵に撃たれて死んでしまい、ヤーコフは孤児院で育った。実の父母をそのように幼い時期に失った場合、人は身体による親密さの感覚を奪われ、自然な身体感覚を身につけにくいものである。彼の〈身体〉不在はその意味で仕方のないことだったのかもしれない。しかも、レイスルと結婚しても子供を授かることはなかった。子供が誕生していれば家族としての身体的一体感が自然に生まれ、気づかぬうちに変わっていくということも或いは可能だったかもしれない。しかし、現実にはそうならず、むしろ、苛立つ彼は次第にレイスルを肉体的に避けるようになり、夜はスピノザを読んで過ごすことが多くなっていく。レイスルはそういう夫の姿を目の当たりにして、申し訳ないと苦しむが、ヤーコフは彼女の気持ちを抱きとめることもしない。二人の関係はさらに冷えていき、耐えきれなくなったレイスルは、別の男と駆け落ちするに至る。すなわち、〈身体〉の不在が二人の結婚の破綻を招くのである。だが、性を生殖と結びつけ、〈身体〉の優しさの交換の機会とみなすことのなかったヤーコフには、レイスルを追いつめたのが実は自分であるということはついにわからず、自分を失望させ、最後には恥をかかせた彼女をただ恨み、呪ったのである。

やがてヤーコフは、運を切り開こうと、また、一方では「妻に逃げられた男」の恥辱から逃れようと、レイスルの父シュミュエルが止めるのも振り切り、ユダヤ人村を後にする。このとき彼が携えていたのはロシア語の文法書とスピノザのエッセイ集であった。それは土着的でユダヤ的なもののすべて、宗教も、濃密な人間関係も、言語さえも否定する彼の姿勢をよく表している。同時に、それは〈身体〉の否定の道をさらに進むことでもあった。というのも、自分では意識していなくても、ユダヤ的なものは実は彼の〈身体〉と密接に絡み合っていて、分離不可能なものなのだ。幼い頃から身近に接し、繰り返し教え込まれたユダヤ教の教えや習慣、そしてなによりも彼の自己表現の基盤となっているイーディッシュ語、これらは彼の物理的身体を幾重にも被う皮膚のようなもので、いわば「文化的身体」としてほとんど身体と一体化しているはずである。それをヤーコフは支配者の言語（＝ロシア語）と近代の論理（＝スピノザ）という二つのハサミで無理矢理切り離そうとしたのである。

だが、キエフに移り住んだヤーコフを待っていたのは、一度は捨てようとした〈身体〉がそのように「処分可能」なものではないことを思い知る体験の数々であった。最初の体験は性にまつわるものである。雪の中で酔っぱらって倒れていたニコライ・レベデフを助けたことから、レベデフに雇われることになったヤーコフに、レベデフの娘で足に障害のあるジーナが接近し、誘惑する。ロシア人の娘とそうなることで、自分がユダヤ人であることが発覚しはしないかと恐れるヤーコフはしばしば躊躇うものの、結局、誘惑にのることを決意し、性の交わりを持とうとする。ところが、ジーナの裸身に一筋の月経の血を見て、彼は彼女を拒絶する。ジーナの「私は寂しい女なの……哀れに思って！」［注6］という懇願の言葉に耳を貸すことなく、彼は決然とその場を立ち去る。ところで、ジーナの血を見たときのヤーコフの反応を、マラマッドは「呆然として、『あんたはさわりがある身じゃないか』と言った」（五一）と表現しているが、それは、捨てたはずのユダヤ教の教えが彼の身体に染みついていることを示唆するものと考えられる。理屈から言えば、ユダヤの教えを捨てたヤーコフに女性の生理が問題となるわけはない。だが、月経中の女とは交わってはならぬという教えが無意識のうちに〈身体化〉しているヤーコフは、気づいたときには「すでに服を身につけ、部屋から出て」（五二）いたのだ。

意識が捉える論理とは別に、無意識のうちに〈身体〉が反応してしまう。それはさほど珍しいことではないし、誰しも一度や二度は経験があることだろう。だが、大抵の場合、人はそのことの意味を深く吟味したりはしないものだ。ヤーコフの場合も、このときは自分の中の矛盾に気づくことなく、やり過ごしてしまう。そして、次の出来事のときも、ヤーコフ自身はその本当の意味を掴み損ねている。少年殺しの疑いで捕らえられ、取り調べを受けるヤーコフに、検察側は、「キリスト教徒の無垢な少年の血を宗教儀式に使うためにユダヤ教徒が犯した犯罪」という彼らがうち立てた図式に、彼の部屋で見つかったいくつかの物的証拠がいかに合致するかを述べ立てる。その一つ一つについてヤーコフは反論するが、あらかじめ用意された図式を押しつけることしか考えていない検察側に彼の声が届くはずもなく、己の無力を思い知らされながら、ヤーコフの∧身体∨は震え始める。それを見て、検察官グルバショフは意地悪く訊ねる。「おい、ユダヤ人よ、どうして震えているんだ?」(九五) だが、ヤーコフには答えられない。スピノザを導き役として、精神の自由を求め、そのことに誇りさえ覚えていたヤーコフには、∧身体∨が自分の意志や意識と無関係に震え出すことをうまく説明することができないのだ。

だが、この問いは作者マラマッドにとって少なからぬ重みを帯びていた。だから作家はもう一度訊ねる。次のセクションの冒頭で作家は同じ問いを人間一般に敷衍して、あらためて訊ねる。「人はなぜ震えるのだろうか?」(九六) それは別の言い方をすれば、人間にとって∧身体∨とは何か、という哲学的問いでもあるだろう。そして、実を言えば、高度に発達した科学が生み出した人工空間に慣れ親しみ、ともすれば∧身体∨の存在を忘れがちな現代の人間にとって、これはきわめて重要な問いではなかろうか。自身の∧身体∨を忘れてしまった人間には、他者の∧身体∨も見えないだろう。見えなければ、存在しないがごとく扱うことになるだろう。昨今、社会を騒がせている思春期の少年たちが引き起こす殺傷事件など、このことを抜きには語れないのではないだろうか。

さて、『修理屋』の考察に戻って先の問いに答えるとするなら、ヤーコフが震えたのは、彼の∧意識∨と∧身体∨の乖離に帰因すると言えるだろう。∧意識∨が追放したつもりのユダヤ性、ユダヤ人の苦難やポグロムの忌まわしい記憶を、彼の∧身体∨は充分に∧身体化∨していた。検察側の告発に対し、彼の〈意識〉は合理的に論駁しようと努め、無実の証明の希望も失っているわけではない。だが、一方で、彼の〈身体〉ははっきりと思い出している。何世代にもわたって迫害されてきたユダヤ人たちの苦しみを。何十年、何百年、いや何千年も前のユダヤ人の呻き声が、今、彼の〈身体〉に響きわたる。異教徒の憎しみに満ちた目を前にして、それは否応なく彼の〈身体〉を突き動かす。そして彼は震え出す。抑制しようもなく震え出す。このとき、〈身体〉は彼の〈個体存在〉を規定する物理的境界であるだけでなく、彼と他者をつなぐ媒体、彼という〈個〉を歴史と結びつける媒体でもあるのだ。従って、少々大胆な言い方をするなら、〈身体〉こそ、彼と歴史を不可分にしているものと言っていいだろう。

ところが、近代以降、人間が自己存在を自己の思弁の領域で捉えるようになって以来、もう少し単純化して言えば、近代的自我が誕生して以来、人間は世代をつなぐものとしての〈身体〉、歴史の基盤としての〈身体〉に盲目になってしまった。〈身体〉はなお存在しているのに、〈身体〉の深い意味を読みとることが苦手になってしまった。内面が肥大化して、〈身体〉の意味を見失う傾向が強まった。養老武司はこのあたりの事情を、「身体の脳化」[注7]現象と捉えているが、『修理屋』の主人公ヤーコフ・ボックは、少なくとも内的変化のプロセスが始まる前の彼は、その典型的実例と言えるかもしれない。

一方、〈知〉の考古学者ミシェル・フーコーは代表的な著作の一つ『監獄と処罰——監獄の誕生』の中で、近代権力と〈身体〉の関係を鮮やかに分析してみせた。フーコーによれば、近代になって「身体が権力の対象ならびに標的として発見」［注8］され、権力は国民の身体を「従順な身体」に改造することに専心した。その手段としてわかりやすいモデルをあげるなら、一望監視装置（パノプティコン）を備えた監獄があり、その概念を内在化させたものとしてたとえば工場や学校があるという。権力が〈身体〉を管理する。それは、管理される側から言えば、各個人の〈身体〉が権力のための道具と化す、ということである。当然、先に述べた、歴史の伝達媒体としての〈身体〉、個と個をつなぐものとしての〈身体〉は抑圧される。〈身体〉の持つ一つの重要な機能が損なわれてしまうのである。

　近代の〈身体〉をめぐる二つの流れ。権力による〈身体〉の管理と個人レベルでの「身体の脳化」。〈身体〉はこのように二つの方向から「非在化」が進んだと考えられるが、『修理屋』の主人公ヤーコフ・ボックは、言ってみれば、この二つの方向が交差する地平にいたと言えるだろう。別の言い方をするなら彼は〈身体〉に関して二重の目隠しをされていたわけで、最初のうち、自分の〈身体〉に起きる事柄を彼が正しく把捉することが出来ないのはそのことと無関係ではないだろう。

　例えば、監獄で彼は徹底的に〈身体〉を管理されている。一日二回から始まった「身体検査」はやがて六回に増やされる。すべてを奪われて獄に閉じこめられた囚人を一日に何回も検査すること自体には何の意味もないはずである。その目的はむしろ、屈辱的な検査を行うことで囚人の〈身体〉を囚人自身から奪うことにあったと言えるだろう。しかし、先に述べたようにヤーコフの精神は〈身体〉を見失っているが故に、当事者であるにもかかわらず、投獄された当初、そのことの本当の意味合いを把握できない。特に、ヤーコフに同情的な取調判事のビビコフに釈放の希望をつないでいる間は、彼は〈身体〉を痛めつけられながらも、自身の〈身体〉の存在に本当の意味では気づいていなかったと言ってよいだろう。まさに、ヤーコフの身体は「従順な身体」と化していたのである。

2　〈身体〉の回復へ

しかしながら、そのビビコフが捕らえられ、独房の中で無念の死を遂げたのを目撃したときから、ヤーコフの「覚醒」への長い過程が始まることとなった。マラマッドはこのあたりから執拗なまでに主人公の身体状況を描写する。まず、ビビコフの死に衝撃を受け、気持ちが落ち着かず、眠れないままに昼も夜も狭い牢獄の中を歩き回るヤーコフ、その結果靴がだめになり、それでも歩き続けて足が膨れ上がり、膿がでて、痛くて歩くこともかなわなくなったヤーコフの状況が描かれる。ようやく治療を受けることを認められるものの、看守に診療所まで歩いていけと言われる。だが、痛くてとても歩けない。すると、それなら這っていけと言われる。そこで、かなり離れたところにある診療所まで、いくつもの階段を上り下りしながら、必死で這っていく。膝や手から血が出て、その痛みで気を失いそうになりながら……そのあたりのことを作家は実に詳細に語っていく。だからそこに意味がないとは考えにくい。ではどのような意味があるのか。このとき考慮すべきは、這って歩くという、人間としては屈辱的な姿勢が、実は〈意識＝精神〉に〈身体〉の存在を強烈に意識させる体勢ではないか、という点である。そう考えてみると、この出来事がヤーコフが〈身体〉の意味に気づいていく道のりの端緒となったと解釈出来るだろうし、作家がこのエピソードに拘った理由もそのあたりにあると考えてよいだろう。

そして、診療所へ這って行った後、暫くしてヤーコフが見た夢も注目に値する。それまでヤーコフは自分はポグロムとは無関係だと考えていた。幼い頃、ポグロムでやられた人の死体を見たことはあったが、それは自分とは無縁の情景として記憶されただけだった。だが、今、彼は次のような夢を見る。

再びうとうとすると、人々がコサック兵にサーベルで斬りつけられていた。ヤーコフは自分の小屋でテーブルの下に隠れていたのだが、引きずり出されて首を切り落とされた。でこぼこ道を必死になって逃げるヤーコフは、腕を一本、目を一つ、そして睾丸を失っていた。レイスルは、砂だらけの床に横たわっていたが、強姦されて、はらわたをすっかりえぐり出されていた。シュミュエルのずたずたに引き裂かれた身体が窓からぶら下がっていた……（一八〇）

すさまじいとしか言いようのない光景だが、注目すべきはポグロムの被害者の一人として、ヤーコフ自身が登場している点である。そして、そこには別れた妻と、義父もおり、だが、三人とも無惨に殺され、著しく身体を毀損されている。これは何と逆説的な〈身体〉の自己主張であることか。ばらばらにされることによって初めて〈身体〉のかけがえのなさがわかるのだから。従って、この悪夢はヤーコフの強烈な恐怖感を語っているだけではない。人間が〈身体〉として存在しているという事実とその意味をこの夢はヤーコフに教え込むのである。自分は〈身体〉を持っている。自分の〈意識〉がどうであれ、ロシア人の目にはそれはユダヤ人の〈身体〉の一つにしか見えない。その意味では〈身体〉を通して彼はレイスルやシュミュエルとつながっている。これらのことをこの夢は示唆しているのだ。ユダヤ人であれば、たとえ「隠れて」いても、「引きずり出されて」身体を切り刻まれてしまうのだ。別の言い方をするなら、〈身体〉は決して政治状況と無縁にはなれず、〈身体〉がある限り、人は歴史的存在であり続けるのである。

ヤーコフが〈身体〉の意味に目覚めていく過程は、他のエピソードによっても明らかにされる。たとえば看守のコーギンとの出会いがある。コーギンは自分の息子がシベリア送りになったこともあり、ヤーコフの苦しみを他人のものとは思えなかった。ただ、看守と囚人という関係上、それをおおっぴらにも出来ず、会話も限られていた。だが時々ヤーコフはこちらを窺う「看守の重苦しい息づかいを独房のドア越しに聞く」(一七三)のだった。少々誇張して言うなら、ここには言葉ではなく〈身体〉を媒介としたコミュニケーションが成立している。むろん、そのコミュニケーションを独房のドアが、すなわち〈制度〉が、妨害しているが、それでもなお、〈身体〉の気配を通して、互いの苦しみを思いやっているロシア人の看守とユダヤ人の囚人という構図を見て取ることは可能であるだろう。

牢獄暮らしの単調さに耐えかねて、何か読むものが欲しくて聖句箱をこじ開けるシーンも興味深い。「聖句箱は古い皮と羊皮紙の臭いがしたが、そこに奇妙な人間の臭いが混じっていた。それは何か人間の汗の臭いのようでもあった。」（二〇七－八）そしてヤーコフは聖句箱を鼻のところにもっていき、その臭いを「むさぼるように嗅いだ」のである。これらの表現から、ヤーコフが聖句箱から受けとったのは、文字を読むという知的気晴らしではなく、ましてやユダヤ教の教えでもなく、〈身体〉の臭いが伝える、何世代にもわたる人間の〈つながり〉の気配だったと推測できるだろう。そして「むさぼるように」という表現から明らかなように、この時、ヤーコフ自身、そこにつながりたいと切に思ったに違いないのだ。

このようにして、ヤーコフは次第に〈身体〉を取り戻しつつあった。その変化は次のエピソードからも見て取ることが出来るだろう。第六部の最終部分、ヤーコフはビビコフの自殺や今までのつらい牢獄暮らしについて思いをめぐらし、それがみな検察官のグルバショフのせいだと考える。すると強い憎しみがこみ上げてきて、彼の身体が「まるで毒をおびた物質を吐き出そうとするかのように激しく震えた。」（一九九）明らかに、これは先に引用した「どうして震えているんだ?」と問われて答えられなかった場面と照応関係にある。以前とは違って、今の彼には「震える」理由ははっきりしている。自分を理不尽に苦しめている人物への強い憎しみである。憎しみが彼の身体を震わせているのである。その意味では<意識>と<身体>の分断状態はついに回復されたと言ってよいだろう。ただし、問題がないわけではない。ここには明確な歴史意識が存在していない。自身とユダヤ民族と国家としてのロシア、この三者の関係が正しく把握されておらず、自分を取り調べた検察官に対する直接的な憎しみでとどまっている。彼にはまだ学ぶべきことが残っていると言えるだろう。

そして彼の「学習」を助けたのは義父のシュミュエルであった。シュミュエルはヤーコフとのたった十分の面会のために、老骨にむち打って働いてお金を貯め、そのすべてを看守への賄賂に使い果たした。シュミュエルとの思いもかけなかった出会いにヤーコフは大喜びするが、シュミュエルが相変わらず、神への感謝を忘れてはならないと言い続けるものだから、次第にぶっきらぼうになっていき、自分のことを新聞社や弁護士に話して欲しいと義父に頼んで面会は終わる。このあと、看守が賄賂を受け取った事実が他の囚人に知られ、ヤーコフの監禁の条件はさらに厳しくなる。昼の間は鎖で壁につながれ、夜はベッドに固定され、身体検査は日に6回に増やされてしまう。身体の苦痛は極点に達し、ついに彼は自殺まで考える。だが、シュミュエルが棺におさまっている夢を見たヤーコフは、目がさめて「シュミュエル、生きてくれ。俺をあんたのために死なせてくれ」と呟き、ふいに気づくのだ。「もし、自ら命を絶ってしまったら、どうやってシュミュエルのために死ねるというのだ」(二四五)と。ところで、この言葉はヤーコフが自分の〈身体〉を他者と結びつけて考え始めたことを証している。自分の〈身体〉は自分だけのものではないこと。それは民族全体と関わっていること。自分が馬鹿なことをすれば、大規模なポグロムが起きて、たくさんの同胞が死ぬことになるだろうこと。そのように自分は歴史の中に不可避的に存在していること。かつてはわからなかったそれらのことを、今、ヤーコフはようやく理解したのである。

3　歴史の中へ

確かに、我々は皆、歴史の中にいる。ただ、より歴史の中にいるものと、それほどでもないものがいて、ユダヤ人の場合は前者なのだ。(二八一)

ユダヤ人には歴史という雪が降りかかり、歴史という雪でずぶぬれになるのだ。(二八一)

ヤーコフがこう考えるとき、ユダヤ人村を後にした時の彼から、なんと大きな変貌を遂げたことか。彼は観念に溺れる「自己を恃む人」ではもはやない。だから、彼は告白書にサインすれば釈放するという申し出も断固として断る。それがきっかけとなってどのような状況が起きるか、今の彼には理解でき、今の彼は自分だけの安寧を求めたりはしないからだ。彼はひたすら裁判が行われることを待ち続ける。そこで自分の無実が証明され、それを歴史の中に刻むことを待ち続けるのである。

そしてついに裁判の日がきた。この日のことを扱った作品の最終部分で、マラマッドは、歴史意識を持つようになったヤーコフとそうではない人々との対比を鮮やかに描き出す。裁判所に向けてヤーコフと護衛団が出発したとき、誰かが爆弾を投げつけるが、爆弾はヤーコフを乗せた馬車を護送する騎乗のコサック兵にあたってしまう。

彼の足が吹き飛ばされ、脚は砕けて血まみれだった。運ばれて、(ヤーコフの乗った)馬車の傍らを通り過ぎるとき、彼は恐怖と苦悶の表情でヤーコフの方を見た。まるで「俺の足とどういう関係があるんだ?」と言いたげだった。ヤーコフはその光景から目をそむけた。コサック兵はすでに失神していたが、彼の引きちぎれた足は震え続け、彼をかかえる警官たちに血をふりまいていた。(二九六)

交錯する二つの視線。一つは自分の〈身体〉に降りかかった出来事の意味を理解できない視線。もう一つは〈身体〉が〈政治=歴史〉と不可分であることを長い苦難の中から学んだ視線。ここはこの作品の一つのハイライトと言えるかもしれない。そして、仮に当事者が〈身体〉の意味を把握し損ねていても、傷ついた現実の身体はそこに居合わせた周囲の者に赤い血を振りまいてしまう。コサック兵の引きちぎれた足は血しぶきを発して、現実の、生身の存在であることを強烈な衝撃力で主張している。〈政治＝歴史〉に翻弄される〈身体〉の有りようを鮮やかに示している。〈身体〉に込められたこのメッセージには非常に重いものがあると言えるだろう。

ヤーコフとロシア皇帝ニコライ二世との対峙の場面もまた、「覚醒した人間」と「そうでない人間」の対比で理解できそうである。言うまでもなく、これは現実に起こった出来事ではなく、ヤーコフの夢想に過ぎない。作品中、彼は三度ほど皇帝との遭遇場面を夢に見る。最初の夢では、ヤーコフと皇帝は暗闇の中で互いのあごひげがくっつくほどのレスリングをする。だが、ニコライは自分は神が遣わした天使だと宣言して、突然、昇天していく。残されたヤーコフは「彼は自分を必要としないし、自分も彼を必要としない。どうして自分をほっといてくれないのだろう」（二〇六）と独りつぶやく。二番目の夢ではヤーコフは皇帝に無実を訴えるが、皇帝は「皇帝の心は神の手の中にある」（二二六）と述べて、帆船で黒海の沖へと消えていく。二つの夢に共通しているのは、ニコライが神と結びつけられていて、手の届かないところに、手の届かない形で消えてしまう、すなわち、ヤーコフには皇帝の〈身体〉をしかと掴めなかったという点である。

一方、最後に、コサック兵負傷事件のあと、裁判所へ向けて馬車で移動中のヤーコフが見る夢は、それまでの二つの夢とはっきり異なっている。彼は裸の皇帝と向き合い、問いつめる。「あなたはこの国を骨の山にしてしまった。この国をよくするチャンスはあったのに、それを投げ捨ててしまったんだ。」（二九八）皇帝は怒って立ち上がり、「私は確かに支配者ではあるが、一人の人間に過ぎない。それなのにおまえはロシアの歴史のすべてを私のせいにするんだ」と反論する。このとき、皇帝の貧弱な男根がヤーコフの目に映る。まさに、皇帝が＜身体＞を持った一人の人間に過ぎないことを雄弁に物語る場面だと言えるだろう。とはいえ、それは皇帝が許されることを意味するわけではない。ヤーコフは言う。「陛下、あなたが知らないことの故に、あなたが学ばなかったことの故に……（私はあなたの責任を問うのです）」（二九八）

人間であるからこそ＜身体＞と＜歴史＞の密接な関係を知らなくてはならない。そしてもしそのことに無知で、それ故に他者に悲劇をもたらしてしまったら、その責任はとらなくてはならない。それがヤーコフが皇帝に向ける論理であり、その論理とともに彼は皇帝の心臓に銃口を向ける。自分の息子の血友病のことばかり気に病み、多くの人間の＜身体＞から流される血はそのままにしておいた、その無知は為政者として許されるべきではないからだ。ヤーコフの銃が火を吹き、皇帝の体は床に崩れ落ち、真っ赤な血が裸の胸の上に広がった。この一瞬、皇帝が神ではなく、人間であったこと、＜身体＞を持つ存在であったことが証明された。それは同時に、ヤーコフが「従順な身体」から最終的に脱却した一瞬でもあった。彼は行動し、闘う存在になった。彼の＜身体＞は今、＜精神＞の実践の媒体となったのだ。ここに見られる＜身体＞と＜精神＞はかってのように互いを排除する関係にはない。＜身体＞が苦しめば、＜精神＞も苦しみ、＜精神＞が抵抗するとき、＜身体＞も抵抗する。従って、今後は＜身体＞が＜精神＞と無関係に、むやみに震え出すようなことはないと考えてよいだろう。

そして皇帝殺害の興奮の余韻の中、ヤーコフは最後にこう考える。「俺が学んだ一つのことは、政治と無関係な人間なんていやしないってことだ。特にユダヤ人の場合はそうだ。」(二九九) 言うまでもなく、この言葉はヤーコフの「学習」がついに完成したことを証している。こう考えるヤーコフは、スピノザの観念の世界に自己解放を夢見たかってのヤーコフではもはやない。彼は「自由」は夢見るものではなく、「闘いとるもの」(二九九) であることを知ったのだ。そして、彼のこの変貌こそこの作品の中核を成すものであり、しかも、繰り返しになるが、その提示の仕方は殆ど「身体論」と名付けられそうな様相を呈している。その意味で、作家の関心は純粋に政治的であったというより、やはりマラマッドらしく、「人間の生」の根源的問題にあったと言えるだろう。

＜身体＞をめぐる状況は、現在、二〇世紀初頭のロシアとは大きく異なってきている。自然から断ち切られ、電子に統御された環境の中で、私たちはフーコーの言う「従順な身体」の段階を遙かに通り越し、＜身体＞そのものを見失っているように思われてならない。現代日本を席巻する「清潔志向」もこのような＜身体＞の喪失状況と決して無縁ではないだろう。だが考えてみれば、人間のありようなど根本において変わるはずはない。変わったとすれば、頭でっかちになって、ものが見えなくなっただけであって、私たちが〈身体〉存在であることは、どんな新しげな思考を駆使しても、本質的に否定出来ないものなのだ。その意味で、マラマッドが『修理屋』の中で描いたヤーコフの闘いの本当の意味を、私たちは今こそ真摯に受け止めるべきではないだろうか。ひょっとしたら、マラマッドこそ現代が必要とする作家であるとさえ言えはしないだろうか。

注

[1] Lawrence Lasher, ed. *Conversations with Bernard Malamud*（Jackson and London: UP of Mississippi, 1991）16.

[2] *Conversations* 18.

[3] Kathleen G. Ochshorn, *The Heart's Essential Landscape: Bernard Malamud's Hero*（New York: Peter Lang, 1990）158.

[4] Philip Roth, *Reading Myself and Others*（New York: Penguin Books, 1985）291.

[5] Gerald Hoag, "Malamud's Trial: *The Fixer* and the Critics," *Bernard Malamud*, ed. Leslie and Joyce Field（Englewood Cliffs, N.J.: Prentice-Hall, 1975）131.

[6] Bernard Malamud, *The Fixer*（New York: Penguin Books, 1979）51.
なお本論の引用はすべてこの版による。

[7] 養老武司『身体の文学史』（新潮社、一九九七年）十三頁。

[8] ミシェル・フーコー『監獄の誕生』田村俶訳（新潮社、一九七七年）一四二頁。

参考文献

Abramson, Edward A. *Bernard Malamud Revisited.* New York: Twayne Publishers, 1993.

Helterman, Jeffrey. *Understanding Bernard Malamud.* Columbia: University of South Carolina Press, 1985.

Malamud, Bernard. *Talking Horse*. Ed. Alan Cheuse and Nicholas Delbanco. New York: Columbia University Press, 1996.

Richaman, Sidney. *Bernard Malamud.* Boston: Twayne Publishers, 1966.

Solotaroff, Robert. *Bernard Malamud: A Study of the Short Fiction.* Boston: Twayne Publishers, 1989.

Hershinow, Sheldon J. *Bernard Malamud.* New York: Frederick Ungar Publishing Co., 1980.

2

藤平育子

踊る女たち／撃つ男たち

トニ・モリスン『パラダイス』の戦争と平和

「むかし迷子になったけれど、やっと見つけてもらった。」（『パラダイス』二一二）

トニ・モリスン（Toni Morrison, 一九三一－）の『パラダイス』（*Paradise*, 一九九八）は最初、「戦争」というタイトルがつけられていた［注1］。実際、出版された直後の書評の多くは、作品を貫く二項対立、とくに男性社会（父権制度の町ルービィ）対女性コミューン（母権制の「女子修道院」）、白い黒人対黒い黒人の二項対立について指摘した［注2］。この小説の始まりを告げる、「かれらはまず白人の少女を撃つ」（三）という文章のはらむ問題点を吟味するなら、「かれら」と「白人の少女」との対立が直ちに浮上する。「かれら」とは「黒人の男性」である可能性が高い、と勘ぐるのは容易である。しかし、もし『パラダイス』を、今や陳腐すぎるほどの人種と性差による二項対立にのみ焦点を合わせて解釈するとすれば、この作品は残念ながら、至極単純化された命題にすがりつく退屈な作品に堕する運命にあろう。

トニ・モリスン

本論は、とくに二つのコミュニティの政治の媒体である「言語活動《ランガージュ》」の特性に注目し、『パラダイス』の表面上の「二項対立」に隠された多層な共通項の深淵を探りあて、「彼ら」と「女性たち」が対立する他者ではなく、「彼ら」が彼女たちを、或いは彼女たちが「彼ら」を内包していることの無意識を読み解き、排他的な父権的黒人共同体と自由な女性コミューンとが、読者を通じて交叉する地点を掘り起こす作業である。

1　「無」に向かって撃つ――遺体の消失

『パラダイス』は、「修道院」と呼ばれている場所での残虐な殺戮で始まる。殺されるのは五人の女たち。ところが、彼女たちの遺体は殺戮の現場から跡形もなく消え失せる。殺戮が終わり、産婆ローンの知らせで駆けつけたルービィの人々は、「死体は動かない」(二九二)と信じて「修道院」を後にする。ところが、葬儀屋が駆けつけてみると、「死体はない。何もない」(同)のだ。葬儀屋は台所のテーブルの上に死体が置かれてあったしるしとして「シーツとたたんだレイン・コート」(同)を見つけるが、そこには混乱の跡さえもない。

こうして「修道院」の女性たちの生きた証は身体もろとも人間の視界から消滅する。遺体の消失について読者が知るのは、物語の終わり近くになってからであるものの、死体の消失は『パラダイス』が、もっとも根源的な「無」に向かう物語であることの確証となる。もし、物語を遺体の消失から殺戮現場へ、さらに殺戮にいたる経緯へと遡って読むならば、男たちの暴力を強制した共同体の正義も虚空に呑み込まれ、彼らを律していた「言葉」が意味を消失していく様子が浮かび上がってくる。

彼女たちがなぜ殺されたか、については男たちの視点から様々な言い訳が聞かれる。襲撃直前の男たちの会話を聞いたローンによれば、「ルービィの町がひどい有り様で破滅しつつあると語る男たちは、友情を或いは愛を差しのべることによって問題を解決しようとはせず、逆に防衛手段を講じ、必要な証拠を用意して研ぎすました」(二七五)。町では「母親が冷たい眼をした娘に階段から突き落とされた。一家に四人も障害児が生まれた。新婚旅行で花嫁が消えた。新年早々、兄弟で撃ち合った」(一一)などの出来事が起こり、「修道院」の女性たちの悪い噂の証拠に利用される。さらに、吹雪で道に迷った白人旅行者一家の遺体が「修道院」近くで発見されたことも、ルービィの人々の修道院の女性たちへの警戒心と恐怖を助長し、近隣から彼女たちを「消滅」させる動機に拍車をかける。ルービィにある三つの教会は和解し難く反目しあっていたが、「修道院」の女性たちを「消滅」させる行動に出る点では堅固に一致する——「修道院もそこに住む女性たちも生かしておけぬ」(一〇)と。

そもそも「修道院」の女性たちがルービィの法に照らして有罪と見なされたのは、『スーラ』(*Sula*, 一九七三)において、結婚もせずに男と関係を持つスーラに、町の男たちが「有罪宣告をした」(一一二)のと同じである。また、「修道院」の女性たちと同じように、スーラは共同体で起こる災いの罪を着せられ「身代わりの山羊」の役割を背負わされるが、ボトムの人々はスーラを殺したりはしなかった。ルービィの男たちは、町から一七マイルも離れたかれらの外側で自由に暮らしていた「修道院」の女性たちに、共同体の内側の悪と崩壊の罪を被せ残虐に殺す。

男たちが「修道院」の女性たちに町の崩壊の罪を着せる前までは、「修道院」とルービィの住民との間で、農産物の売買に限らず、かなり親密な交流が行われている。町の指導者ディーコンの妻ソーンは「修道院」のコンソラータと親友であるし、スウィーティやビリー・デリアらの女性たちは傷つき疲れはてて、避難所としての「修道院」に駆け込む。ディーコンやK・Dは愛を交わすために「修道院」へ通ってくる。ディーコンはコンソラータと、K・Dは「修道院」に流れついたジジと三年間も愛し合う。それなのに彼らは彼女たちを消滅させるための襲撃の先頭に立つのはなぜか。

トニ・モリスンの作品においては、荒々しい死、死体、葬式は、愛の儀式である結婚式(たとえば、ネルの結婚式[『スーラ』]とともに物語の展開点を成す。『青い眼がほしい』(*The Bluest Eye*, 一九七〇)において、身体の美しさと人生の幸福を等価として見たピコラは青い眼がほしいばかりに汚い犬に毒を食べさせる。犬の惨たらしい死に様との交換としてピコラは青い眼を手に入れたと信じ、狂気に落ちる。『スーラ』においては、戦地で戦友の首が飛んで宙に消えるという壮絶な死にざまを見たシャドラックは彼自身の手が異様に大きくなる妄想に襲われる。また、火だるまになって悶え苦しむ母ハナの死に様を見つめるスーラ。スーラが誤って川に落としたチキン・リトルの死体。そして、シャドラックは葬儀屋で安置されたスーラの遺体を見る。生命保険会社員の自殺飛行で始まる『ソロモンの歌』（*Song of Solomon*, 一九七七）では、娘パイラトは父の遺体探しの旅に出る。モリスンがヴァン・デル・ジイ（Van Der Zee）の写真集『ハーレムの死者たちの記録』（*The Harlem Book of the Dead*, 一九七八）で見た少女の死体写真から発想された『ジャズ』（*Jazz*, 一九九二）では、中年男が嫉妬に狂って射殺した一〇代の少女の遺体がまず最初のページに現れる。葬式の日、今度は中年男の妻ヴァイオレットは少女を嫉妬して遺体の顔を切りつける、というエピソードからこの小説が始められているのだ。

『ビラヴィド』（*Beloved*, 一九八七）において、奴隷のセサは絞首刑にされた母親の遺体を、奴隷農園によって母の体に押されたマルと十字の焼き印によって確認させられる（六二）。母となったセサは、子供たちを奴隷農園に返すことを拒み、二歳の娘を殺すが、彼女の幽霊は一八年後に身体を得て、この世に帰還する。ビラヴィドの見える身体はセサを苛む記憶の具象であり、セサはその見える形象を媒体にして抑圧された外傷の記憶から解放される。まさに、ビラヴィドの身体が「無」に帰する瞬間に。

『パラダイス』においても、愛の場面と結婚式（K・Dとアーネットの）、「修道院」の女性たちの虐殺、尼僧メアリー・マグナの死、ヴェトナム戦争でのソーンの息子たちの戦死、死体の運搬、そして物語の締めくくりとしての幼児の葬式は小説の結節点を成している。物言わぬ筈の遺体、死の儀式は、『パラダイス』の「愛」の物語にいかに絡むのだろうか。いったい、殺害された女性たちの遺体の消失は何を意味するのだろうか。殺した筈の女性たちの遺体が消失することによって、ルービィの人々は白人の法からはひとまず逃れられたものの、かれらは救われた、逃げられた、という安堵感よりは、重苦しい喪失感と空虚の中にいる。

物語の終わりに置かれた遺体の消失は、『パラダイス』において繰り返される、「消失」、「無」、あるいは「不在」のモチーフの逆説性を収斂する役割を果たしているのではないか。「無」のリアルな重みを具象するものとして、ソーンが見た「空っぽの篭」と牧師マイズナーが掲げる樫の十字架が挙げられる。ソーンが三人めの子供を身ごもった時、コンソラータと逢い引きしていた夫のディーコンへの復讐として生むことを拒否してしまう。それから間もなく、ソーンは「空っぽの篭」(一〇二)を持った女性の幻が庭に現れるのを見る。それは「彼女の気を滅入らせる空虚であり、支えるにはあまりにも重い不在だった」(同)。「空っぽ」の篭は、結局は子供たち全てを失う運命になるソーンの喪失と虚無の重さを象徴している。

K・Dとアーネットの結婚式において、保守的なプリアム牧師による神の絶対的権威を強調する説教に対抗して、進歩的なマイズナー牧師は教会の祭壇の上に吊された樫材の十字架をはずして会衆に見せる。悶え苦しむキリスト像を抱かない簡素な十字架である。

彼が掲げる十字架は抽象で、不在の体《ボディ》が現実だった。(一四六)

マイズナーが会衆に無言のうちに問いかけたいのは、「見えるか?十字架に掛けられた孤独な黒人男の死刑執行が」(同)ということである。マイズナーは神の犠牲と愛にみちた死に様を会衆の意識に呼び戻したいのだ。マイズナーの演出によって、十字架上の見えない黒いキリストの身体、「不在の体《ボディ》」が人々の意識にリアルに存在し始める。不在のボディが呼び覚ますリアリティは、「修道院」の女性たちの消えた遺体がルービィの人々の意識にのしかかる喪失感と重なり合うだろう。

指導者たちが、自足した町と自負するルービィの住民たち一人一人は決して幸福ではなく、夫婦も愛しあっているわけではない。ディーコンはミント色の眼をしたコンソラータを愛してしまうし、スチュワードの妻ドーヴィは、夫に内緒で「ともだち」と呼ぶ若い男との幻の会話を楽しみにしている。色の白い女性との結婚を認めてもらえず、愛の喪失から立ち直ることができないミーナスはアルコールによって「必死の絶望的な愛」(一九五)に浸る他ない。ロジャー・ベストも色の白い女性デリアと娘パトリシアを連れて戦地から帰還するが、町から冷たい仕打ちを受ける。かれらは心踊る愛よりは黒い肌による掟に縛られて生きることを強制されているのだ。

にも拘わらず、モリスンが愛の三部作の締めくくりとして書いた『パラダイス』には愛のモチーフが色濃く埋め込まれている。ジジはアリゾナの砂漠で愛を交わし合う黒人カップルの噂に魅惑されるし、また彼女がルービィを訪ねて来るのも、抱擁しあっている木があると聞いたからだった。中でも最も狂おしい愛の風景はディーコンとコンソラータの逢い引きのそれである。ふたりは「二本のイチジクの木が抱き合うように絡まっている場所」（二三〇）で、「互いにしがみつくイチジクの木と競争するようにして愛し合う」（二三四）。ディーコンとコンソラータの関係は短いものではあるが、読者にとっては、愛の言葉に溢れた幕間のひとときである。ディーコンはコンソラータに、「あなたほど美しい人に出逢ったことがない」（二三一）とか「あなたの全てが僕のものだ」（同）と告白する。ところが襲撃後の告白において、ディーコンは、コンソラータと交わした愛の時間を否定する。コンソラータを姦通の相手にすることによって、ディーコンは彼女を「利用したのであり、彼女のいい加減で奔放な生き方が彼が立ち寄って軽蔑する自由を与えてくれた」（三〇二）と吐き捨てるように言う。しかし、これは余りにも自己防衛的で欺瞞に満ちた後知恵ではあるまいか。なぜなら、ディーコンはそのように牧師に向かってもっともらしく懺悔することによって、寧ろ彼が愛よりは政治的権力を優位におき、彼の欲望の無意識を隠滅するために修道院に住む女性たち全員を殺害したのかもしれないと我々にほのめかしているようにさえ思われるからである。

一方のコンソラータは後に、「彼と私は同体だ」（二四一）と述べ、ディーコンが彼女の身体に内包されていることを告白している。彼女は「神」に向かって「私は彼を食べるつもりではありませんでした。ホームに帰りたかっただけなのです」（二四〇）と言い、ここでも、彼女がディーコンを「食べて」一体となったことを明かしている。さらに、コンソラータのホームの喪失については次章で論じるが、彼女の告白は、彼女が失ったホームの奪還をディーコンとの愛に託していたことをも吐露している。

ルービィの男たちは、無意識の欲望と愛の対象であった「修道院」の女たちを自ら選んで殺害することによって、お互いの信頼関係を失い、愛の記憶を否定し、彼ら自身を喪失したのだ。彼らは、町が無に帰するのを恐れて「修道院」の女性たちを消滅せしめたが、図らずも彼らは自らの「無」に向かって撃っていた。「言葉の欠如……許しの欠如。愛の欠如」(三〇三)とマイズナーはディーコンの告白に対して、ルービィの失敗の源を指摘する。彼らは「無」によって、さらに大きな「無」へと陥落していったのだ。

2 喪失の歴史――インディアン・コネクション

ルービィの町の指導者たちが、最も恐れているのは、彼らの共同体の衰退、さらには消滅であろう。一九世紀末、漆黒の肌の黒人たちが深南部から漂流し、かれらだけのユートピアを建設しようと計画する。最初の町ヘイヴンで「一九〇五年には千人」(六)いた人口が徐々に減り、一時は八〇人にまで減少した。そして一九四九年、さらに西へと移住してルービィを建設する。六〇年代、ルービィの看板には人口三六〇人とある。七六年、男たちが修道院を襲撃するのは

「町が二度と衰亡しないようにするためである」（五）。

父祖たちが神に導かれてオクラホマに建設したヘイヴンの町はステイト・インディアンの土地だった。かれらのパラダイスを目指す野望は、ネイティヴ・アメリカンの土地の消滅の犠牲の上に成り立っている。その意味で、かれらの町の建設は、新大陸アメリカに渡ってきて、ネイティヴ・アメリカンから土地を奪って白人の町を築いていったヨーロッパ人と全く変わらない。

いっぽう、ルービィの建設に先立つ三〇年前に、一七マイル北に悪徳白人によって建てられた邸宅は、やがてカトリック系のインディアン・スクールとして、インディアンの子供たちがかれらの文化と言語を「忘れる」ための教育を施している。失わしめ、奪い取る破壊行為との交換に、征服民族の言語と文化の教育が成り立っている。

このようにしてモリスンは、『パラダイス』において、歴史教師パトリシアが名付ける「エイト・ロック（炭鉱の最も黒い層）」の相同性によって結託した黒人の共同体とインディアン・スクールの「修道院」を設定することによって、被抑圧民族およびかれらの文化の消失という極めてアメリカ的な繰り返しを、抑圧する主体として、白人化教育を行うカトリック修道院だけではなく、アメリカ史において被抑圧民族であった筈の黒人グループも加えて描いて見せた。ルービィの父たちの消滅への恐怖は、ネイティヴ・アメリカンの土地と文化の喪失と連鎖するものとして、この小説は意図されている。重要なのは、ネイティヴ・アメリカンに向かい合う時、ルービィも修道院も岸辺の同じ側に立っているということだ。

南米のスラム街で修道女のメアリー・マグナに拾われて「修道院」に連れて来られた孤児コンソラータは、インディアン・スクールに寄宿するアラパホ・インディアンの少女たちと友情を結ぶ――「少女たちは彼女［コンソラータ］が自分たちと同じように盗まれて連れて来られたという理由で、同情を寄せていた」（二三八）。コンソラータも、その「緑色の眼」と「お茶色の髪の毛」（二二三）によって南米インディアン出身だということが小説の後半部でほのめかされる。こうして、コンソラータは、ルービィの男たちが滅ぼすべき宿敵などではなく、故郷の喪失やホームレスの境涯において、ルービィの人々とも北米インディアンとも根っこでつながるインディアン・コネクションの役割を背負っているという構図が浮き彫りになる。やがて死を予感するコンソラータは、「喪失」によって彼女の人生を振り返る。

最初に失ったのは母国語の基本だった。時々、彼女はあの中間地帯、母国語の規則と第二言語の語彙との谷間で話し考えているのに気づいた。次に消失したのは気恥ずかしさだった。最後に彼女は視力を失った。（二四二）

このように、ホームレスの孤児コンソラータは、「禁じられたアルゴンキン族の子守歌を小さい声で歌う」（二三七）インディアンの少女たちと民族の文化の忘却と喪失を共有しているのだ。

『ビラヴィド』のスウィート・ホーム農園には、三〇マイルも歩いて恋人に会いに行くシックスオーというインディアンの奴隷がいて、仲間の奴隷たちに愛することの尊さを教える。また、ポール・Dも含めて四六人の囚人が豪雨に乗じて頑丈な鎖で繋がれたままジョージアの監獄から脱走した時、鎖を切ってくれ食べ物をくれるのが「病気のチェロキー」(一一一)のキャンプにいたチェロキー・インディアンである。「涙の道」で知られるチェロキー族の歴史、ジャクソン大統領のインディアン政策で土地を奪われ、多くの命を奪われたかれらの悲しみの歴史が『ビラヴィド』の奴隷たちの拷問の物語に織り込まれているのだ。

しかし、『ビラヴィド』において、あくまで副次的なエピソードに留まっていた黒人とインディアンとの交流・共鳴は、『パラダイス』においてコンソラータを軸にして黒人共同体とインディアン・スクールに跨る極めて骨太的なモチーフとして浮かび上がる。この作品では、ヘイヴンを建設するためにインディアンから土地を譲ってもらうだけではなく、エイト・ロックの父祖たちや、「修道院」に逃げてくるパラスなどとネイティヴ・アメリカンとの交流が丹念に描かれている。ルービィの長老ネイサン・デュプレは、シャイアン・インディアンが夢に現れて大豆や綿花の収穫について不吉な予言をした話をする。シャイアンが首を傾げて「水が悪い」と言うと綿の花が「血の滴のような」(二〇五)赤い色に変わった、というのだ。それは、やがて悪い指導者が「修道院」の女性たちの流血を決行し、その結果ルービィが破滅することを予言する夢ではなかっただろうか。

また、母親に裏切られたパラスが、レイプされ靴もなくして途方に暮れて歩いていた時にトラックに乗せてくれたのが「フェドーラ帽を被ったインディアンの女性」（一七三）だった。インディアンの女性はレイプされたらしいパラスの様子を察して、ビリー・デリアが働くデムビィの町の婦人科クリニックに連れて行く。そしてビリーはパラスを「修道院」へと導くことになる。ネイサンの夢に登場するシャイアンも、フェドーラ帽のインディアンの女性も、『パラダイス』において、民族を超えた共闘、連帯を働きかける役割を果たしている。

土地を奪われ、人々を虐殺されたネイティヴ・アメリカンの「喪失」の歴史と並行するように、そのインディアンの土地に町を建てたルービィの歴史も人口の減少に象徴される「喪失」によって記録され続けてきた。町の双子の独裁者の兄ディーコンはソーンとの間に設けた二人の息子をヴェトナム戦争で失くす。弟スチュワードと妻ドーヴィには子供は生まれない。ドーヴィは、夫への町の人々の査定とは逆に、夫の人生は「喪失」によって計られる、と厳しい分析をしている。

殆どいつも、こんな夜には、ドーヴィ・モーガンは彼が失ってきたものに照らして夫のことを考えた。……スチュワードが獲得すればするほど、彼の喪失は目に見えるものとなった。

（八二）

ルービィの最大の「喪失」は、共同体の「繁栄」のために謀られた「修道院」襲撃によって、きわめて逆説的にもたらさせる。夫たちの決起を知ったドーヴィは、ソーンと「修道院」へかけつける途中で、「三〇年間夫が彼の中の何かを破壊するのを見てきた。夫は何かを得ると必ずそれに見合って小さい人間になっていった。今や彼は全てを破滅させようとしている」(二八七)と新たな喪失の予感に震えている。やがてドーヴィとソーンの目の前で、スチュワードはコンソラータの頭に銃弾を撃ち込む。ルービィの男たちのミッションが完結する瞬間である。襲撃後、スチュワードとディーコンの「内側の違いは誰にもわかるほどに深いものになり」(二九九)、ディーコンは自らの選択で、弟スチュワードを失う決心をする。さらに、彼らの妻ソーンとドーヴィ(彼女たちは実の姉妹)は、スチュワードとディーコンのどちらがコンソラータを射殺したか、について意見を異にする結果、お互いに疎遠になってしまう。このようにして、兄弟も姉妹もお互いを喪失する破目になるのだ。

ジュリア・クリステヴァは、「政治とは、ひとつの共通の尺度を規定し、そうすることによって共同体を存続させるものである。ところで、基礎となるこの共通の尺度とは言語活動《ランガージュ》である」(一五)と述べているが、ルービィの町の政治も「言語活動」によってとり行われてきた。ヘイヴンの創設者ゼカライア・モーガンが「創案したのかどこかから盗んできたのかのかはわからない」(七)数語が、町の台所となる場所に建てられた大竈のへりに取り付けられる。町の指導者は祖先の言葉によって政治を行い共同体の結束と安定を計ろうとしたが、大竈は町の人々に食べ物と滋養を与えるだけでなく、かれらを団結と連帯に導く媒体となり、かれらの歴史の記念碑的存在となった。この大竈崇拝についてソーンは、大竈が食べ物を調理する役割を果たしているうちはまだ良かったが、行きすぎて「実用が祀堂になってしまった」(二〇三) と批判する。「祀堂」になったからこそ、長い年月を経て欠落して見えなくなった言葉をめぐる大論争が起こるのだ。それはルービィの内部分裂の底深さを暴露する「内戦」へと紛糾していく。

ヘイヴン創設の父が残した言葉のうち、今読めるのは "the Furrow of His Brow" (「神の額の皺」) の部分のみとなっている。「神の額」という言葉からだけでも、ゼカライアがさらに大きく絶対的な「父」なる神の権威を言語化することによって町の政治の安定化をはかったことが窺えよう。欠落した文字について、若者たちは、Be を補って、「神の額の皺となれ」としたいが、保守的な牧師プリアムは Beware を補って、「神の額の皺を恐れよ」であることを主張し、父の言葉をめぐって住民たちに解釈の激しい対立を生み出す。町の指導者は、この内戦を「修道院」襲撃にすり替えて解決しようとしたのだ。

この大竈のメッセージについて、「初めのうちはかれらを祝福しているように見え、やがては困惑させ、ついにはかれらが敗北したと言明しているような言葉」(七) となったことが、早くも小説の最初の章、男たちの襲撃を語る過程ですでに読者に知らされ、町の敗北が予告されている。ルービィの内側からの崩壊を、身代わりの山羊とされた「修道院」の女たちの罪に代替させて、あくまでも神の庇護によるかれらの町を守り抜くという妄想に支えられた襲撃が終わった後、マイズナー牧師は、ルービィそのものの「不必要な失敗」についてコメントしている。かれらのパラダイス作りはなぜ失敗したのか。それは、かれらが「白人を出し抜いたつもりで、実は白人の真似をしてきたにすぎない」(三〇六)からである。異質なものの排除によってしか成り立たない楽園など到底存在しないのだ——「救われない人々、無価値な人々、風変わりな人々の不在によってしか定義されない、獲得困難な天国をどうして保ちうるだろうか?」(同)。そして、かれらの祖先の言葉も町の歴史もいったん「無」へと帰って行かざるを得なかった。

3　懐かしい言葉の海へ

すでに述べたように、ルービィの男たちの無謀な「修道院」襲撃は、それに先立つ集会段階から町の産婆ローンによって目撃されていた。彼女は襲撃を何とか未然に防ごうと奔走する。大竈の言葉をめぐる内戦は勿論のこと、ルービィの男たちが最も恐怖するところは、町の女性たちが「修道院」の女性たちの自由でだらしない生き方を模倣し吸収することだった。襲撃前の集会で、「(修道院の)女たちは男を必要とせず、神も必要としていない」、「その混乱が我々の家に我々の家族に浸透してこようとしている。それは許せない」(二七六)と男たちは息巻いている。

当のルービィの女性たちは、大竃の「実用が祀堂になってしまった」(一〇三)というソーンの鋭い父権制批判や、ドーヴィによる夫批判を初めとして、言葉を封鎖された情況に決して甘んじているわけではない。歴史教師パトリシアは、ルービィの一五家族の系図を作り記録している。父親ロジャーの名前が町の有力者家族から外された理由が、肌の白い母デリアと結婚したことによるものと知り、排除された母の墓石の側で全ての記録を焼き、町の支配者に復讐する。

犯罪者もいなければ監獄の必要もないルービィの町では、夜に明かりの点いていない通りを女性が一人で歩いても安全そのもの、と豪語される。ところが当の女性は「食事の準備、戦争、家族のことなどを考えながら……ぶらぶら歩いている」(八)というのだ。食事や家族のことはともかく、なぜ彼女は「戦争」のことを考えるのか。仮に息子や夫が戦場に行っているのなら頷ける。しかしそのような具体性はこの文章からは読みとれない。なぜ彼女たちは抽象的に「戦争」を考えて歩くのか。

この疑問は、父権制の下で抑圧されているかに見える『パラダイス』の女性たちがしばしば「戦い」にまつわる比喩で描かれていることとも連関してくる。障害児が四人生まれて六年間、家の外に一歩も出たことのなかったスウィーティがある日、町の北の方向に、「修道院」を目指して歩いて行く。彼女を目撃したディーコンは、彼女が「まるで兵士のように町から行進して出て行った」(二二四)と言う。父権制の実行者であるディーコンは男性の占有である筈の「兵士」の比喩を悲劇的な母スウィーティに与えるのは、彼女が修道院を目指す以上、彼女の「行進」を父権制の町への挑戦として彼が受けとめたからに他ならない。

ボトムの町の掟と勇敢に孤独に戦ったスーラの蘇りにも似たビリー・デリアは、男たちが「修道院」の女性たちの振る舞いを「反乱」と決めつけて罰するために襲撃したと見る。ビリーは母親パトリシアと喧嘩して「修道院」に駆け込んだ後、ルービィにとっくに見切りをつけ、二人の男と一緒にデムビィの町で暮らしている。祖父も母も自分までもが町の掟によって破滅させられたと信じるビリーの解釈はこうだ——「男たちによって支配されている時代遅れの町は……人々の生死を勝手に決め……生き生きと自由で非武装の女たちが雌馬の反乱をしていると決めつけ成敗してしまったのだ」(三〇八)。さらに、ビリーは殺害された女性たちが必ず奇跡的に帰って来る、「戦い」を挑むために、と信じている。問題は「いつ」奇跡が起こるかということ——「彼女たちはいつ、燃える眼差しと出陣のペイントを塗り、巨大な手をかざして再来し、町とは名ばかりのこの牢獄を破壊しにやってきてくれるかしら?」(同)。つまり、ビリーが勇んでいるように、ルービィの女性たちにとって、「戦争」は少しも終わっていないのだ。

言語活動によって政治を行うのは、ルービィの指導者に限らない。漂流してきた傷ついた女性たちから「コニー」と呼ばれてきたコンソラータは、「コンソラータ・ソサ」と名乗ることによって、「修道院」の新しいコミューンの指導者であることを宣言する。彼女の言葉は、「誰も理解できない」(二六三)ものであったが、誰ひとり「修道院」を去る者はいない。その時、コンソラータが話している言葉は、修道女たちが神との対話に用いていたラテン語でもなければ、彼女がオクラホマに連れて来られてから覚えたアメリカ英語でもない。それは彼女を見つけに来てくれた故郷からの使者、彼女自身の神が話した懐かしい言葉の名残りを響かせている。

コンソラータは異郷オクラホマでの孤独な死を恐れて「神」を慕って呼びかけると、空の光がゆらめいて、庭にカウボーイ・ハットの男が現れる。白いシャツにグリーンのヴェスト、なめし革のズボンには赤いサスペンダー、ぴかぴかの黒のブーツ、という出で立ち。懐かしい故郷の服装である。さらに彼は、コンソラータと同じ「お茶色の髪」と「新しい林檎のような緑の眼」(二五二)をしている。何よりも懐かしいのは、彼が話す言葉だった——「彼との間に十ヤードはあったが、彼の言葉は彼女の頰を嘗めた」(同)。

"You from the town?"
"Uh uh. I'm far country. Got a drink?"
"Look you in the house." (同)

コンソラータの問いに応える男の言葉は懐かしい故郷の人々が話す英語を響かせている。聞いた瞬間、「コンソラータは蜂の巣からこぼれる蜂蜜のように彼の言語へと傾いていった」(同)。コンソラータは突如眼の前に現れた男の服装、髪と眼の色、そして彼が話す崩れた英語によって一挙に故郷に飛ぶ。

襲撃の夜明け前、女性たちは踊っているが、コンソラータは「庭で彼女を見つけ出した神を体中に湛えて」(二八三) 踊った、という文章に我々は行き着く。そして、この男が彼女を守り愛し導く神であったことを知らされる。故郷の神がコンソラータを懐かしいホームへと連れ戻しに来たのだ。遠い昔「彼女は迷子になったが、やっと見つけてもらえたのだ」。巻頭に掲げたこの一行は、ルービィの子供たちが毎年クリスマス劇において祖先たちの「拒絶」の歴史を演じる時、クライマックスで、集まった観客が歓喜に溢れて唱和するセリフである。ルービィの人々の艱難に満ちた運命が最後に報われて救われるという劇の筋書きであるが、これは南米の都市からの孤児コンソラータが彼女の神によって見出されて救われる、という物語の展開と奇しくも一致するのである。「むかし迷子になったけれど、やっと見つけてもらった」というルービィの人々の声が、コンソラータの運命をそのまま物語っているのであり、この瞬間『パラダイス』の二つの物語が鮮やかに交叉する。この小説の根底には、ホームレスの人々がホームを探す物語が横たわっており、それは、ルービィの祖先たちのみならず、「修道院」にやってきて住み着いた女性たち、そしてかれら双方に援助の手を差しのべるネイティヴ・アメリカンたち全てが分かち持つ物語なのだ。

かくしてコンソラータは自分の言語を奪還し、神に導かれていく。彼女がディーコンとスチュワードによって撃たれようとする直前にも、彼女の神は空に現れる。この時コンソラータは「あなた、また来て下さったのね」(二八九)と言い、彼女を迎えにきた神を確認する。しかし、コンソラータの神は唯一絶対の「神」、大文字のGodではなく、小文字のgodに飛翔している。彼女が修道院の女性たちに語って聞かせる安らぎの場所には複数の「神々と女神たち」(二六三)がいる。それは黒いピエタと思《おぼ》しいピアダーデという女性がいる海辺の場所。ピアダーデは「歌うだけで決して一語も発しない」(二六四)。そこは、彼女たちが殺害されて後、船で行き着く場所である。襲撃の前夜、彼女たちは、コンソラータにピアダーデの話を聞かせてくれとせがんでいる。

「彼女はエメラルド色の水で私を沐浴し、彼女の声は誇り高い女性をも通りで泣かせてしまうほど。……ピアダーデは波をも静まらせる歌を持ち、海が始まって以来、聞いたことのない言語に耳を傾けさせる力をもっていた。」(二八五)

ピアダーデは傷ついた人々を慰める歌を持つが、言葉は話さない。「女たちは、鸚鵡、クリスタルの貝殻、決して言葉を話さないで歌う女のイメージに浸されて眠り、眼を醒まし、また眠るのだ」(同)。「修道院」から消えた彼女たちは、もはやひとつの「言葉」が支配する領域から脱出し、「聞いたことがない言語」の海も、「自分たちの知らない思い出を語る言葉」(三一八)の海も自由に泳いでいられる場所を目指して船出していく。そこには分かちあえる言葉とパンがあり、愛があり、ホームの至福が待っている。

「戦争」がまだ終わってはいないルービィの女性たちやビリー・デリアたちの戦いをよそに、「修道院」の女性たちは踊りながらパラダイスへと旅立っていく。襲撃の日の未明、「暑く香しい雨に打たれて踊る聖なる女性たちの恍惚」(二八三)から彼女たちの平和がこぼれてくる。セネカもジジもメイヴィスもパラスも忌まわしい過去の記憶を雨によって浄化し、思い思いのままに踊る。すでに述べたように、「コンソラータは体中に神を湛えてもっとも激しく踊っている」(同)。『ビラヴィド』でも、ベイビィ・サッグズの「あなた自身を愛しなさい」という言葉とともに、人々は笑い、歌い、踊る(八八)。何度も蘇るベイビィの忠言、「刀と楯をおさめよ」(一七三他)をセサが受け容れる時、彼女は娘たちとスケートを滑りに行く。セサが娘殺しの記憶との戦いに終わりを告げる儀式のようなスケートの後、彼女は冬空の星を見上げて「完璧な平和に」(一七四)加わるのだ。

モリスンは特別講演『踊る心』(*The Dancing Mind*, 一九九六)を、「単なる戦争の不在というのではない平和がありますと」と始めている。さらに続けて引用するならば、「私が考えていますす平和とは、歴史の原則のなすがままにされたものではなく、また現状に受け身的に降服したものでもありません。私が考えます平和とは開かれた心どうしの踊りでして、開かれた心どうしの絡み合いなのです」(七)。だとすれば、『パラダイス』で雨に打たれて踊る女たちはモリスンがイメージする「平和」を祝福しているのだ。撃つ男たちから遠く離れて。

注

[1] "Toni Morrison References." Online. Internet. 21 Jan. 1998.

[2] 例えば、*The New Yorker*, Vol. LXXIII, No. 42, January 12, 1998, 78-82. *The New York Times Book Review*, January 11, 1998, 6-7. など。

引用文献

Morrison, Toni. *Beloved.* New York: Alfred A. Knopf, 1987.
———. *The Dancing Mind.* New York: Alfred A. Knopf, 1996.
———. *Paradise.* New York: Alfred A. Knopf, 1998.
———. *Sula.* New York: Alfred A. Knopf, 1973.
ジュリア・クリステヴァ『ポリローグ』足立和浩・沢崎浩平・西川直子・赤羽研三・北山研二・佐々木滋子・高橋純訳、白水社、一九九九年。

3

高階　悟

アメリカの歴史と黒人の闘い

フレデリック・ダグラスの『奴隷体験記』

アメリカの社会や文学を語る時、アフリカ系アメリカ人の奴隷制と人種差別問題を抜きにして論ずることはできない。アメリカの黒人の歴史は一六一九年にオランダの奴隷船に奴隷として積み込まれていたアフリカ人がアメリカ大陸に上陸させられた時から始まる。その時から今日まで黒人はアメリカ社会で自由と平等を獲得するための闘いを続けてきている。具体的には、南北戦争以前は奴隷制度に対する闘いであり、南北戦争後は解放された黒人の行動を制限する人種隔離政策（ジム・クロウ法）に対する闘いである。

アフリカ系アメリカ人が抵抗し続けてきたのは、白人中心の既成の社会体制に対してである。初期のアフリカ系アメリカ人文学はそのような闘いの歴史の中から生まれたのである。アメリカ建国の父祖トマス・ジェファソン（Thomas Jefferson, 1743-1826）は、独立宣言の起草者であると共に、南部の奴隷所有者であり、『ヴァージニア覚え書』の著者でもある。ジェファソンは『ヴァージニア覚え書』において当時の人々の考え方を代弁して、白人の生物学的優越性と道徳的優越性を説いている。

記憶、推理、想像などの能力で彼ら（黒人）を比較してみると、記憶力の点では白人と同じであると思われるが、ユークリッドの研究を追ったり、理解したりすることのできるものはほとんどいないだろうから、白人に比べてかなり劣っており、想像力は鈍く、下品で、異常であると思われる。……黒人の場合には、平凡な物語の水準をこえるような思想を口にし

た例を、私はまだ一度もみつけることができなかったし、絵画や彫刻ではほんの初歩的なものさえも見たことはない。［注1］

　このような当時の黒人観がアフリカから連れて来られた黒人とその子孫の労働を搾取する奴隷制を正当化し、黒人に読み書きを禁止する奴隷法を生んだのである。経済的な必要性から発展したアメリカの奴隷制は、奴隷に対する規則が流動的なアフリカの奴隷制に比べて、奴隷を白人の私有財産とする厳格な制度であった［注2］。最初の反奴隷制の組織は自由黒人が中心であったが、一九世紀始めより北部の白人がキリスト教のモラルに基づき活動に加わり全米規模の運動に発展してゆくのである。従来のアメリカ史の中では、主に北部の白人のウィリアム・ギャリソン（William L. Garrison, 1805-79）やハリエット・ストウ夫人（Harriet B. Stowe, 1811-96）などの奴隷制廃止運動《アボリショニズム》が注目されてきた［注3］。しかし、一九六〇年代以降からは南部のプランテーションで牛馬のように酷使された黒人奴隷の目を通して語られた「奴隷体験記」（slave narrative）または「奴隷物語」が、人々の注目を浴びて研究の対象になったのである。六〇年代は黒人の公民権運動、インディアン（先住アメリカ人）解放運動、女性解放運動などが政治・経済・文化の分野で起こった時期である。八〇年代中頃には、主流から以前に排斥された人種、民族、宗教的集団、女性、障害者、同性愛者などを尊重する多文化主義が法的に承認され［注4］、黒人など周辺に追いやられた集団の文化が学校のカリキュラムに取り入れられるようになった。ヨーロッパの白人中心の文学批評のあり方が問い直され、黒人、少数民族や女性などの観点からの文学批評が広まった。

アフリカ系アメリカ人文学で最初に登場した黒人は、女性詩人のフィリス・ホイートリー(Phillis Wheatley, 1753-84)である。セネガル生まれの黒い奴隷のホイートリーは、良心的な主人のもとで英語を覚え、一七七三年に主人の静養先のロンドンで最初の詩集『宗教と道徳など様々な主題に関する詩集』(*Poems on Various Subjects, Religious and Moral,* 1773)を発行しようとした。黒人女性詩人が登場したことは、文学的な評価をするどころか、その出現そのものが当時の社会通念に対する大きな挑戦となった。詩集を出版する前に、マサチューセッツ知事を含む一八人による黒人少女ホイートリーに対する審査が実施され、「彼女はそれらの詩を書く資格があると判断された」[注5]という「原作者の証明書」が序文に記されて出版されたのである。また、ホイートリーの詩集に対してトマス・ジェファソンは「批評に値しない」と述べている[注6]。ホイートリーの他の詩集や書簡は、黒人の社会的平等を求める闘争が全米的に広まった一九六〇年代後半になってから再評価され、再出版された。この最初の黒人詩人が体験した黒人奴隷が「著者であることの証明」の問題は、南北戦争前に奴隷体験記を出版しようとした黒人が直面したアメリカ社会の人種差別的な障壁であった。

1　白い包みに包まれた奴隷体験記

奴隷体験記は約二五〇年の長きに渡り続いた奴隷制のもとで生み出され、アフリカ人奴隷とその子孫たちによって語り継がれてきた体験という点においては他に例を見ない物語であり、アフリカ系アメリカ人の文化遺産の一つである。奴隷体験記で語られている物語は、歴史的・社会的にも重要な資料でありアフリカ系アメリカ人文学の源でもある。一説によると、一七〇三年から一九四四年までのあいだに、六千六編の奴隷体験記が書かれたといわれている［注7］。一八世紀の奴隷体験記は、恵まれた境遇にあった黒人奴隷が白人作家をまねて綴った読み物や詩が多く、奴隷制度を批判することもなかった。奴隷制が政治的論争の的になった一八三〇年代から、奴隷体験記が北部で数多く出版されるようになり、奴隷制度に公然と反対を表明する黒人や白人の聖職者が増大していった。

一八三〇年以降の奴隷体験記のテーマは、人間を家畜のように扱う奴隷制の非人間性の告発であり、奴隷制の廃止である。当時の奴隷体験記の特徴として、執筆の経過や出版事情の面から次の四つを挙げることができる。第一の特徴は、一九世紀の奴隷体験記は「白い包みに黒人のメッセージが含まれている」［注8］出版物と言われることである。それは奴隷が読み書きを禁止され、貧弱な教育の機会しか与えられていない状態では、白人の支援なくして体験記を出版できないということである。社会的に市民権のない黒人が出版物の著者が「自分であることの証明」をできなかったことも事実である。良い意味でも悪い意味でもすべてが白人の支配のもとにあったことを物語っている。南北戦争前の奴隷体験記の作者の大部分は逃亡奴隷であり、良心的白人の奴隷制廃止論者からの支援を受けて体験記を出版している。従って、ほとんどの体験記には語り手の信頼性や人間性を保証する旨の白人編集者の序文が最初に書き添えられている。また時には、白人奴隷制廃止論者は逃亡奴隷を経済的に援助すると同時に体験記を代筆したり、物語を編集したとも言われている。社会的地位が低く、経済的に貧しい黒人芸術家がこのように白人の理解者の援助に頼る傾向は、一九二〇年代のハーレム・ルネサンス時代まで続いた。

一九世紀の奴隷体験記の第二の特徴は、逃亡奴隷の作者が正体を明らかにすることを躊躇しながら、奴隷制廃止の闘いのために自らの経験を生々しく描いていることである。多くの南部から脱出した奴隷たちは逃亡奴隷取締法のもとで奴隷捕獲者によって捕らえられ、奴隷所有者によって厳しくムチで罰せられた。奴隷体験記の著者は、クエーカー教徒など良心的な白人の保護を受けて逃亡に成功し、雄弁の才能を認められた恵まれた少数の黒人たちである。しかし、彼らの多くは北部白人の奴隷制廃止運動のために体験を語り、その内容を活字にする機会に恵まれたとはいえ、奴隷体験記の目的は、白人の奴隷制廃止論者の後方支援的役割を果たすものだった。そのため、奴隷体験記は「奴隷制廃止論者のプロパガンダ」とも言われてきた。

一九世紀奴隷体験記の第三の特徴は、奴隷体験記の読者の大部分が白人であったことである。

当時の奴隷制廃止運動には黒人や女性も参加していたが、主に白人聖職者や実業家の奴隷制廃止論者が中心となって南部の奴隷制廃止運動と自由黒人のアフリカ植民協会に反対する運動を進めていた［注9］。奴隷体験記は、奴隷制がキリスト教的道徳観に反すると考える良心的な白人と自由黒人の間で多く読まれた。また第四の特徴は、奴隷体験記が読者の大半を占める白人の感情に訴えるように扇情的に物語が展開されていることである。そして、奴隷体験記の主人公は白人を父親にもつ混血奴隷が多かったことも白人を引きつけた。登場人物が混血児の方が奴隷制の犠牲者として白人読者の共感を得やすく、また著者自身が混血である場合も多かった。フレデリック・ダグラス（Frederick Douglass, 1818-1895）が発行した黒人新聞『ノース・スター』は、購読者の八〇％以上を白人に依存していたと言われている［注10］。

フレデリック・ダグラス，1845年頃

逃亡奴隷のフレデリック・ダグラスは、『フレデリック・ダグラスの奴隷体験記』（*Narrative of the Life of Frederick Douglass, an American Slave*, 1845）を奴隷制廃止論者の支援のもとに出版した。ダグラスの体験記は、先述の四つの特徴を持つと同時に、当時もっとも多くの読者を得たことで歴史的かつ文学的に重要である。アフリカ系アメリカ人文学を語る時、一九世紀のダグラスの功績を抜きにして語ることはできない。ダグラスは奴隷としてメリーランドの農園に生まれたが、後に社会活動家、作家、編集者として活躍し、ハイチ共和国の領事を勤めた。黒人指導者となったダグラスは、「奴隷制度はアメリカ国民の罪であり、同様にまた恥辱なのだ」〔注11〕と語る奴隷制廃止論者《アボリショニスト》でもある。

『ダグラスの奴隷体験記』の表紙に著者の名前はなく、著者の名前が書かれるべき所にはアメリカの奴隷「本人によって書かれた」と記されている。この体験記の当時の意義はダグラスの文学的なデビューではなく、白人の奴隷制廃止論者ウィリアム・ギャリソンの運動の一つとしてアメリカ逃亡奴隷が生の体験を語ったことであった。ダグラスの雄弁家としての才能を発見し、彼を後援したギャリソンは、『ダグラスの奴隷体験記』に長い序文を書いている。ギャリソンは、「（南部の奴隷所有者たちの行動）に関してのダグラスの証言は、その陳述の真実性について数多くの証人に支持されている」（四二）と体験記の信憑性を保証している。序文の次には、白人の奴隷制廃止論者で社会改革者であるウェンデル・フィリップスからダグラス宛に書かれた手紙が紹介されている。フィリップスは、「アメリカにおいて逃亡奴隷が安全だと言える場所がどこにも無いのにもかかわらず、ダグラスが実際の名前と出生地を告げた」（四五）とその勇気を讃えている。しかし、ダグラスはこの自伝的な体験記を発表後、奴隷捕獲人に追われる身となり、奴隷制廃止論者の資金援助でヨーロッパに逃れるのである。

2　自由を目指すダグラスの奴隷体験記

『ダグラスの奴隷体験記』は黒人奴隷の苦しみと奴隷所有者の残忍性を描いて奴隷制を攻撃している点からして一八三〇年代以降の奴隷体験記の典型である。この体験記はメリーランド州の農園に奴隷として生まれた主人公「私」の奴隷生活と奴隷監視人への抵抗と農園脱出などが一人称で語られており、読者は容易にそれらが作者の告白とされるように書かれている。この体験記はダグラスが講演旅行で聴衆に語り続けてきた体験を活字にしたものであり、自伝的ノンフィクションでもある。彼が奴隷制廃止協会の講演会で自分の体験を雄弁に語ったために、彼が奴隷であった過去を疑う聴衆もいたのである。ダグラスは逃亡奴隷であることを証明するために「奴隷制の墓場から自由の天国」(一一三)への体験記を書くように促されたのである。ダグラスは奴隷制に対する怒りを簡潔な文章で綴り、その体験記はアメリカ文学の中の傑作となっている。ダグラスの体験記が当時の多くの読者に訴えたのは、黒人奴隷の解放と共に自由の追求というテーマのためでもある。その普遍的なテーマは、イギリスの植民地支配に反抗したパトリック・ヘンリーのような、死の決意を抱いての自由の追求に通じるのである。主人公の「私」は、体験記の中で「自由になる権利」を知った時の印象を次のように述べている。

自由をつげる銀のラッパが私の魂を永久に目覚めさせてくれた。自由はたった今現れ、もはや永久に消えることはない。それはあらゆる音の中に聞こえ、あらゆることの中に見えた。自由は絶えず悲惨な境遇の意識を抱く私を苦しめ続けた。（八四―八五）

自由の獲得と社会的平等は、アメリカ建国時代からの理想であり、アメリカ文学のテーマの一つである。黒人奴隷にとっての自由の追求は、白人の私有財産でなくなることであった。ダグラスの体験記は彼の生い立ちから始まり、逃亡に成功し奴隷制廃止会議に出席して体験を語るまでの二三年間の半生である。物語は、主人公が語る「私はメリーランド州のヒルズボロ近くのタカホーで生まれた」から始まる（四七）。

一九世紀の他の奴隷体験記と同様に、『ダグラスの奴隷体験記』の主人公「私」は、母親が畑で働く奴隷であり、父親が白人という噂のある混血児である。奴隷所有者が奴隷たちに対して主人と父親という二重の関係を持つことは珍しいことではなかった。混血児の存在は、黒人女性に対する白人の性的支配の構造とその実態を物語っている。北部の白人読者はそのような奴隷制の恥辱に罪悪観を覚えながらも、色白な黒人の不幸な生涯に同情したのである。主人公の「私」は混血であったために外での畑仕事ではなく、主人の息子の遊び友達に選ばれる。「私」は八歳のころ海港都市のボルチモアで働くようになる。都会のボルチモアではやさしい女主人に出会い、読み書きを教わり、「私」は「自由の天国」への鍵を見つけるのである。しかし、主人は妻が奴隷に読み方を教えるという違法行為をしていることを知り「黒ん坊《ニガー》は主人の命令に従うことだけ知っていればいいんだ。学問は最高の黒ん坊もダメにしてしまう」（七八）と言って止めさせてしまう。この事件から、「白人が黒人を奴隷化する力がわかった」と、主人公は奴隷が自由になるために何が必要なのかを知り独学を開始する。「私」はボルチモアでの七年間に『コロンビアの雄弁家』という本を買い、奴隷制に関する議論を読み、奴隷制廃止に関心を抱き始める。

主人の身にふりかかった不幸のために読み書きを独学できる都会での生活は終わり、主人の財産処理によって農園で働く運命に落とされた。新しい農園主のトマスは奴隷に十分な食べ物を与えずに働かせる信心深いが、卑劣な奴隷所有者であった。トマスは主人公の反抗的態度がいくらムチ打っても改まらないので、「黒ん坊調教師」と呼ばれているコビーのもとに一年間預けることにした。コビーの奴隷調教法は、人間としての威厳を喪失させるほど奴隷を徹底的にムチ打ち、朝から晩まで働かせることであった。そのような境遇のもとで、主人公の「力強い自由の火や希望の光が消えかかった」（二〇六）が、コビーのあまりの無謀さに六ケ月目のある日ついに生命を守るために抵抗をした。奴隷調教師と奴隷が二時間近く殴り合いの死闘をし、奴隷が打ち勝った。主人公の「消えかかっていた自由の燃えさしはまた火がともり」（二一三）、主人公は初めて人間としての自信と勝利の満足感を味わうのである。

この死闘の結果、主人公は今までの家畜のような存在から脱出して、「人間らしさまたは男らしさ」（二一三）を回復するのである。この事件後コビーは主人公をムチ打つことはなくなり、主人公は自由への決意を新たにし、奴隷制への批判を強める。コビーの農園での任期を終えて、主人公は教養ある南部紳士の農園で働かされる。そこでは仲間の奴隷たちに日曜日に読み書きを教え、同時に自由の意識を教え、脱出計画を打ち明ける。しかし、脱出計画決行のその朝に密告者の通報のために捕らえられてしまう。警官に捕らえられた主人公は首謀者と見なされ、「足の長い混血の悪魔野郎」(一一八)と黒人女性に罵られる。幸運にも拘置所から解放され、再びボルチモアに送られた主人公は、都会という恵まれた境遇にあっても自由への願望は増大し、今度は一人で逃亡を実行する。

奴隷制の悲惨さと自由の祝福が絶えず私の前にあった。それは私にとっては生と死であった。しかし、私は確固不抜の精神を持ち続け、そして私の決意通り、一八三八年九月三日に私の鎖を置き去りにしてニューヨークに到着することに成功した。(一四三)

主人公は自由州に入り、逃亡の手助けをしてくれた自由黒人のアンナを呼び寄せて結婚をする。自由の身となり、今までの名前を捨ててフレデリック・ダグラスと名乗るようになる。彼は船の荷積みの仕事をしている間に、黒人奴隷の即時解放を要求する奴隷制廃止運動の機関誌『解放者』を知るようになる。一八四一年八月、奴隷制廃止の集会に出席し、白人の聴衆の前で奴隷体験を話すように求められ、雄弁家の能力を発揮して黒人解放の活動家としての一歩を歩み始めるのである。

『ダグラスの奴隷体験記』は発行後、その生ま生ましい体験のためにベストセラーとなり、五年間でアメリカとイギリスとフランスで三万部も売れた。当時の白人作家ヘンリー・デイヴィッド・ソロー（Henry D. Thoreau, 1817-62）のエッセイ集『ウォールデン――森の生活』（*Walden, or Life in the Woods*, 1854）よりも多くの読者をとらえた〔注12〕。ダグラスは体験記発表後、ギャリソンの奴隷制廃止運動の演説家として活躍し、一八四七年には黒人のための新聞『ノース・スター』を発行する。ダグラスはこの頃より、道徳的説得を重視するギャリソンの奴隷制廃止論とは袂をわかつようになり、黒人の権利を政治的に主張するようになってゆく。ダグラスは最初の体験記から十年後に黒人の奴隷制廃止論者の序文付きで『私の束縛と私の自由』（*My Bondage and my Freedom*, 1855）を発行する。『私の束縛と私の自由』では、前例のないほど率直に奴隷制と人種差別主義を批判し、ギャリソンの奴隷制廃止論では「私の自由」の達成が得られないことを明らかにしている。第三作目の自叙伝『ダグラスの生涯と時代』（*The Life and Times of Frederick Douglass*, 1892）は、ダグラスが亡くなる三年前に出版された。『ダグラスの生涯と時代』では、ボルチモア脱出の時の詳細の記述や書簡や演説を含んでおり、ダグラスの人生の総括的な自伝である。が、あとの二冊の体験記は、自由への情熱や本の売れ行きからしても第一作『ダグラスの奴隷体験記』にはおよばない〔注13〕。

3 『ダグラスの奴隷体験記』への批判と今日の課題

一九八〇年代以降の多文化主義教育の普及のもとで、異文化理解とアフリカ系アメリカ人理解のために『ダグラスの奴隷体験記』は全米の学校で読まれている。多文化主義は主流から以前に排斥された人種、民族、宗教的集団、女性、障害者、同性愛者などを尊重し、理解しようとする考え方である。多文化主義のもとで、マイノリティの解放と自由の追求という点から『ダグラスの奴隷体験記』は尊重されているが、女性の視点からは、時々批判されている。それはダグラスの体験記中の黒人女性の描写に関してである。

『ダグラスの奴隷体験記』の女性奴隷は、白人にムチ打たれる犠牲者としてのみ描かれており、力強く、自由を追求する女性像は見つけることができない。主人公が最初に目撃する血なまぐさい光景は、主人の命令に従わなかった叔母が裸にされて納屋で背中をムチ打たれる場面である。

彼（主人）は奴隷をムチ打つことに喜びを感じているようであった。……叔母が大きな悲鳴をあげればあげるほど、ますます彼は激しくムチを打ちおろし、血がもっともよく吹き出ている所を一番長くムチ打った。彼は悲鳴をあげさせるためにムチ打ち、黙らせるためにムチ打った。（五一）

奴隷制は白人がムチという武器を持つことによって黒人を支配し、酷使し続けた制度であるが、奴隷所有者や奴隷監督官が女性奴隷をムチ打つ場面では、権威の行使以上のものが感じられる。信心深い奴隷所有者のトマスは、「足の不自由な若い女性奴隷を縛り上げて、重い牛革のムチで裸の肩を暖かい鮮血が出るまで打ち続ける」(九九)、またメソジスト教会の牧師は、「女性奴隷の背中を皮がむけるまでムチ打ち、奴隷をムチ打つことは主人の義務である」(一一八)とまで公言する。このような奴隷所有者の行為は、奴隷虐待というより女性を虐待するサディスティックな南部白人の性的傾向を表しているといえよう。ダグラスの女性奴隷に対する虐待の描写は、「支配者と犠牲者、権力のある者と無力な者の間に再現されるポルノグラフィを表している〔注14〕と黒人フェミニストは述べている。彼女はさらに、ダグラスは一部の白人読者の興味を引きつけるために扇情的な描写をくり返しながら、彼自身も観淫者になっていると批判している〔注15〕。しかし、『ダグラスの奴隷体験記』は総合的に判断すると、性的快楽を提供するポルノグラフィではありえないが、男性中心主義的な物語であることは否定できない。

『ダグラスの奴隷体験記』では、主人公が奴隷調教師に反抗して自由を手にする時、「男らしさ」(一一三)の意識を回復する。暴力的な奴隷制度に対抗するために、黒人奴隷は戦士のような肉体的な腕力が必要であり、ダグラスの体験記は黒人の「男らしさ」の証明の物語にもなっている。自由を勝ち取るために男性的な力をふるって戦うことはアメリカ社会の伝統であり、ダグラスだけを責めることはできない。しかしながら、当時の黒人の得られる「男らしさ」は、白人中心社会の中で許される範囲以内での「男らしさ」の発揮であり、白人の男らしさとは同じではない。言葉を換えて言えば、体験記の奴隷が回復した「男らしさ」は、私有財産的存在から人間としてのプライドの自覚であり、白人が日常生活で享受している人間（human beings）らしさの回復でもある。奴隷がアメリカ社会で人間として平等に扱われるためには、初期の段階では既成社会の人種差別的な壁を打ち破る男性的な力が必要であった。一方、女性奴隷には男性のような力が無いために人間らしさを回復するのに遅れ、二重に疎外され、虐げられていたのである。

しかし、黒人指導者のダグラスが、女性の社会進出にまったく理解がなかったわけではない。ダグラスは一八四八年のセネカ・フォールズ女性会議に参加し、女性参政権獲得運動に賛成を表した最初の男性として知られている。第三作目の自叙伝『ダグラスの生涯と時代』では、ダグラスは女性に参政権を与えることに支持を表明している。ダグラスは男性の野蛮な傾向を緩和する女性の影響を評価し「男性の政府が失敗したら、男性と女性の連合した政府を試みても害にはならない」［注16］と述べている。しかし、ダグラスが社会的に有名になってから白人女性と再婚したことについては議論もある。社会的な地位が上がり、経済的に豊かになった黒人が白人女性と結婚することは、今日にも見られる一つの現象である。黒人男性と白人女性との結婚は、混血の黒人指導者が中流化した時に見られる一つの傾向でもある。

黒人指導者のダグラスは、ギャリソンの道徳的説得主義に反対して黒人の権利を主張する政治的活動を進めるが、過激な武装蜂起によって黒人解放を達成しようとはせず、アフリカへの移民を説くブラック・ナショナリズムにも賛同しなかった。ダグラスの理想は、黒人がアメリカ市民となり、黒人と白人が共に生きるアメリカ社会の実現であった。奴隷制をめぐる南北戦争が始まった時、ダグラスはリンカーン大統領に「両手が必要とされているときに、片方の手だけで戦うべきではありません」[注17]と黒人の連邦軍への参加を促したのである。初期のダグラスの同化主義を「白人に迎合する姿勢を見せながらその裏をかく白人好きのトリックスター」[注18]と捉える見方もある。

ダグラス「生誕150年」の記念切手と封筒の図柄

ダグラスの同化主義の源は、人種的な背景にとらわれずにお互いの道徳観によって非道な社会制度を改革できるという奴隷制廃止運動時代の思想に基づいている。また、ダグラスのような逃亡奴隷が社会に進出して連邦政府の高官になるには、良心的な白人の理解者なくしては、できないことも事実である。しかし、ダグラスは奴隷制廃止後にも、「黒人は奴隷ではなくなったが、まだ黒人は本当に自由ではない」

［注19］の立場から人種差別廃止のため、黒人の選挙権獲得のため、黒人の地位向上のために七七歳で亡くなるまで多面的に活動を続けたのである。黒人指導者フレデリック・ダグラスの「闘いがなければ、進歩がない」に基づいた社会改革運動は高く評価され、その精神は今日まで受け継がれている。そのため、六〇年代の公民権運動の活動家たちは、ときに「新奴隷制廃止主義者」と呼ばれるのである［注20］。

注

［1］トマス・ジェファソン『ヴァージニア覚え書』中屋健一訳（岩波書店、一九七二年）二五二―二五三頁。

［2］Robert L. Harris, Jr., *Teaching Afro-American History* (Washington, D.C.: American Historical Association, 1985) 9.

［3］Frederick Douglass, *Narrative of the Life of Frederick Douglass, an American Slave*, ed. Houston A. Baker Jr. (New York: Penguin Books, 1986) 7. 以下、本書からの引用は漢数字で本文中にその頁数をしるす。

［4］Susan Auerbach, ed., *Encyclopedia of Multiculturalism* (New York: Marshall Cavendish, 1994) v.

［5］Henry L. Gates Jr., ed., *Six Women's Slave Narratives* (New York: Oxford UP, 1988) vii-ix.

［6］赤石紀雄『トマス・ジェファソンと「自由の帝国」の理念』（ミネルヴァ書房、一九九三年）八八―八九頁。

［7］橋本福夫『橋本福夫著作集Ⅱ』（早川書房、一九八九年）一四頁。

［8］Henry L. Gates Jr. and Nellie Y. McKay eds., *The Norton Anthology of African American Literature*

(New York: Norton, 1997) 133.

[9] ジェームズ・スチュワート『アメリカ黒人解放前史――奴隷制廃止運動』真下剛訳（明石書店、一九九四年） 六六－七二頁。

[10] 同書 一六六頁。

[11] 橋本福夫、浜本武雄編『黒人文学全集十二』（早川書房、一九七〇年） 一九頁。

[12] *The Norton Anthology of African American Literature* 300.

[13] 刈田元司「『ある黒人奴隷の半生』（*Narrative of the Life of Frederick Douglass*）への解説」『世界ノンフィクション全集三九』所収 （筑摩書房、一九六三年） 二一一頁。

[14] Deborah E. MacDowell, "In the First Place: F. Douglass and the Afro-American Narrative Tradition," ed. William Andrew, *Critical Essays on F. Douglass* (Boston: G.K. Hall, 1991) 202-204.

[15] MacDowell 202.

[16] Frederick Douglass, *The Life and Times of Frederick Douglass* (Hertfordshine: Wordsworth American Library, 1996) 386.

[17] 本田創造『私は黒人奴隷だった――フレデリック・ダグラスの物語』（岩波ジュニア新書一三一、一九九三年） 一八九頁。

[18] 常山菜穂子「アメリカン・オセロ――フレデリック・ダグラスと黒人大衆演劇の伝統」、『英文学研究』七五巻第二号 （日本英文学会、一九九八年） 二四七頁。

[19] Frederick Douglass, *The Life and Times of Frederick Douglass* 299.

[20] 本田創造『私は黒人奴隷だった――フレデリック・ダグラスの物語』 二〇七頁。

4

『モヒカン族の最後の者』にみる「闘い」の意味

クーパーによるアメリカ創世の物語

小野雅子

ジェイムズ・フェニモア・クーパー（James Fenimore Cooper, 1789－1851）の『モヒカン族の最後の者－一七五七年の物語』（*The Last of the Mohicans: A Narrative of 1757*, 1826）［注1］は、度々映画化やテレビ・ドラマ化されたことのある、クーパーの作品中最もよく知られた作品である。記憶に新しいところでは、マイケル・マン監督（Michael Mann, 1943－）のもと、ダニエル・デイ＝ルイス（Daniel Day-Lewis, 1958－）、マデリーン・ストー（Madeleine Stowe, 1958－）主演で一九九二年に公開された映画がある［注2］。心理劇や精神異常者の犯罪など、今日のアメリカを映し出す映画が多い中、一七〇年も前に書かれたこの作品が取り上げられ映画としてヒットするということは、今日においても人を引きつける魅力が作品にあるからである。そこで、原作の価値を改めて見直すために、現在にも通じる作品の持つ価値という視点からこの作品を読んでいきたい。というのは、この作品には、今日のアメリカ社会のみならず世界各地においてもなくなることのない、多民族社会の軋轢の一形態である人種間闘争、民族や理念、宗教上の戦争といった、「対立」及び「争い」の本質が描かれているからである。この小論では、『モヒカン族の最後の者』でクーパーが主人公ナッティ・バンポーを通して描き出そうとした理想とその限界、それが結果的に明らかにした民族間の争いの意味を探っていく。

1 『モヒカン族の最後の者』の構造

『モヒカン族の最後の者』は、『革脚絆物語』（Leatherstocking Tales）五部作のうち、作品発表順でもまたその内容の点でも二作目に当たる。『革脚絆物語』はナッティの人生の順に従うと、『鹿殺し―最初の戦いの道』（*The Deerslayer: or, The First War-Path*, 1841）、『モヒカン族の最後の者』、『道案内―内陸の海』（*The Pathfinder: or, The Inland Sea*, 1840）、『開拓者―サスケハナ川の源』（*The Pioneers: or, The Sources of the Susquehanna*, 1823）そして『大平原』（*The Prairie: A Tale*, 1827）となる。白人だがネイティヴ・アメリカンの美徳も合わせ持った主人公ナッティ・バンポーの呼び名は、作品によって異なる。また、ここで取り上げる『モヒカン族の最後の者』と、その翌年に書かれた『開拓者』の共通性などがすでに指摘されてはいる［注3］。しかしながら、最初から連作として書かれたわけではないので、作品すべてを一つのシリーズであるかのように論じることは出来ない。けれども、アメリカの荒野でネイティヴ・アメリカンと共に生きたこの作品の主人公の一生からは、アメリカ創世の物語が浮かび上がってくる。若いナッティは、ネイティヴ・アメリカンと同じように行動することによって森で生きる自信を持ち、モヒカン族の最後の者アンカスの死をきっかけに彼らのように生きることを誓い、やがて白人女性メイベルとの恋も諦めて森林へ戻り、彼らと共に生きる道を選ぶ。そして、最期には、ネイティヴ・アメリカンの若者の後見人にもなって、友人に囲まれて死を迎える。このように見てきた時、『モヒカン族の最後の者』は、ナッティがネイティヴ・アメリカンに倣った生き方をする基盤となった作品でもあることに気付かされる。

『モヒカン族の最後の者』においてナッティはホークアイと呼ばれている。（この小論ではこの呼称を用いて論じていく）。ホークアイは、モヒカン族の族長チンガチグックとその息子のアンカス、イギリス人の少佐ダンカン・ヘイワードと共に、イギリス人の大佐マンロウの娘コーラとアリスを、二人を捕虜にしようとするヒューロン族のマグワから守りながら、父親のいるウィリアム・ヘンリー砦まで送り届ける。しかし、その後、二人は砦を撤退するイギリス軍の中より、マグワによってさらわれる。ここから、二人を取り返そうとするホークアイたちとマグワとの戦いが始まる。最後には、アリスは救われるが、コーラはマグワの部下によって刺し殺され、それを見たアンカスがその男を刺し殺すものの、彼もマグワに殺されてしまう。他方、マグワは自ら崖下に落ちて死んでしまうのである。コーラとアンカスの葬儀後、ホークアイは、チンガチグックに、自分がアンカスの代わりにネイティヴ・アメリカンとして生きることを誓う。

以上のような物語の概略からは、良いネイティヴ・アメリカンが悪いネイティヴ・アメリカンから女性を助け出そうとする、勧善懲悪の物語にすぎないように思われるが、この作品にはもっと複雑な要因がある。ジャンルの面から見た時、ロマンス小説、歴史小説、アメリカの神話、叙事詩など、この作品に関しては、さまざまな分類が考えられる［注4］。

ここでは、まず、『モヒカン族の最後の者』をアメリカの神話という点から考察してみたい。合衆国成立から数十年しかたっていない新生国家アメリカがどういう国なのかを書き上げようというクーパーの、無から有を生み出そうとする苦難と努力が、結果としてアメリカ創世の神話を成立させることになった。ここにおける「アメリカの神話」というのは、一四九二年のコロンブスの「アメリカ発見」以後、北米大陸に渡ってきた多くの白人が困難と戦いながらアメリカ合衆国という国を成立させていく過程を描いたものである。当然のことながら、ネイティヴ・アメリカンが代々伝えてきた彼ら独自の世界創生の神話は、全く考慮に入れられていない。それゆえ、クーパーが描いている白人やネイティヴ・アメリカン、そしてそこに生じていた摩擦や軋轢、争いというのは、白人の視点から描かれたものに過ぎず、それが作者クーパー自身と彼の作品の限界でもある。しかし、そうした欠陥を抱えているにもかかわらず、クーパーの小説は、十八世紀末から十九世紀中葉までの激動期にその生を受けた彼が、人種を超えて、人間をどう見ていたのかを明かにしており、同時に彼が生きてきた歴史の証言であるとも言えよう。

一方、『モヒカン族の最後の者』に対しては、出版当初から、作品の中で起きる出来事が非現実的で夢物語のようだという批判があった［注5］。しかしこの作品は、現実に起こったフレンチ・アンド・インディアン戦争（一七五四－一七六三）という史実の「戦争」を背景にしながら、「対立」という不変のテーマを軸にして展開し、「戦い」というものの真実の姿を浮き彫りにしているのである。その一生にわたり、冷静な眼で社会や政治を鋭く批評し続けたクーパーは、フレンチ・アンド・インディアン戦争のさなかに起きた虐殺などの出来事を、ノンフィクションさながらに描写する。その一方で、クーパーの小説家としての資質が、決して融合することのないもの同士の「戦い」もしくは「対立」というテーマに基づいた作品を創造させ、色々な要素が混在する物語を分裂させることなく、かえって個々の矛盾や曖昧さを超えた普遍性をこの作品に与えているのである。

では、作品における具体的な「対立」の要素について考えてみたい。作品の題材となっているフレンチ・アンド・インディアン戦争には、四つの対立の構図があり、それらが混じり合って物語は展開する。この戦争は、アメリカという新天地におけるイギリス・フランス間の一種の代理戦争だが、ヨーロッパにおける戦いとは異なり事情は更に複雑である。というのは、戦争は敵対するこの二か国を中心にして、そうした両大国の側につくことになったネイティヴ・アメリカン同士の抗争へと拡大しているからである。この作品の中では、イギリスに対してフランスの側についたヒューロン族が戦い、また一方フランスに対してはイギリスの側についたモヒカン族が戦っている。さらに、それに加えて、敵同士である二部族を含むネイティヴ・アメリカン全体にとって、イギリス人そしてフランス人など白人全体が共通の敵であるという人種的闘争が、事態を一層複雑にしている。この物語がただの勧善懲悪の物語とならない理由の一つに、この対立の複雑さがある。しかも、ここで言う対立とは観念的なものではない。何故なら、四つの対立は、その中に置かれた人間を否応なく国家的・人種的抗争に巻き込み、真正の「戦争」状態を生み出すからである。

戦争は本来自分が敵と見なす対象を倒すものである以上、基本的には勝ちか負けかの二つの結果しかない。勝つための手段としての欺き、権謀術策、だし抜き、人質をとっての逃亡、自分を殺そうとする者は殺すし、先手を打って相手を殺すことも正当化される。「誰かの胸の弦をうちふるわすように話を運んでいった」[注6]というマグワの、言葉による懐柔策も戦いのやり方の一つである。

しかし、その同じはずの「戦争」であっても、白人とネイティヴ・アメリカンとの間には、「戦争」の定義の仕方から実戦に至るまで、微妙に、または全く異なる部分が出てくる。そのため、味方同志のはずの白人とネイティブ・アメリカンの間に溝が生じる。ウィリアム・ヘンリー砦からイギリス軍退却の際に起きた虐殺事件という悲劇を生み出したのは、フランス軍のモンカルム将軍とヒューロン族の戦いに対する考え方の相違であった。

「どういうことなんだ!お前は、イギリス軍と我々フランス軍の間に、休戦のためのトマホークが埋められたのを知らないのか?」

「そんなことを言っていたら、ヒューロンに何が出来るというのだ」とそのインディアンは、完璧ではないけれども、やはりフランス語で答えた。「まだ頭の皮を取った戦士は一人もい

ないのに、白人たちは友好関係を結んでしまったのだ！」（二〇一–一〇二）

この箇所で浮き彫りにされる相違は、白人とネイティヴ・アメリカンの戦闘方法の相違というレベルのものではない。実際は、その根幹に、民族的または文化的な価値観の違いが横たわっており、それゆえに、モンカルム将軍とヒューロンの戦士との間の会話に生じた溝は深いのである。ヨーロッパで培われた戦いのやり方やキリスト教徒間での戦いのやり方が、ヨーロッパとは異なるアメリカの荒野で、異なる文化を形成してきたネイティヴ・アメリカンを相手にする際に通じないことには、何の不思議もない。ところが、ヨーロッパのやり方に慣れた白人には、ネイティヴ・アメリカンのやり方は野蛮に見えてしまう。他方、ネイティヴ・アメリカンから見た白人は、徹底的に戦わず、妥協してしまう卑怯な存在に見える。このような、相手のやり方への無理解と不寛容は相手の文化への無理解と拒絶と結びつき、その積み重ねが、白人とネイティヴ・アメリカンとの人種的対立というアメリカが抱える根源的な問題へとつながっていくのである。

2　登場人物から見た『モヒカン族の最後の者』

ここでは、作品の登場人物やアンカスとコーラの葬儀の場面に焦点を当てて論じていく。

作品に関して、クーパーが、悪魔的で悪いネイティヴ・アメリカンのマグワと、アポロ的な理想のネイティヴ・アメリカンのアンカスというように、類型的なタイプのネイティヴ・アメリカンを描いているという批判がある［注7］。確かに、イギリス軍の立場から作者は出来事を見ているので、作品全体からは、イギリス軍側のホークアイたちが善人で、一方、マグワ、ヒューロン族、モンカルム将軍たちが悪人という印象を受ける。だが、それにもかかわらず、マグワの言動のすべてを批判的に描かず、マグワ像を多角的に描き出そうとしたクーパーの努力が随所に見られる。その結果、マグワは、類型的な悪魔的ネイティヴ・アメリカンの人物像という枠を脱した存在になっているのである。たとえば、クーパーは、マンロウ大佐から受けた精神的、肉体的な傷が大佐への憎悪を生み出し、マグワを復讐に走らせていることを、マグワ自身に語らせている［注8］。マグワに捕えられ、デラウェア族に預けられたコーラやアリス、ヘイワードを助けようとしたホークアイが、デラウェア族の前でマグワと対決した時に、マグワが「ホークアイには、敵意の中にも尊敬のこもった視線を向けた」（一八二）という箇所がある。ここでは、たとえ敵であろうとも、ネイティヴ・アメリカンの立場を理解するホークアイを認める潔さを持つ人間として、マグワは描かれている。また、マグワが、コーラたちを捕えたことの正当性を主張する同じ場面の演説には、マンロウ大佐への個人的な憎しみを超えた、ネイティヴ・アメリカン全体の気持ちが代弁されているのである。

神は彼（＝白人）にヤマネコに似せた声を与え、ウサギのような心臓やブタのような悪知恵（キツネではなく）を、そしてムースの足よりも長い腕を与えられた。その巧みな弁舌で彼はインディアンの耳をふさいでしまう。インディアンの戦士に金を払って、自分たちの戦いで戦わせるのも平気なのだ。ずる賢いから地上の富を集めるやり方もわかっている。塩水の岸からインディアンの偉大な湖の島までの大地をその腕に抱え込んでいるのだ。大食らいだから病気にもなる。神は白人に充分に与えているのに、それでも彼らはすべてを欲しがる。白人というのはそんな人種なのだ。（一八二―八三）

ネイティヴ・アメリカンに共通の屈辱感と白人への怒りから、マグワの「ダンカンに向けた視線には、消し去ることとの出来ない憎しみの表情が浮かんでいた」（一八二）のであり、そこからは、個人的な感情だけに動かされるのではないマグワの姿が浮かび上がってくる。また、先に引用した箇所にも共通する、言葉でデラウェア族を説得しようとするマグワの資質は、「もっと発展した社会だったら、マグワは頭の良い外交官だという評判を与えられたことだろう」（一七六）というように、ヨーロッパ人も含めた外交官に必要な資質として説明されている。以上のようなマグワの姿は、ヒューロン族とマグワがホークアイたちに追い詰められ、敗退していく最期の戦いの場面で、「マグワはまだヒューロン族の族長としての堂々とした雰囲気を持っていた」（二〇二）という描写の中の、勇気ある酋長像と結びつく。

こうしたマグワの描き方には、善と悪を相対化し、人間を人種で判断したりせず、出来るだけ中庸を保とうとしたクーパーの眼差しが感じられる。一方で、クーパーの人物の描き方は一面的であるという批判があるのも事実である〔注9〕。クーパーは、勿論、二〇世紀の作家のように人間心理を奥深く分析したり、意識の流れを描くことはしなかった。しかし、クーパーは、マグワの場合のように、白人同様の多面性を持つ人間としてネイティヴ・アメリカンを描こうとし、他方、人種に関係なく人間には美徳も欠点もあるという視点から、白人のホークアイを描こうとしたのである。

そのホークアイが持っている資質の一つに、「勇気」がある。それは、作者クーパーが人間の美徳の一つとして考えていたものであった。そのことは、「道徳的な勇気がなければどんな人間でも、偉大だとは言えないだろう」（二〇八）という言葉に示されている。そして、勇気あるホークアイの姿を描いたエピソードの一つとして、彼がヒューロン族に捕えられたアンカスを命懸けで救おうとする場面が挙げられる〔注10〕。更に、ホークアイは、率直さと誠実さをも兼ね備えた人物であった。クーパーは、こうした資質を、『アメリカの民主主義者―アメリカ合衆国における社会的市民的関係についての示唆』（*The American Democrat, or Hints on the Social and Civic Relations of the United States of America*, 1838）の中で、人間に必須なものとして、以下のように説明している。

およそ廉直という要素ほど完璧に道徳的性格を決定づけるものはない。人間にはそれぞれ陥りやすい罪があって、誰しもなんらかの点で誤ちを犯すことがしばしばであるが、やはり、誠実さという美点がその人の全人格の質を決定する。[注11]

ホークアイは、白人とネイティヴ・アメリカンの両方の価値観を理解する人物である。白人のホークアイは、幼い頃キリスト教のモラビア派の信者となったが[注12]、のちにモヒカン族のチンガチグックとアンカスと共に行動する中でネイティヴ・アメリカンの考え方を理解することができるようになり、荒野でネイティヴ・アメリカンと共に暮らしていくためには、キリスト教の教えが何の役にも立たず、自然が最大の教師であることを認識していく(七〇)。また、マグワとの戦いにおいて、「ヒューロンをやっつけるために森の中に入っていくなら、誰でもヒューロンのやり方を利用しなければ駄目だ」(一二三)と述べるのも、森で生き残るためには、そこで生き抜いているネイティヴ・アメリカンのやり方に倣わなければならないことを、ホークアイが認識していたことを示す。しかし、それにもかかわらず、自分は白人だが「キリスト教徒ではない男」(七〇)と度々語る言葉からは、ネイティヴ・アメリカン同様自然の掟に従って生きる人間であることを表明しているというよりも、むしろ、そのことを自分自身に言い聞かせているような印象を受ける。ホークアイの心の中にはキリスト教的価値観があまりにも深く根付いているため、彼は自らそれを打ち消そうとしているように見えるのである。実際、キリスト教を否定しながら、彼は、アリスやコーラ、歌の先生デイビッドの歌う賛美歌に、子供の頃聞いた賛美歌を思い出し、涙をこぼす。

しかし、ホークアイは、片手で顎を支え、冷たい無関心な表情をしていたが、次第にこわばった表情はゆるんでいった。ついには、歌が次から次へと続いていくにつれて、その鉄のような気持ちがほぐれていくのを感じた。少年時代の思い出が蘇ってきた。その頃、植民地の居住地で、同じような賛美歌の響きに耳を傾けていたのだった。……視線の定まらない眼は潤み始め、賛美歌が終わらないうちに、熱い涙が、すでに渇ききっているように思われた目の泉からこぼれ落ちた。涙は、気の弱さを証明するというより、しばしば嵐のような激しさを感じさせた両頬を流れ落ちた。(三四)

こうしたホークアイの姿からは、彼がキリスト教の思想を捨てていたのではなく、むしろ、生き残りのために、物事に対処する際、キリスト教的な考え方とネイティヴ・アメリカンのやり方のどちらが現状に即しているのかを、経験から判断して選ぼうとしていた様子が見えてくる。だが、ネイティヴ・アメリカンのやり方を理解してはいても、即座の判断が求められ、自分が行動する段になると、ホークアイの取る態度は、白人の価値観に基づいたものになってしまう。その象徴的な出来事が、倒すべき時、マグワを倒しそびれるという出来事に集約される。

「いいか、ヒューロン！今ならお前を撃つことが出来るだろう。……何故そうしないかって！おれの肌の色のためだ。そして、優しく無垢な女性たちに禍を及ぼしたくないからだ。」（一八〇）

この時マグワを殺さなかったという判断ミスが、後のコーラとアンカスの死につながっていくのは皮肉なことだが、荒野でするべき戦いの仕方をホークアイが放棄したための当然の結果だといえる。最も大事な、即座の判断を求められた時、ホークアイの核にあるキリスト教徒としての信念が現実的判断を退けてしまい、ホークアイは誤った行動をしてしまったのである。

他方、コーラ救出の場面において、ホークアイは現実に起こった出来事に何の影響力も及ぼすことができない。アンカスはコーラを殺したヒューロンの男を殺し、コーラの仇をとったものの、力尽きてマグワに殺される。その時、アンカスを助けようとしたのは、ヘイワードだった。他方、ホークアイは、銃を持っていたために遅れたということもあるが、コーラとアンカスの救出に間に合わない。彼は、アンカスを殺したマグワを殺し復讐しようとするもののうまくいかず、マグワは結局、自分で崖から落ちてしまう［注13］。するべきことをし損なったことで、ホークアイに、コーラとアンカスの死という悲劇の責任があると見なすべきではない。ただ、すでに述べたように、ホークアイは悲劇が起こるのを食い止めるチャンスはあった。従って、一連の出来事は、白人とネイティヴ・アメリカンとのどちらの価値観にも偏らずに現実に対応しようというホークアイのような姿勢では、何も生み出すことが出来ないことを象徴していると言えよう。勿論、こうした二つの対立するものを融合しようと努力し、理想を追求したという過程にこそ、ホークアイの英雄的な面がある。しかしながら、コーラとアンカスの死を招いたという結末は、ホークアイが目指していた白人の美徳とネイティヴ・アメリカンの美徳の融合とが現実にはいかに難しいことであるかということの証明である。ホークアイの姿は、理想を求めながらも挫折してしまう一人の人間の姿なのである。以上のように考えると、「肌の色は違うが、神は俺たちが同じ道を歩むよう運命を定めているのだ」(三一二)と、白人のホークアイがネイティヴ・アメリカンのチンガチグックとの絆を確かめる場面は、より深い意味をもってくる。白人とネイティヴ・アメリカンの価値観を合わせ持ち、両方の長所と短所を理解していたホークアイがこの時点までに取った行動は、状況に応じて、白人的な価値観に従ったり、もしくはネイティヴ・アメリカン的な価値観で行動したりするという、中途半端で一貫性のないものであり、それゆえに自己矛盾を生じてしまった。だが、アンカスの死をきっかけにして、ホークアイは白人でありながら、それ以降行動の基盤をネイティヴ・アメリカンと同じ所に置いて現実に対処すると誓うのである。

コーラとアンカスの葬式の場面に関しては、白人であるコーラの父マンロウ大佐の呆然とした様子と、威厳を保つチンガチグックとを対比する批評がある[注14]。また、『開拓者』と関連させて、アンカスの死と共に、チンガチグックが酒に溺れ、マグワのようになってしまうことから、この時点を頂点として、理想が崩れていくという批評もある［注15］。しかしここでは、この場面を、ホークアイの人間的成長という視点から分析したい。

葬式のシーンにおける、デラウェア族の弔いに心打たれるマンロウ大佐、また二人をキリスト教式に弔うデイビッドに共感を示すデラウェアの乙女たちの悲しみは種族を超えて共通したものである。また、葬儀の仕方の違いにもかかわらず、二人の死を悼む様子は、白人とネイティヴ・アメリカン、キリスト教とネイティヴ・アメリカンの自然信仰とが一気に融合し、その前の章までの雰囲気とは一転し、一種の理想郷的世界が現出したかのようにみえる。だが細かく見ていくと、この場面にはちぐはぐなところがある。たとえば、ヘイワードとマンロウ大佐が、「彼らの聞いた乙女たちの歌の意味がわからなかったのは、幸いだった」（二〇八）とあるし、また、マンロウ大佐が、乙女たちに、キリスト教徒としての感謝の言葉を伝えてもらおうとすると、ホークアイはそれを伝えても何の意味もないと答えるのである（二一〇）。この二つの場面からは、相手方の価値観が自分たちのものとは全く違うことが明らかになったら、お互いに反発しあうであろうことが読み取れる。

「融和した世界」というのは、要するに、お互い言葉が通じず考え方の違いが明らかにならないので、相手も同じような考え方を持っているのだろうと誤解したために生じたのである。実際には、死者を悼むという精神的な側面は共通しているものの、その価値観という点では、両者の間の溝は全く埋まっていない。ホークアイが、デラウェアの乙女たちの歌の内容を大佐たちに伝えなかったのも、その逆に大佐の言葉を乙女たちに伝えなかったのも、異なった価観を抱いてきた白人の大佐たちとネイティヴ・アメリカンのデラウェア族の人々が抱く対立する二つの考えは、平行線のまま、なかなか交わらないことを、ホークアイは自らの経験から学び取っていたからである。

3　対立に基づくアメリカ創世の物語

以上のように、この作品でクーパーは、白人とネイティヴ・アメリカンという二種類の人種を登場させて、相対立するものの間に生じる軋轢を描いた。そこには、一八二六年から一八三三年にかけてアメリカ人としてヨーロッパという文化的に異なった地を訪問し、カルチャー・ショックを受けて戻ってきたクーパー自身の体験が反映されていると考えられる。当時アメリカで対立していた主な民族は白人とネイティヴ・アメリカンだった。勿論、当時から黒人に対する偏見は存在していたが、『鹿殺し』の中でクーパーは、ヘンリー・マーチに、ネイティヴ・アメリカンは半人前以下だが、黒人は白人に次ぐ人種で白人の近くで暮らす存在だと語らせており［注16］、そこには、まだ、白人と黒人との間の決定的な対立の構造は見えてこない。ゆえに、クーパー自身、今日のアメリカで、ネイティヴ・アメリカンと白人の間の争い以上に、黒人と白人間の軋轢がこれ程までに大きなものになるということは、予想だにしていなかったに違いない。クーパーが人種的争いの典型として白人とネイティヴ・アメリカンとを作品の中で取り上げたのは、それが彼が唯一知っている人種的軋轢だったからである。だが仮にクーパーが現在生きているとしたら、黒人、ヒスパニック、日系人を含むアジア系の人々など、彼が取り上げた民族の幅はもっと広がっていたかもしれない。

そうした観点から見直すと、フレンチ・アンド・インディアン戦争を背景に、逃亡、追跡、救出劇などが連続するこの作品からは以下のような作者の主張が読み取れる。主人公ホークアイが対立する二つの価値観を融合させ、現実に適応させようとするその行為そのものが理想を達成しようとする過程であった。しかし、たとえ対立する物が一時的に融合し理想的状況が生じたように見えても、それが幻想であることを彼は知っていた。相反するもの、対立するものが融合するというのは、最後の葬式の場面のように、相手を誤解してとらえているか、もしくは相手に対して寛容になり、お互いが妥協した結果、可能になる。しかし、妥協ではお互いにどこかに無理があり、その綻びから再び争いが生じてしまうのである。対立する二つの価値観に基づいて現実の状況に対処することは、非常に困難だからである。世界から民族間の争いが消滅することはなく、アメリカに限っても、全ての人間の平等を訴えた理想的憲法があるにもかかわらず、現実には文化的対立と絡み合った人種間闘争が繰り返し起きているのは、このことを証明するものである。その点で、クーパーは、アメリカがその後抱えることになる問題の本質を見事に指摘していた。対立するものが決して融合することがなく、たとえいっとき理想的な状況が生まれても、それが新たなる対立の萌芽となるという、人類一般の真理について描いていたのである。これは、アメリカ創世の物語を描き出そうと二つの異なった民族を取り上げたクーパーが、「戦い」或いは「対立」の持つ資質を理解していたということに他ならない。この『モヒカン族の最後の者』が今日でもなお価値を持つのは、そうした時を超えた真理を物語が語っているからなのだろう。

注

[1] *The Last of the Mohicans* は、一般には『モヒカン族の最後』という映画や翻訳の邦題で知られているが、ここでは原題を忠実に訳した『モヒカン族の最後の者』を採ることにした。

[2]『モヒカン族の最後の者』は、一九二〇年、一九三二年、一九三六年、一九九二年に映画化され、一九七七年、一九八五年にはテレビ映画化されている。監督、俳優など詳細については以下の書を参照。Leonard Martin ed., *Leonard Martin's Movie & Video Guide 1999 Edition* (New York: A Signet Book, 1998) 757. Marybeth Fedele, et al., eds., *Movie and Videos 1999* (New York: Island Books, 1998) 680. Mick Martin and Mersha Porter, eds., *Video Movie Guide 1999* (New York: Ballantine Books, 1998) 616-17.

[3] William P. Kelly, *Plotting America's Past: Fenimore Cooper and the Leatherstocking Tales* (Carbondale: Southern Illinois University Press, 1983) 48-50. Geoffrey Rans, *Cooper's Leather Stocking Novels: A Secular Reading* (Chapel Hill: University of North Carolina Press, 1991) 108. などを参照。

[4] Rans, 1-45.

[5] Unsigned review, *New York Review and Atheneum*, ii (March 1826), reprinted in *Fenimore Cooper: The Critical Heritage*, eds. George Dekker and John P. McWilliams (London: Routledge & Kegan Paul, 1973) 89-96. Unsigned review, *United States Literary Gazette*, iv (May 1826), reprinted in *Fenimore Cooper: Critical Heritage*, 97-103.

[6] James Fenimore Cooper, *The Last of the Mohicans* in *The Works of J. Fenimore Cooper*, II, (1892; rpt. New York: Greenwood Press, 1969) 151. 以下、本文からの引用は、漢数字で本文中にその頁数をしるす。

[7] Terence Martin, "From the Ruins of History: *The Last of the Mohicans*," *Novel: A Forum on Fiction* 2 (Spring 1969) 221-29. Martin について、Rans は *Cooper's Leather-Stocking Novels* の pp.21-22 において指摘している。

[8] Cooper 60-62.

[9] Unsigned review *United States*, 101-02.

[10] Cooper 161.

[11] 小原広忠訳『J・フェニモア・クーパー—アメリカの民主主義者・アメリカ人観』(東京、研究社、一九七六年)、一〇八頁。

[12] James Fenimore Cooper, *The Deerslayer* in *The Works of J. Fenimore Cooper*, I (1891; rpt. New York: Greenwood Press, 1969) 13.

[13] Cooper, *Mohicans* 204-205.

[14] W. H. Gardiner, *North American Review*, xxiii (July 1826), reprinted in *Fenimore Cooper: The*

Critical Heritage, 116.

[15] Rans, 130.

[16] Cooper, *The Deerslayer,* 23.

参考文献

Cooper, James Fenimore. *The Works of J. Fenimore Cooper,* 10 vols. Illustrated with wood-engravings. 1892; rpt. New York: Greenwood Press, 1969.

Dekker, George, and John P. McWilliams, eds. *Fenimore Cooper: The Critical Heritage.* London: Routledge & Kegan Paul, 1973.

Fedele, Marybeth, et al., eds. *Movie and Videos 1999.* New York: Island Books, 1998.

Kelly, William P. *Plotting America's Past: Fenimore Cooper and the Leatherstocking Tales.* Carbondale: Southern Illinois University Press, 1983.

Lewis, R. W. B. *The American Adam: Innocence, Tragedy, and Tradition in the Nineteenth Century.* Chicago: University of Chicago Press, 1955.

McWilliams, John. *The Last of the Mohicans: Civil Savagery and Savage Civility.* New York: Twayne Publishers, 1995.

Martin, Terence. "From the Ruins of History: *The Last of the Mohicans.* " *Novel: A Forum on Fiction* 2 (Spring 1969): 221-29.

Peck, H. Daniel, ed. *New Essays on The Last of the Mohicans.* Cambridge, England: Cambridge University Press, 1992.

Rans, Geoffrey. *Cooper's Leather-Stocking Novels: A Secular Reading.* Chapel Hill: University of North Carolina Press, 1991.

小原広忠訳『J・フェニモア・クーパー――アメリカの民主主義者・アメリカ人観』研究社、一九七六年。

リチャード・チェイス、待鳥又喜訳『アメリカ小説とその伝統』北星堂、一九六〇年。

II 現代社会と人間

5

抑圧との闘いと〈小説崩壊〉の関係
トマス・ピンチョンの『重力の虹』

高田修平

トマス・ピンチョン（Thomas Pynchon, 1937－）は『V.』（V., 1961）から最新作『メイソン&ディクソン』（*Mason & Dixon*, 1997）に至る五つの長編小説の中で個人を規制する様々なコントロールから逃れようとする人間の闘いを描いているが、その中でも『重力の虹』（*Gravity's Rainbow*, 1973）は、ピンチョン特有のテーマが〈小説の崩壊〉という最も実験的なポストモダンの手法を駆使して描かれた点が興味深い。

トマス・ピンチョン

この作品の主人公アメリカ軍中尉タイロン・スロスロップは第二次大戦中連合国軍の情報組織に所属し、ロンドンでドイツのV－2ロケット爆撃の調査に従事する。しかし実際には幼い時に彼の大脳皮質に性的反射の条件付けがなされ、その結果を観察するために彼は心理学者たちによってロンドンへ呼び寄せられたのである。したがってこの時点でスロスロップは二重にコントロールされているといえる。すなわち彼は人間を将棋の駒のように扱う軍隊組織に組み込まれていると同時に、パブロフ派心理学者たちによって実験動物の一種として扱われているのである。スロスロップが自由を得ようとする闘いの中で、後者のコントロールははるかに重大な意味を持っている。性的反射を条件付けされた人間は、彼が本来最も解放感を得るはずの性行為においてすら人間的満足感を得ることができない。こうして「ヤンフとぼくの結合」

〔注1〕という言葉が示すように、彼の自己に対する意識には彼の大脳皮質に性的反射の条件付けをしたヤンフ博士の影が付きまとうことになる。さらに自分の性的反射の条件付けには自分の父親が関与していることを知って、スロスロップの憎しみは父親へと向けられる。スロスロップは自分の生命の源である父親を、「あの手この手で息子を殺そうと策をめぐらしている」（六七四）人間と考え始める。こうして彼は自分の心をコントロールする敵の中心に父親を意識し、彼らに対してエディプスコンプレックスを抱くことになる。ラカンの精神分析によれば、エディプスコンプレックスは人間が二つの自分、すなわち自分が意識する自分と言語を通して他者に規定される自分とのあいだに分裂する契機になる〔注2〕。従来の「ロゴス」的人間観によれば、人間は自分の思考を表現し自分のアイデンティティを確認する手段として言語を使う。しかしスロスロップのような自分の心に疎外感を持つ人間にとって、言語とは他者が彼を規定するために使う道具になる。こうしてスロスロップは「ディセンタード・サブジェクト」〔注3〕を体現した小説の登場人物になる。第一章ではまずスロスロップの闘いに見られる「ディセンタード・サブジェクト」の問題を考えてみたい。

1　ディセンタード・サブジェクト

スロスロップはロンドンでV－2ロケットの飛来を意識する度に自分のペニスが自動的に勃

発射台のＶ２号。速度マッハ４以上で飛ぶため、飛行機による迎撃は不可能である。（『20世紀全記録』、講談社、p.650）

起するのをみて、自分の心に「上空に顕現した事象に対する特殊な感受性」（二一六）があることに気づく。さらに情報収集のためにフランスの避暑地リビエラに派遣された時、彼は周囲の人間に「尾行されているとか、どんなかたちにしろ見張られている」（二一四）と感じるパラノイア的症状に陥る。リビエラを密かに脱出した翌朝彼は「外界でのはじめての日」、「はじめての自由な朝」（二五六）を体験するが、その直後チューリヒでヤンフ博士に関する資料を読んで、自分が「生まれてこの方ずっと」（二八七）ヤンフ博士と父親の取引を通して心理学者たちの監視下にあったことに気づく。この時点ですでにスロスロップの発見した秘密が致命的であることは、「立ち入り禁止ウィング」に入って「耐えがたいほどの秘密を見つける」（二八五）という彼の認識に明瞭に示されている。ヤンフ博士が心理学とともに有機化学の権威であることから、スロスロップは自分の秘密に「化学物質の匂い」（二八五）、特に博士の発見したイミポレックスGの匂いを嗅ぎ付ける。こうして彼は敵のコントロールから逃れるカギとしてイミポレックスGを「聖杯」（三六四）のように追いかけ始めるが、やがて自分の行動に何の根拠もないことに気がつく。むしろ彼が「無意識のうちに欲するもの」を彼以上に知っている敵が彼を「おびき寄せる餌食」(四九〇)としてイミポレックスGを使ったことに気づいて、スロスロップは愕然とする。スロスロップが彼の闘いの中で追求しているのは、自分の心を再び自分のものとして取り戻すことである。しかし彼の欲求はラカンの心理学における“l'objet a”、すなわち「失われ、二度と到達できない対象」〔注4〕に対する盲目的な衝動にすぎない。彼が敵のコントロールから逃れるカギとして追いかけるイミポレックスGは、同様にラカンの心理学における「シグニファイアの連鎖」〔注5〕の一つにすぎない。こうしてイミポレックスGに明確な意味を見いだせないスロスロップは、自分の闘い自体を妄想と思わざるを得なくなる。ラカンによれば人間が初めて言語を習得した段階から、人間と彼が追求する「失われた対象」との関係は「言語の構造自体の中に見出だされる」。その関係の中で人間は言語で規定される「素材」にすぎず、彼を規定するのは彼と「失われた対象」との間を引き裂いた「父親」〔注6〕である。終戦直後の混乱したドイツ領内、いわゆる「ゾーン地帯」に入って、自分の心に耳を傾けたスロスロップは初めて「合図の方が自分を見つけるだろう」(二八二)、あるいは「脳の空っぽの環の内側に意味もなく現われるものがひとつになって、何かのメッセージになるかもしれない」(二八三)と感じる。ここには自分の心が「他者の言語」によって規定される「ディセンタード・サブジェクト」の姿がある。

　自分の心を支配している敵のコントロールから逃れようとするスロスロップの試みは、彼自ら「干し草の中に一本の針を探すようなもの」(五六一)と形容するほど絶望的ではあるが、そこに「ディセンタード・サブジェクト」自身が自由を求める闘いを見ることができる。性的反射の条件付けをされた自分の心を自分から引き離そうとするスロスロップの行為は、「ときおり自己という永遠の厄介者（アルバトロス）の毛をむしっていた、ぼんやりと鼻でもほじくるように」（六二三）と形容される。しかし彼がどうしても手放せないのは彼の「指がいつも撫でつける亡霊の羽根のひとつ」である「アメリカ」（六二三）、すなわち彼が父から継承した遺産である。悪夢の中で見た「ヤンフとぼくの結合」（六二三）によって、スロスロップは自分の心を完全に否定する以外に敵のコントロールを逃れられないと考える。こうして彼はたえず直前の自分を否定し始める。「過去のスロスロップたち」は「かれの頭の奥深くに寄生する獅子身中の虫ども」であり、「外から近づいて包囲しようとしている敵の手にかれを引き渡すべく機をうかがっている」（六二四）。スロスロップは敵に自分の生殺与奪の権利を握られていると感じて、自分が今まで生きながらえたのは敵の「怠慢ゆえに、ずいぶんかれらの世話になっている」（六九四）からと考える。さらに「理由は自分でももうはっきりわからない」が、スロスロップは以前自分にヤンフ博士の資料を渡したスカリドッシという男に会うのが自分の「最重要課題」（六八二）と考える。それは「光輝く時」（六七四）や「太陽が沈黙する瞬間」（六九六）を捜すのと同様に、敵のコントロールから逃れたいという彼の衝動に基づいた行動である。しかしスロスロップはすぐに、そのような瞬間が「かりにあったとしても」それを自分に「信じさせるのがかれらの利益になるとしたらどうなんだ」（六九七）と考え直す。こうした袋小路の中で敵のコントロールから逃れる術を失った彼は、自分のすべてを否定すべく精神錯乱に陥ってしまう。

2　スロスロップの敵

スロスロップの敵は彼の性的反射の条件付けに関与した二人の人物、ヤンフ博士と彼の父親だけではない。むしろその背後にあって「彼ら」と総称される「匿名で偏在する敵の圧力」〔注7〕がスロスロップを苦しめている。戦時下の軍隊では組織の論理が優先され、それに属する個人は否応なく服従することを求められる。アメリカ軍中尉として連合国軍の情報組織に所属するスロスロップは、ロンドン滞在中「到着便の箱の中」の「任務でイースト・エンドにある病院に行け、という命令書」(二〇―二一)ひとつで、何の説明もなしにパブロフ派心理学者たちの待つ病院へ送られてしまう。さらに命令書の中で触れられたACHTUNG(北ドイツ連合軍情報センター、科学技術隊)やP.W.E(政治戦争委員会)などの「現在行なわれている作戦」に加わるあまりに多くの「サークル」(三四)が、命令系統を複雑でわかりにくくしている。しかしスロスロップが「真の敵」(二〇七)として意識するのは、軍隊組織を利用しながら彼を操ろうとするロンドンのパブロフ派心理学者たちである。彼らは心理的なものすべてを「科学の基礎に据え」(四〇)て解明しようとする、きわめて科学主義的な心理学を実践している。彼らは「機械的な説明」(八九)こそ科学的と信じて、「原因がなければ結果もない」(八九)という因果律の連鎖と「目覚めと眠り」、「一と〇」などの中間の領域をみとめない「双安定の点の存在」(五五)を彼らの心理学の特徴とする。誤った科学主義は人間性の軽視につながり、それはたとえば彼らが病院の患者たちを「キツネ」(四八)という動物名で呼ぶ点に現われている。こうしてスロスロップは彼らが実験し尽くした犬の代わりとして、「まだ試されていないひとりの披験者」(一四三)として野心的な心理学者たちの実験台にされてしまう。軍隊組織とパブロフ派心理学者たちに共通するのは、功利性だけを重視して人間を将棋の駒または実験動物のように扱う傾向であり、人間の尊厳をおびやかすその暗い影がスロスロップの敵を示す「彼ら」という総称の背後に漂う。

パブロフ派心理学者たちの科学万能主義は、合理的な人間観を追求するあまり人間に本来備わった自然のバランスを破壊することにつながる。スロスロップの性的反射の条件付けはその一例であるが、合理主義が功利性とつながって自然を脅かす姿は『重力の虹』に一貫したテーマである。たとえばアルファベットは人間に本来備わった話し言葉のリズムをこわし「分析」する道具として、それを持たない人間をコントロールするために悪用されている。したがってシードは「分析」の行為が小説の中で侮蔑的な意味を与えられていると指摘している［注8］。アルファベットは西洋文明の合理性の象徴的存在であり、西洋諸国は未開部族を植民化するために教化の名目でそれを押しつける。アフリカ南西部の一部族、ヘレロ族の少年エンジアンは入植したドイツ軍のブリセロ大尉に凌辱されるが、同時にブリセロ大尉はエンジアンにドイツ語と西洋文明を教える。その過程はエンジアンの「土着の神々を檻に閉じこめ、あまい言葉の罠にはめ、麻痺したその野蛮な神々を言語研究に熱中しているらしい白人学者のもとへおっぱらった」(九九)と形容される。パブロフ派心理学者たちと同様に、ブリセロ大尉は自分の言語知識を専ら人間をコントロールするために利用している。こうしてエンジアンは体と言葉の両面でブリセロ大尉にコントロールされてしまう。未開部族を植民化するためにアルファベットが利用されるもうひとつの例は、中央アジアのNTA(新チュルク文字)普及活動である。スターリン時代のソヴィエトでは、少数民族にアルファベットを教える同化政策が行なわれた。ソヴィエト軍諜報部員チチェーリンはそのために設立された「赤テント学校」(三三八)教員として、中央アジアのグルジア共和国に派遣される。チチェーリンがその地方で見た広大な景色、特に「七河川の偉大な沈黙」(三四〇)は文明の侵食をこばむ自然の象徴的な姿に見える。それは「文盲一掃の教師たちによってこの地にもたらされたソヴィエト的な分別をチョークと紙の世界へ追い返す」(三四二)ような沈黙である。しかしチチェーリンがその地方で昔から伝承された「アキン」(カザフの放浪詩人)(三五七)の歌を新チュルク文字で書き留める時、その歌の中身は変質してしまう。アキンの歌のテーマは神の姿がその中に現われるという「キルギスの光」(三五七―五八)である。チチェーリンはアキンの歌を聞いた直後の夜明け前に光を見るが、「心の準備もできて」ない彼には「キルギスの光に到達する」(三五九)ことはできない。合理性という名の下で文明が自然を侵食し、人間のコントロールが進行する小説の中で、「キルギスの光」はその流れに抗するための象徴的な存在である。

有機化学はアルファベットとともに西洋文明の合理性のもう一つの象徴的存在である。ヤンフ博士が合成した化学物質、イミポレックスGは精密な人工の皮膚である。それを試着した元女優グレタ・エルトマンの「乳首がそれに触れたとたん固くなり」(四八八)、彼女は実際の性交以上に甘美な性体験をする。人間が自然を模倣しながら自然よりすぐれた物を作るのは、自然をコントロールしようとする欲望に基づいている。こうして「合成とコントロール」は「かれらの領域深」(六六二)い場所でひとつにつながる。「自然の力をわきにどけ、弱め、修正し」(六六二)て作られたものは都市である。合成した化学物質が永久に分解しないのと同様に、自然のサイクルが消滅した都市の中では「何もはじまらず、何も終わらない。」(六六二) しかし恣意的な法則に基づいて自然を作り替えることによって、人間は本当の死(消滅)をなくした代償に「生の中の死」と言うべき新たな悪を生み出した。こうして都市ロンドンは人工的に「織りなされた暗闇」(六六二)になり、「夜遊び好きな放蕩者の死神との色恋沙汰」(二二五)に夢中になる女に喩えられる。西洋文明は自然を征服することによって化学物質や都市の「暗闇」を作り出しただけではなく、戦争の形態をも変えようとしている。たとえば「第一次世界大戦の塹壕では、気軽に訪れる突然の死という状況下で」、自分たちの命を守るために兵士たちは「愛しあっていた。」(六一六) しかし「最近の戦争」では「愛の生命の叫び声は追い立てられ」、実際の戦いは武器を使わず「紙の上」(六一六)で行なわれる。こうして「死は敵ではなく、協力者」(六一六)になる。現代の戦争では目に見える「死者の数が先細りになる」ことはあるが、「いまこの瞬間にもずっと手のこんだ方法で」(六四五)多くの人を殺している。自然を作り替えることが人間の本能に根ざしていることは、小説の最後にナレイターが皮肉っぽく言及する。彼によれば地球の地殻変動が「生命の極限を突破」する程激しかったため、「神の創造物がめちゃめちゃにならないうちに」自然の「妨害者」(七二〇)として神が人間を派遣したという。それ以来人間は「死を奨励するもの」あるいは「反革命家」として地球を「支配」(七二〇)してきた。こうして西洋文明の合理主義は「分析と死から成る独自の秩序」をつくり、新大陸において自分が「利用できないものは殺すか変えるか」して自然に敵対する「死の植民地」(七二二)を建設してきた。

3　小説の崩壊

『重力の虹』の中から対立する二組のテーマを抽出するのは難しいことではない。小説の登場人物は二組に大別される。一方にコントロールをのがれようとするスロスロップを含む「神に見捨てられた者」と呼ばれる被抑圧者たち〔注9〕があり、他方に彼らの支配者たちがいる。前者は失われつつある自然に愛着を示し、後者は西洋文明の合理主義につながる。こうして自由と束縛、個人と集団、自然と文明、光と闇、生と死、善と悪などの対立する二組の明解なシンボリズムが浮かびあがる。しかし小説の中で使われる言葉は専ら片方のシンボルだけを描くために使われている。性的反射の条件付けをされたスロスロップは、敵にコントロールされた自分のすべてを否定すべく精神錯乱に陥ってしまう。「ヤンフとぼくの結合」(六二三)という表現に見られるように、小説の展開は他者に規定された自分を彼がより明確に認識する過程にすぎない。小説で使われるのは「彼ら」の言語、すなわち心理学者たちがスロスロップの条件付けを「分析」するための科学用語であり、白人たちが未開の部族を支配するために使う西洋文明の合理主義の象徴としてのアルファベットである。「悪の一元論」と言うべき小説構造の中で、「善」は「悪」の言語によって規定される「ディセンタード・サブジェクト」の立場に置かれている。しかしながら『重力の虹』最終章における「小説の崩壊」は、避けられない破滅へ向かうスロスロップに意外な結末を用意している。

抑圧は『重力の虹』の普遍的要素であり、小説全体を覆う重苦しい空気の中で被抑圧者たちが解放される術はない。しかし彼らの抑圧が益々深刻になるにつれて、小説の中に奇妙な不協和音が生まれる。それはまず終戦直後の混乱したドイツ領、いわゆる「ゾーン地帯」に入ったスロスロップが、敵の追跡を逃れるためにする様々な扮装に見られる。彼はイギリス人従軍記者、ドイツ人俳優などの実在する人物の他に、プラスティックマンやスーパーマンなどの漫画のヒーローの扮装をする。スロスロップが一度漫画のヒーローの扮装をすると、彼を追う敵の追跡自体が漫画のようなドタバタ劇になる。こうして小説本来の重苦しいテーマと敵の追跡の喜劇性との間に奇妙なギャップが生まれる。「反勢力」というタイトルの付いた小説の最終章で、このギャップはさらに広がる。「反勢力」とは「かれら」の抑圧に対抗してスロスロップ救出のために蜂起した一部の登場人物たちのことである。しかし小説の最終章でスロスロップはついに敵の手から救出されず、「反勢力」の喜劇性が小説の展開を混乱させるにすぎない。たとえば統計学者、ロジャー・メキシコは自分の知識が心理学者たちの人体実験に利用されていたことを知って、彼らに対する復讐を決意する。彼は勇敢にひとりで敵の牙城へ侵入するが、会議中のテーブルの上に飛び乗るとズボンのチャックを開けて放尿する。ロジャー・メキシコの行動が示す喜劇性は「電球バイロンの物語」でさらにエスカレートする。これは小説の最終章に挿入された逸話のひとつであるが、不滅の電球バイロンは製造会社フォイボスの利益のために自分をスクラップにして他の電球と代えようとする人間たちと闘う。彼は人間のように口がきけて、「フォイボスの本性が悪であることや、カルテルに対して連帯する必要」(六五三)を他の電球に訴える。電球バイロンを小説の被抑圧者たちに関連付けることは可能であるが、この逸話は小説の「直線的で現実的な描写」[注10]をはるかに逸脱している。「反勢力」の登場人物たちは抑圧者たちと闘うためではなく、小説の枠組みを壊すために立ち上がったのである。

『重力の虹』最終章における「小説の崩壊」は、バースやバローなど他のポストモダンの作家が使う“receding plot”に通じている[注11]。すなわち彼らは小説の中に喜劇的要素を導入して、整然としたプロットの進行が暗示する逃げ道のない現代社会の抑圧に抵抗しているのである。シードが指摘するように、小説の最終章における小説のプロットの混乱はスロスロップの人格の崩壊と同時に進行する〔注12〕。「モンダウゲンの法則」に従えば「人格密度」は「Δt」で表され、「時間の帯地域」すなわち「人間の現在の、いまの幅」に「直接比例する」。（五〇九）小説の最終章におけるスロスロップは「五分前に何をしていたか思い出せなくなる」ほど「いまの感覚が小さく」なって、彼の人格は「希薄」になっている。（五〇九）それは過去と未来のつながりの喪失、すなわち現実認識の欠如を意味する。「反勢力」の登場人物たちはスロスロップのような病的精神状態ではないが、夢想癖ないしは故意の主観と客観の混同という形でやはり現実認識の欠如を示している。その一例は「反勢力」のメンバー、プレンティス大尉の提唱する「われらのシステム」（六三八）である。ロジャー・メキシコが味方の統計学者を敵の手先と勘違いした時、プレンティス大尉は彼の誤解を責める。しかしプレンティス大尉は彼の現実認識の甘さを責めるのではなく、彼がまだ「新米のパラノイア」で自分たち「反勢力」に関する確立された「妄想システム」（六三八）を持ってないことを責めている。この「システム」は「創造的パラノイア」と呼ぶべきもので、「現実か非現実かという問題」に関わりなく「データ」がその内部で「一貫」して「整理されてる」（六三八）ことを意味する。一般市民には「手口をつかめない」ほど「手が込みすぎ」たやり方で人間がコントロールされている現代社会において、スロスロップのように「真実の発見にとてつもない興味を持つ連中」は結局「恐怖、矛盾、不条理」（五八二）に悩まされて発狂するしかない。現実認識に目をつぶるプレンティス大尉の

「われらのシステム」は、現代社会におけるひとつの処世術である。小説の最終章における「反勢力」の登場人物たちの喜劇的行動およびプレンティス大尉の提唱する「われらのシステム」は、小説の「直線的で現実的な描写」をより不透明にしている。

「反勢力」の登場人物たちの現実認識の軽視は、小説のプロットの展開を混乱させるだけである。しかしナレイターが小説の最後で「スロスロップにまつわる物語」には「パンチ・ライン」(七三八)がないことを語る時、小説の構造は一気に崩壊する。ナレイターがスロスロップの救済なしに小説を終わらせるのは、当然のように物語のハッピーエンドを期待する一般読者が親しんだ「古くさい時間の細胞組織から別の摂理」(七五二)を生むことになる。通常の探偵小説の場合、たとえばサー・デニス・ネイランド・スミスが「しまった、遅すぎたか!」(七五一)と叫んでも、それはむしろ小説のクライマックスを盛り上げることになる。つまり彼の「到着が遅すぎるなどということは絶対にない」ので、彼は「毎度おなじみのセリフ」を「いつもきまってせせら笑いを浮かべ、とってつけたように慇懃な口調で」(七五一)話す。しかしサー・デニス・ネイランド・スミスやスーパーマンの到着が実際に遅すぎれば、小説は「古くさい時間の細胞組織」の外、「今後どう展開してゆくのか、どんな意味があるのか、さっぱりわからない」(七五二)ような「別の摂理」の世界に入りこむ。こうして最終章における小説の崩壊は「スロスロップにまつわる物語」の外側にある世界を読者に意識させるのであるが、それは最初「反勢力」の登場人物たちの喜劇性によって暗示されたものである。

小説の最後の「ヤンフはフィクションにすぎない」（七三八）という言葉は、『重力の虹』における二種類の時間、あるいは「スロスロップにまつわる物語」の虚構性をさらに浮き彫りにする。これは小説の最後に初めて現われるアナリスト、ミッキー・ワックストリーの語る言葉であるが、小説全体の展開から見ればナレイターの考えを代弁している。ワックストリーによれば、ヤンフ博士の存在は「おのれの死というものを、のみならず同胞の死というものを」スロスロップが「愛して」（七三八）しまうのを防ぐために必要なのだ。これは小説『V.』におけるV.の存在に共通する問題である。ステンシルがV.の探求に自分の生きる意味を見いだしたのと同様に、ヤンフ博士との闘いは完全な虚無からスロスロップの目を逸らすことができる。その意味でヤンフ博士の存在はスロスロップが虚無を愛する「可能性をやっは否定する」（七三八）ために役立ったのである。しかしワックストリーの言葉にはもう一つの重大な意味がある。すなわち彼がヤンフ博士の虚構性に言及したことによって、「スロスロップにまつわる物語」の崩壊過程自体が『重力の虹』のテーマになる。『V.』はステンシルのV.探求という物語の枠内で展開され、「その名前以外に実体を持たない人物」〔注13〕の虚しい探求に終始する。しかし『重力の虹』は「悪の一元論」に支配された物語の枠を壊すことによって、少なくても合理主義的には説明できないひとつの意味を投げかけている。その意味で『重力の虹』の最終章における小説構造の崩壊は、いたずらな秩序の破壊ではない。

注

[1] Thomas Pynchon, *Gravity's Rainbow* (New York: Penguin Books, 1973) 引用はトマス・ピンチョン『重力の虹』越川芳明・植野達朗・佐伯泰樹・幡山秀明訳（国書刊行会、一九九三年）による。

[2] Hanjo Berressem, *Pynchon's Poetics: Interfacing Theory and Text* (Urbana and Chicago: University of Illinois Press, 1993) 21-22. を参照。

[3] "Decentered subject" はデリタの用語でロゴスに基づいた人間観の否定を意味する。デリタは言葉が人間の思考を表わすための道具ではなく、むしろ言葉によって人間の存在が規定されていると考える。こうして思考する自分と自分の存在の間で引き裂かれた（"decentered"）人間を、自律性を意味する "human being" ではなく "subject" と規定する考えは、ラカン、フーコーなど他の French poststructuralist に受け継がれている。この用語の定義に関しては *Pynchon's Poetics* 15. を参照。

[4] Jacque Lacan, *Écrit: A Selection,* Trans. Alan Sheridan (New York: W.W. Norton & Company, 1977) 243-44. を参照。

[5] Lacan 153-54. 原文は "the signifying chain"

[6] Lacan 284.

[7] David Seed, *The Fictional Labyrinths of Thomas Pynchon* (Iowa City: University of Iowa Press, 1988) 179. を参照。

[8] Seed 190.

[9] 原文は "preterite." その定義に関しては *The Fictional Labyrinths* 179. を参照。

[10] Seed 204.

[11] David Seed, "In Pursuit of the Receding Plot: Some American Postmodernists," *Postmodernism and*

Contemporary Fiction, ed. Edmund J. Smyth (London: B. T. Batsford, 1991) 36-53. を参照。

[12] Seed 215.

[13] Alec McHoul and David Wills, *Writing Pynchon: Strategies in Fictional Analysis* (Houndmills: Macmillan, 1990) 163.

6

五〇年代インヴェージョン・ナラティヴの敵

ロバート・A・ハインラインの『人形使い』と『宇宙の戦士』

鬼塚大輔

第二次大戦後、すなわち四〇年代後半から五〇年代にかけての時期と言えば、アメリカでは東西冷戦構造の確立によって国民の間に国際情勢への不安が大きな陰となって拡がっていた頃

ジョセフ・マッカーシー
©オリオンプレス

である。四八年に始まるヒス事件、続くローゼンバーグ事件、あるいは四九年の蒋介石台湾亡命によってもたらされた中国共産党の中国本土支配、五〇年の北朝鮮軍による三十八度線突破に始まる朝鮮戦争などが、アメリカ国民の間に反共産主義の機運をもり立てていったのである。アメリカ国内で高まっていた反共感情を利用して、一時的にとはいえ巧みに権力を掌握していったのがジョゼフ・マッカーシー上院議員である。彼は五〇年に議会で、内務省に多数の共産主義者が潜伏しているという内容の演説を行うことでセンセーションを巻き起こし、以後、非米活動委員会を率いて数多くの弾圧、告発をおこなっていった。

冷戦構造下のアメリカ社会はまた、アメリカ男性のアイデンティティが危機にさらされた時期でもある。一般的には、郊外生活者の急増と共に、中流家庭の経済状態が安定し、アメリカ人の生活が急速に安定していったと考えられているこの時期だが、マイケル・キメルは著書『アメリカの男らしさ／一つの文化史』の中で、五〇年代のアメリカは一般的に考えられてい

るほど安定した時期ではなかったと述べ、大量消費社会の到来によって、アメリカ人男性は自らの男性的欲求と実社会での「稼ぎ手」としての責任との狭間で新たなアイデンティティの確立を迫られたと指摘しながら、「男性」の危機をマッカーシズムの台頭と結びつけている。［注1］ 三〇年代の大恐慌のきわめて不安定な社会の中で家庭を唯一安全な砦として育った子どもたちが成長して自らの家庭を持つ番となったことで、五〇年代のアメリカ郊外生活者たちは家族の絆を無上の価値観として抱くようになった。家族旅行のメッカであるディズニーランドが五五年にオープンしたのを始め、外食の機会を身近なものにしたマクドナルド・ハンバーガー、長距離旅行の休憩地点としての役割を果たしたモーテルなども五〇年代にオープンし、家族中心の価値観には拍車がかかっていった。［注2］

マーク・ジャンコビッチもまた五〇年代のSF・ホラー映画についての著書の中で、キメルと同様にこの時代が一般に考えられているよりも不安定な時代であったことを指摘し、五〇年代のアメリカは個人主義が危機に瀕し、抵抗の機会さえ希になりつつあった時期だと述べている。［注3］ キメルはまた五〇年代の中流男性は社会的均一化によって息苦しさを感じ、ファンタジーの世界に救いを求めるようになり、西部劇の人気が再燃したという事実をも指摘している。

西部劇と共に五〇年代のアメリカ大衆文化で人気を集めたのがサイエンス・フィクションである。戦後、SF雑誌、単行本の発行部数は飛躍的に伸び、ハリウッドにおいてもSF映画の製作が活発になった。これについては当時宇宙開発が現実化しつつあったこと、核の傘の元での不安定な平和が大衆の終末論的意識を刺激したこと、あるいは宇宙を単純に大西部に置き換えれば、カウボーイによる活劇（ホース・オペラ）の代わりにスペースマンが活躍する単純な冒険活劇（スペース・オペラ）が同じ公式で作れたことなどいくつかの理由が考えられる。しかしながらSFの中には、当時のアメリカ国民の共産主義に対する恐怖心などがストレートに反映されていると思われるものが少なくないという点は注目に値する。

この小文ではSF作家ロバート・A・ハインライン（Robert A. Heinlein, 1907-88）が五〇年代の最初と最後に発表した二つのインヴェージョン・ナラティヴ（侵略譚）を検討することによって、当時のアメリカ中流男性が抱いていたジェンダー喪失への恐怖がいかなる形でSF小説の中に現れていたのかを検証していきたい。

1　内と外の「人形使い」たち

ロバート・A・ハインラインのSF『人形使い』（*The Puppet Masters*, 1951）には、元軍人でもあった著者が共産主義に対して抱いていたイメージがはっきりとあらわれているのみならず、五〇年代のアメリカ中流男性の逃避に必要とされた要素が豊富に含まれている。

これは二一世紀に地球に飛来した宇宙船からナメクジに似たエイリアンたちが降り立ち、次々と地球人の背中に取りついて人間をコントロールし始めるというストーリーである。諜報機関の工作員である主人公のサム・キャヴァノウは「おやじ」と呼ばれる上司の指揮の下で、エイリアンたちとの闘いを繰り広げていく。知らぬ間に隣人たちがエイリアンの意のままに動かされてしまい、彼らが社会の転覆を謀るという図式は、マッカーシーを始めとするデマゴーク政治家たちが共産主義の脅威として国民に植え付けたイメージそのままである。主人公サムはエイリアンについて次のように述懐する。

おれはみんなが首の後ろに灰色のカタツムリを貼りつけて、足や腕を操られ、カタツムリの望んだことを言わされ、カタツムリの行きたいところへ行かされる様を想像してみた。なんてこった！　共産主義の国での暮らしだってそんなに酷くはないだろう。おれにはわかる。おれは鉄のカーテンの向こう側に潜入したことだってあるのだ。（三五）［注4］

この部分ではエイリアンたちとソヴィエト、さらに中国、北朝鮮などの国家とのイメージがあからさまに重ねられている。そして『人形使い』では、アメリカとこれら共産・社会主義国家との同化、相互理解は永遠に不可能なのだと突き放して描かれている。サムはエイリアンたちに対しても、「子牛が肉屋と協定を結ぼうなどと思うだろうか?」（二五三）という言葉で完全なる不信しか表明しようとはしない。エイリアンすなわち共産主義国家とのコミュニケーションの可能性は最初から否定されている。

　コミュニティーの内部に共産主義者が入り込むことによって引き起こされるパニックは、諜報機関の本部にエイリアンに取り付かれた者がいると判明する場面で如実に表現される。「ほんの少し前まで、おれたちは気の合う者同士が集められたチームだった。今じゃ、お互いに疑惑を抱きあっている烏合の衆だ」(五八)しかし自分に近しい者が信用できなくなる恐怖こそ、国民を不安に駆り立てようとマッカーシーらが利用した恐怖であった。アカ狩りにおいてはまずは政府の中枢や軍内部の共産主義者の存在がセンセーショナルに喧伝され、次に娯楽の中心であったハリウッドの映画産業に携わる人々が非米活動委員会の格好の標的となったのは、アメリカ支配を狙う共産主義者は政府、軍部とマスコミをまずは狙うはずだというアメリカ国民の抱いていた漠然とした恐怖をマッカーシー一派が巧みに利用したことを示すものである。ハリウッドの映画関係者など、世間的には尊敬され、親しみを抱かれている著名人たちを集中的に攻撃することで非米活動委員会のキャンペーンはさらに効果的なものとなったわけだが、『人形使い』の中では、エイリアンに取り付かれていないにも拘わらず、自らの利益のために進んでエイリアンたちの協力者となっている者たちの存在が示され、それらの人々の中には世間では尊敬されている有名スポーツ選手がいる、という設定がある。富と名声を手にした人々への大衆の嫉妬心、猜疑心を巧みに利用した非米活動委員会の手法と似通った部分がこの設定の中に感じられるのである。

このように『人形使い』が、当時のアカ狩りの機運をストレートな形で反映したサイエンス・フィクションであることは間違いないにしても、「自らの感情と意志を失い、操り人形のように日々を過ごす人々」というイメージは実はアメリカの中流男性自身の投影でもあるということに注意する必要がある。

ジャック・フィニィ(Jack Finney, 1911-95)の『盗まれた町』(*The Body Snatchers*, 1955)でアメリカの片田舎の町に飛来したエイリアンは、住人たちを繭の中に取り込み分解し、彼らを感情を失ったコピーとして再生する。そして日々の暮らしはそつなくこなしながら、着実にコミュニティーの支配を進めていく。この作品は五六年に映画化され、このジャンルの作品では古典と見なされている。この作品を映画化したドン・シーゲルは製作の思い出をこう語っている。

奴らはただ生きているだけなんだ。……息をして、食べて、寝て。ダニーと私は自分たちの仕事仲間、知り合い、家族の多くがすでに繭になってしまっているということを知っていた。朝起きて、食事をして(でも新聞は読まない)、仕事に行って帰って来てまた食事をして、また寝るだけなんていう奴らがどれほどいることか?〔注5〕

自らの意志と思考、感情を失い、何者かに操られて生活するこの物語の人間の姿は、安定した消費社会の中で一家を支える稼ぎ手としての役割に縛られようとしていた当時のアメリカ中流男性自身の姿でもあった。

キメルは著書の中で、男性のジェンダーの危機が五〇年代のアメリカに拡がっていた、特に男性としての自己の確立に失敗した者の息子たちにその傾向が顕著であったと述べ、その傾向がはっきりと現れている作品としてアーサー・ミラー（Arthur Miller, 1915-）の『セールスマンの死』（*Death of a Salesman*, 1949）を挙げ、またJ・D・サリンジャー（J.D. Salinger, 1919-）の『ライ麦畑でつかまえて』（*The Catcher in the Rye*, 1951）の主人公の夢想の中に、ジェンダーの確立に失敗したアメリカ男性の逃避主義の典型を見ている。［注6］ジェンダーの危機と闘うヒーローの物語として『人形使い』を捉えた場合、主人公サムの自己確立の戦いとしての側面が浮かび上がってくることとなる。エイリアンたちとの戦いの中で、サム自身がエイリアンに寄生され、仲間たちに救出されるまで一時的にとはいえ自らの意志と感情を失った「操り人形」の一つとなる。心身共に大きな打撃を受けたサムは一度はエイリアンたちとの闘いから逃避しようとする。しかし、ここで闘いから身を引くことはエイリアンに寄生はされていないにしても、エイリアンの寄生が象徴している自由意志の喪失という五〇年代のアメリカ中流男性の多くが直面していた危機からの逃避に他ならなくなる。だがサムは再び闘いの中に身を投じることで、当時のアメリカ男性たちが直面していたアイデンティティ喪失の危機との闘いを代行しようとする。そして、その闘いの相手として理想的なのは当時のアメリカ人にとって普遍的な敵であった共産主義者と、当時の当時のアメリカ男性の多くの姿の両方を象徴しうるエイリアン、およびエイリアンに寄生された人々だったのだ。

2　逃避型ファンタジーでの闘い

『人形使い』の読者は主人公が戦線に復帰した後、物語の半ばにして初めて彼の直属上司にして諜報機関の長である「おやじ」が彼の実の父親であることを知らされる。これ以降、サムとエイリアンとの闘いは父親公認のものとなり、サムが父親の存在を乗り越えるための闘いであるという色彩を強く帯びていくことになる。実際、サムのキャラクターの激しい怒りを持って闘いを続けていく面と、「おやじ」に誉められ「おれはどれほど嬉しいか顔に出さないように努力した。……おれは生まれ変わった人間のように感じた」（三一六）と無邪気に喜ぶ面とはほとんどそぐわないといってもよいほどである。

ストーリーの半ばにして初めてサムと「おやじ」との血縁関係が明らかになることで、『人形使い』は主人公の自己解放のための闘いの物語であることもまたはっきりとする。サムは人類の一員として、アメリカ人男性の個人主義的な活力を奪おうとする外からの力であるエイリアンと闘う。そして自身も「男性としての自己の確立に失敗していた者の息子たち」の一人であり、代替の「強い父親像」となる「おやじ」からの自立の物語を演じるのだ。その結果、圧倒的な力を持つ父親から自立することによって男性としての自己を確立する、という役割を多くのアメリカ人男性に代わってフィクションの中で果たすことになるのである。前出のジャンコビッチは、五〇年代はヘンリー・フォード的な流れ作業による生産率向上に象徴される、いわゆるフォーディズム、すなわち一部のエリート技術者が独占する科学技術の使用によって、人間が社会、政治、経済、文化などのすべての領域で支配されるシステムがアメリカを席巻した時代であり、地球侵略を狙うエイリアンの登場するSFすなわちインヴェージョン・ナラティヴはこのフォーディズムに対する批判として読むことができると述べている。[注7]

インヴェージョン・ナラティヴとしての『人形使い』の特徴は、エイリアンが直接攻撃してくるのではなく、人間に取り付いて行動し、単体としてはほとんど力を持たないという点にある。エイリアンたちは警察、マスコミなどのコミュニティーの中枢部の人たちに最初寄生し、そこからコミュニティー全体へと支配の領域を広げていく。

この作品とよく比較される前出の『盗まれた町』の場合でも、エイリアンは一般市民の姿を借りるが、エイリアンに取って代わられた人物は交代が完了した時点で死亡している。これに対して『人形使い』ではあくまで生きた人間にエイリアンが取り付くという設定であるため、主人公のように一度エイリアンに寄生されても、元に戻るということもあるし、またまだ寄生されていなくても、進んでエイリアンのために働こうという人間も現れてくる。つまりここでは、一度共産主義に魅入られた人間でも、アメリカ人であれば、おそらく解放の可能性はあるし、またフォーディズムのシステムの下で一部のエリート技術者たちの支配を受けている人々にも開放の可能性はあるということになるのだ。それゆえ、主人公たちの闘いはエイリアンに対しては復讐戦、彼らに支配された人々に対しては一種の解放戦争の色合いを帯びていくことになる。

エイリアンたちの侵攻に対して防戦一方だった人間側も、サムたちの活躍によって反撃の糸口をつかみ、形成は少しずつ逆転していく。そんな中でサムは同僚と以下のような会話を交わす。同僚はサムに対してたとえアメリカ国内のエイリアンを殲滅しても、彼らは世界中に散らばっているはずだし、またいつやってくるかわからないという。

「もう望みはないってことかい?」おれは尋ねた。

「望みなしだって? そんなことあるもんか。まあ、一杯やれよ。われわれはこの恐怖と共に生きることを学ばなきゃならないって言いたいのさ。われわれが原爆の恐怖と共に生きることを学んだようにね」(三二二)

当時アメリカ人は冷戦構造の下で、核戦争の危機にさらされながら生活することを余儀なくされていたとはいえ、『人形使い』の主人公たちは恐怖と「共に生きる」ことに満足しようとはしなかった。彼らは侵略者たちを殲滅するために、エイリアンたちの母星まで数十年かけて旅して戦いを完遂することを決意する。だが、サムは出発の前にもう一つの戦い、父親との闘いに決着を付けなくてはならない。いつのまにかエイリアンに寄生されていた「おやじ」とサムは戦い、その結果として「おやじ」は命を落とすこととなる。「『父さん』おれはすすり泣いた。『父さんがいなきゃやっていけないよ』父さんは大きく目を見開いた。『やっていけるとも、息子よ』」（三三六）ここにおいて、サムの父親にして直属の上司、すなわち彼にとっての「人形使い」である「おやじ」との闘いは完了する。主人公サムは（読者に成り代わって）アイデンティティすなわち男性としてのジェンダーの確立に成功し、内なる闘いの勝者として、妻となるべき女性を伴い（家長としての独立を意味する）、エイリアン討伐の旅へと旅だっていく。そんなサムの次のような述懐をもって『人形使い』は幕を閉じることとなる。この中でも、サムは別の星でナメクジ型の侵略者の奴隷となっている異星人たちを解放することを望む。解放者としての戦いに思いを馳せる。「そうとも、人類がトップでいたいと望むなら、せめて、周囲から尊敬される存在でいたいなら、戦いで望みを叶えるしかないのだ」（三三八）とサムは語り、「さあ、いよいよ出発だ。おれは興奮している。人形使いたちよ、自由な人間がおまえたちを殺しに行くのだ。」（三四〇）と敵本拠地総攻撃のための軍に加わって宇宙に飛び立ってゆく。

「死と破滅を！」（三四〇）という言葉で『宇宙の戦士』は終わるが、「自由な」人間たちが「人形使い」たちに死と破滅をもたらすことを高らかに宣言するこの物語は、国外からの脅威と国内のシステムの変化によってアイデンティティの危機に瀕していた五〇年代のアメリカ中流男性に対して、理想的な逃避型ファンタジーを提供していたと言えよう。

3　「ホーム」のありか

五〇年代半ばには安定した郊外の生活の中で有り余るエネルギーを発散するすべを見失い、パンの稼ぎ手としての父親の姿に反発する若者たちの非行化の問題が顕著になっていった。映画『乱暴者』（五四）で、黒のレザージャケットを身にまとった反抗者を演じたマーロン・ブランドが一躍大スターとなり、教育現場の交配を描いた映画『暴力教室』（五五）はまたロック・ミュージックの誕生にも寄与した。第二のブランドとして売り出したポール・ニューマン、ジェームズ・ディーンはそれぞれ『傷だらけの栄光』、『理由なき反抗』（ともに五五）で反抗的な若者を演じて若い世代の共感を勝ち取った。

『宇宙の戦士』

ハインラインが五九年に発表した『宇宙の戦士』*Starship Troopers* では、エイリアンとの闘いそのものよりも主人公ジョニー・リコの新兵としての教育、戦士としての成長に重点が置かれている。この作品に登場するジョニーの父親は、『人形使い』の「おやじ」のように、主人公を支配するがゆえに、主人公が克服し乗り越えるべき存在ではない。それを乗り越えることが男性としての個の確立を可能にしてくれるような

「強い父親」の喪失が、青少年の非行という形で社会問題化しつつあった五〇年代後半においては、強き父親や自らを厳しく律してくれる家庭像の探索もまた侵略SFのテーマとなった。富の蓄積にのみ熱心で息子の入隊を認めようともしない父親の代わりに、ジョニーは厳しく力強い別の父親の存在を願望する。彼を導く最初の「父親」となるのは、ジョニーの通う高校で「歴史と倫理哲学」を教えるデュボアである。デュボアによれば、戦争それ自体は決して絶対的な悪ではない。「むき出しの力である戦争は、歴史において他のいかなる要素よりも多くの問題を解決してきた。そのことに反対する意見は最悪の楽天主義だ。この基本的な真実を忘れた種族は、常に生命と自由とでその報いを受けてきたのだ」（二四）〔注8〕ということになる。訓練キャンプで新兵たちを鍛え上げる軍曹ズィムによる戦争の定義も類似のものである。

戦争は暴力と殺戮ではない。簡単なことだ。戦争とは抑制された暴力なんだ。目的を持ったな。戦争の目的は力をもって自分たちの政府の決定を支持することだ。戦争の目的はただ殺すためだけに敵を殺すことではない……敵に自分たちのさせたいことをさせることなんだ。殺戮じゃない……抑制された、目的を持った暴力なんだ。（五二）

第八章において、ジョニーは二〇世紀アメリカの青少年の非行についてのデュボアの授業を回想する。デュボアによれば青少年の非行の原因は、彼らが「権利」ばかりを吹き込まれ、「義務」を厳しく教えられることがなかったからだということになる。

すべての倫理の基礎は義務だ。自己の利益と個人の関係と、この概念と集団の関係は同じものだ。誰も非行少年たちに、このことを彼らにもわかるようには教えてやらなかった――つまり、鞭打ちなどではな。彼らの属していた社会は、彼らの「権利」についてばかり、果てしなく彼らに吹き込んだのだ。（九五）

『宇宙の戦士』においては、組織と大義とに対する服従、及び闘いの中での自己鍛錬そして義務の遂行が、人間形成にとっての絶対必要条件とされる。この作品の舞台となる未来世界では、従軍経験者のみが市民権を与えられるという極端な設定になっている。「市民権とは一つの態度であり、心の状態であり、全体は部分よりも偉大なのだ……そして部分は全体が生きるためには喜んで、誇りを持って犠牲になるべきだという確信である」（一二九）ここに矛盾が生じてくることとなる。「全体のためには個を殺すこと」や「命令への絶対的な服従」という価値観は、フォーディズムのもとでパンの稼ぎ手に徹して働く、五〇年代アメリカ中流男性の姿と重なると共に、敵である共産主義者にアメリカ人が抱いていたイメージともそのまま重なってしまうものなのである。『人形使い』で主人公が闘った敵が、『宇宙の戦士』では理想的な人間の姿として称揚されていると解釈されかねない。おそらくこのことに気づいていたハインラインは『宇宙の戦士』の後半において、もっぱらエイリアンたちと人間との違いを執拗に書き連ねていく。この作品に登場するクモ型のエイリアンたちはアリのような社会形態を持ち、その中でも「働き虫は機械みたいなものにすぎず……兵隊虫も……監督する者がいなければ同じくらい役立たず」（一七五）な存在であるとされる。一方、人間の兵士の方は「自由な人間である。彼を駆り立てるものは内側から生じる。自尊心と、仲間からの尊敬を必要とする心、そして軍隊のモラル、精神の一部であるという誇り」（一六四）が、人間をエイリアンの兵士とは全く違った存在とする。ハインラインは『宇宙の戦士』において、全体のためのこの犠牲の尊さと、この尊厳の徹底的な尊重という、二つの相反する命題を両立させるために躍起になっているのだ。

『人形使い』では男性としての自己の確立のために倒すべき敵として有効であった父親という存在は、『宇宙の戦士』では脆弱なものとなり、主人公の少年リコは、もはや自らを律してくれる場所としての機能を喪失した現実の家庭の代わりに軍隊という代理家庭を、実際の父親の代わりに上官という代理父を必要とした。そしてリコの父親もまた、父親としての尊厳を取り戻すべく試練に立ち向かわなければならない。エイリアンの攻撃で妻を失ったジョニーの父親は軍隊に志願、再会した息子にこう語る。「私には信念に基づいた行動をする必要があったんだ。自分が男だということを、自分自身に証明する必要があったんだ。ただ消費し、生産するだけの経済動物ではなくて……男だということをね」（一三六）ここに至り『人形使い』よりもさらに明確な形で闘うべき「敵」の姿が浮かび上がってくる。フィニィの『盗まれた町』を映画化する際シーゲルがはっきりと意識していたように、エイリアンによって操られ、個性を失って日々をただ送るだけの人間たちこそが敵なのだ。そして『盗まれた町』のラストで、あくまでも戦い抜く意志を明らかにした人間たちの姿を見たエイリアンたちが撤退していくように、ある意味では自分たちの姿の合わせ鏡であるエイリアンたちを撃退する戦いの中で、自分たち自身との闘いも実行されていく。ハインラインは、そして『宇宙の戦士』を支持した大衆は、第二次大戦終結後の「冷たい」戦争の敵である共産主義者たちと自分たちとの違いを確認しつつ、共産主義国家を模したエイリアンの軍団と戦いながら、しかし実際には敵の向こう側に透けて見える自分たち自身と闘っていたのだ。

郊外での安定した生活、家庭の構築がトレンドとなった五〇年代となってもアメリカ人男性の多くが本当に出かけたい場所はディズニーランドではなかった。創世記のTVは大量に家庭に西部劇を流し込み、科学技術の発達や核テクノロジーへの期待と恐怖の感情がSF小説、映画の隆盛をもたらした。その結果として失われたフロンティアの代替物となる未知の宇宙に彼らはつかの間の夢を託したのだ。フォーディズムのくびきから解放されるには、男たちはまず家庭に定住することをやめる必要があった。それゆえ『人形使い』のラストはエイリアンの殲滅ではなく、地球からの旅立ちでなければならなかった。そして『宇宙の戦士』のラスト、またもや戦闘行為に突入するジョニーは、むしろ戦いの中にこそ自らの場所＝ホームがあるのだという認識に到達する。「おれは自分の装備を掴むと急いだ。ホームとはハートのある場所のことだ。おれはホームに帰ろうとしていたのだ」(二〇五)戦いが終わってしまえば勇敢なヒーローたちは、現実のホーム(家庭)に帰って同じ場所に定住し、彼らが闘ってきた真の敵であるフォーディズム支配下の男性たちと同化する危険にさらされてしまう。そのためハインラインは外敵に対する大勝利のカタルシスで『人形使い』と『宇宙の戦士』の二作を締めくくることができなかったのである。絶え間ない「戦い」、「移動」こそが当時のアメリカ人男性の夢の中では真の「ホーム」だったと言えるだろう。

五〇年代の始めと終わりとにロバート・A・ハインラインによって書かれた二つのインヴェージョン・ナラティヴには、ホーム(家庭・母国)を守るための戦いであった第二次世界大戦が終わった後のアメリカ男性の二重の「敵」の姿が見える。外側から内側へと入り込もうとする共産主義の脅威と、内側からアメリカ人男性をむしばむジェンダー喪失の危機という二重の「敵」との闘いは、サイエンス・フィクションの中でも、他の大衆文化の中でと同様に華々しく繰り広げられていた。そして六十年代には、公民権運動に代表される国内の社会問題の高まりと、ヴェトナム戦争という外敵との戦いで、この二重の「敵」との戦いはさらに熾烈なものとなっていくのである。

注

[1] Michael Kimmel, *Manhood in America: A Cultural History* (New York: Free Press, 1996) 236.

[2] メアリー・ベス・ノートン他著『アメリカの歴史6―冷戦体制から二十一世紀へ』上杉忍、大辻智恵子、中条献、中村雅子訳（三省堂、一九九六年）三二頁参照のこと。

[3] Mark Jancovich *Rational Fears: American Horror in the 1950s* (Manchester and New York: Manchester University Press, 1996) 22.

[4] 以下『人形使い』引用は鬼塚訳、ページ数は Robert A. Heinlein, *The Puppet Masters*, revised ed. (New York: Ballantine Books, 1990) に拠る。

[5] Don Siegel, *A Siegel Film* (London: Faber and Faber, 1993) 178. 訳文は鬼塚。

[6] Kimmel 234.

[7] Jancovich 19., 26.

[8] 以下、『宇宙の戦士』引用は鬼塚訳。ページ数は Robert A. Heinlein, *Starship Troopers* (New York: Ace Books, 1987) に拠る。

Ⅲ　ジェンダーの闘い

7

教授と女子大生の権力ゲーム

デイヴィッド・マメットの『オレアナ』を読む

並木信明

人はなぜ闘い争うのであろうか。自由と独立を求めて、正義を立証するため、民族や国家を存続させるため、平和な生活を守るため、個人の尊厳を主張するため……と、すでに開始された戦いについてさまざまな理由が考案され主張されてきた。しかしフォークナーが登場人物に語らせているように、いかなる理由も勝者の論理にすぎず、敗者は「どのような戦いもかつて勝たれたためしはなかった」〔注1〕とひたすら敗北の事実を回避するしかなかったといえる。ただ一つ確実なのは、人や国家は社会や世界の中で互いに共存している以上、お互いに相手の領域を侵犯しないでは、したがってなんらかの摩擦や争いを起こさずには、生きていけないということである。

デイヴィッド・マメット

汚いことばや激しいことばの応酬をひとつの特徴とするデイヴィッド・マメット（David Mamet, 1947- ）の演劇は、このような人間の業ともいうべき闘いを巧みに劇に取り込んだ、というよりもむしろ、闘いこそ日々ドラマを必要とする人間の生き様を反映し、かつドラマとして構造化しうることを実証しようとする。

一九九二年にニューヨークで公演されたマメットの『オレアナ』（*Oleanna*）は、アメリカのごくありふれた地方大学を舞台に、大学教員と彼の授業を受けている一人の女子学生との間で、大学教育の意義と権力、男と女の関係、階級、ポリティカル・コレクトネスなどをめぐって繰り広げられる、緊張に満ちた対立と抗争を扱ったドラマである。ともするとセクシャルハラスメントのテーマだけが強調されがちな作品ではあるが、映画のモンタージュ理論を二人の登場者同士の権力ゲームを絡めながら、いかに作者の演劇原理を体現しているかを探ってみたい。

1　映画と演劇のモンタージュ手法

『オレアナ』は演劇として上演されたのちに、マメット自身が監督となり脚本も担当して九四年に映画化された。この映画は、劇の脚本にはない人物や場面などをかなり盛り込んだ『グレンギャリー・グレン・ロス』(*Glengarry Glen Ross*, 1983)(映画の邦題は『摩天楼を夢みて』)などに比べると、登場人物や主な場面が舞台とほとんど変わらず、脚本の相違もあまりない作品である。マメットは劇作家として著名であるだけでなく、『評決』(*The Verdict*, 1982)をはじめ十数本の映画の脚本を書き、さらにそのうちの五本は自らメガホンを握るなど、映画への関心が深いことでも知られている。

マメット最初の映画監督作品『スリル・オブ・ゲーム』(*House of Games*, 1987)で驚かされるのは、劇作家出身の監督に予想されるような「演劇臭」がみじんもなく映画としてすでに完成されていたことである。「この作品はサスペンス映画のジャンルの中に見事に収まっており、その演出もきわめて視覚的である。エリア・カザンよりもヒッチコックの映画の撮り方によほど近い映画」[注2]だったのである。マメット自ら、「人は映画の脚本の書き方を知りうる必要はない。ただ想像する能力さえあればよいのだ」[注3]と一九八七年にコロンビア大学の映画学部の学生に対して自信たっぷりに話している。

『スリル・オブ・ゲーム』は新進の女性精神科医が、若い男性患者のワナにはまって詐欺集団に巻き込まれて犯罪まがいの冒険をする物語である。興味深いのは、患者に対して神のような権力を行使しうる立場にある主人公が、詐欺師たちとの交わりを通して彼女の知識と経験が全く通用しない世界があることを知り、人の運命を支配する地位から支配される地位へと立場が逆転することであろう。このように主人公が熟知していた現実の裏側に価値観の異なるもう一つの現実(もっと正確に言うと現実の可能性)があることを知って愕然とするというのが、マメットの監督する映画に共通する特徴である。

監督の第三作目『殺人課』(*Homicide*, 1991)ではさらに深い切り口でもう一つの現実の可能性を劇化している。殺人課の辣腕刑事であった主人公は、行きがかり上ユダヤ系の老婆の殺人事件を担当する羽目になり、その結果被害者の家族によってユダヤ系としての出自を深く自覚させられてしまう。さらに現場に残された紙切れの文字からユダヤ人の反ナチの闇の組織と関係するようになり、爆弾テロ事件の片棒を担がされた結果逆に脅されることになり、自信を持って担当していた別の事件にも失敗して重傷を負い、刑事としての前途を失うという話である。ここでも犯人である人間の運命を左右しうる刑事という立場にある主人公が、それまでの経歴がなんの役にも立たない状況に追い込まれて、運命に翻弄される人間になってしまう。

マメット劇では脚本のせりふが大きな比重を持つのに対して、映画ではショットや視覚的表現がそれに取って代わる。マメットの映画製作の基本はアイゼンシュタインのモンタージュ手法である。マメットは登場人物をカメラが追い回すハリウッド的撮影方法を「小説的」と批判する。「[アイゼンシュタインの]手法は主人公を追い回す方法とはまったく異なり、並置されたイメージの連なりから成り立つもので、その結果イメージ同士の対照によって観客のこころの中でストーリーが展開するのです。」[注4]

人が話をするときは、映画のように、一つのことがらから別のことがらへとイメージをつなぎ合わせて、つまりカットによって話す、とマメットはいう。たとえば人はこんな風に語ると次のような例を挙げる。「私は街角に立っていました。霧の立つ日でした。人々が群をなしてきちがいみたいに走り回っていました。たぶん満月だったと思います。すると突然一台の車が近づいてきて、隣にいた男が私にこういったのです。」

このような描写に対して、次のようなカットのリストができあがるという。

(一)街角に一人の男が立っている、(二)霧の舞う場面、(三)頭上には満月、(四)一人の男が「この季節になると人がおかしくなるようだね」という、(五)一台の車が接近してくる。

「イメージ（映像画面）を並べること、これがよい映画製作法なのです。そうすれば人は自然とストーリーを追うことになります。この次に何が起こるんだろう、って考えるようになるのです。」[注5]

映画で使われるイメージは「生の」（"uninflected"）ものが最高だとアイゼンシュタインはいっているとマメットは紹介する。uninflectedという形容詞は、「語尾変化をしていない」動詞や形容詞などの単語の原形をさすもので、ここでは「一つのティーカップのショット」や「一本のスプーンのショット」や「一つのドアのショット」等々特にストーリーに合わせて撮られたものではない、ものそれ自体のショットをさすと解釈される[注6]。マメットは、映画がそれ自身で完成された世界をもち、観客がその中に入っていって楽しむのではなく、映画は基本的にそれ自身生の場面（ショット）という素材の組み合わせを提供するだけのもので、したがって映画とは、その並置された場面をみる観客のこころの中でストーリーが生まれ、その次をみたいという衝動にしたがってストーリーが展開される仕組みだと考える。

観客のこころにストーリーを生み出すというこの映画論は、マメットの演劇論の本質とほとんど同じである。若い俳優に向けて書いた演劇論『真実と虚偽―俳優にとっての異説と常識』（一九九七）の中で、マメットは、俳優は向かって役（character）に「なる」（become）必要はないと説き、与えられた役にいかになりきれるかを指導してきた伝統的な演劇論に対して大胆に異説を展開する。「〈役になるという〉ことばには、実際、なんの意味もない。役というものなどはない。台本の頁の上にせりふがあるだけだ。……作者が指示した目的に何とか到達しようと、俳優が率直にせりふを話すとき、観客は舞台の上に役の幻影を見るのである。」［注7］さらに、手品師が観客のこころに本物の幻影を生み出すように、俳優も劇的幻影（イリュージョン）を生み出すのだと続けて、マメットは再びアイゼンシュタインの映画論を持ち出す。

アイゼンシュタインによれば、やかんが音を立てているショットAと若い女性が机から頭を上げるショットBがあるとすると、映画の真の力は二つショットが見る人のこころで統合されることから生まれることになる。見る人は「仕事を再開する」という観念を受け取る。ところが、今度はショットAが裁判官が手紙を渡され、それを開けてから咳払いをする場面となり、ショットBが同じ場面だとすると観客は「(陪審員の）評決を聞く」という観念を受け取る。それぞれのショットの中味は変わらず、その組み合わせが変わるだけで出てくる意味がまったく異なってしまうのである。そして、マメットは演劇に話題を変えて、作者の書いたせりふと指示されたとおり動く俳優の演技を見て、観客のこころのなかで人物の役の観念が否応なく創り出されるのだ、と結論する［注8］。

2　劇的幻想を生み出す〈関係の可能性〉

『オレアナ』の戯曲は大学教員のジョンの研究室を舞台とする三幕の構成をもつが、映画では最初と最後にのどかな地方大学と思われる建物が映し出され、女子学生のキャロルが成績を渡されてみる場面から始まっている。映画も基本的に舞台と同じ三幕構成と考えてよい。この三幕の場面を映画のモンタージュ理論に照らして考えると、幕はショットとなり、三つのショットの並置が観客にストーリーやテーマを浮かび上がらせる役割を果たしていることが分かる。この三場面はそれほど劇的な変化を示している。ジョンとキャロルの各場面の服装の変化も際だっている。

映画の最初の場面では、ジョンはスポーティなジャケット姿であるのに対して、キャロルはくすんだ色のTシャツにコットンパンツにミリタリージャケットをはおっていて、ジョンはくつろぎ、キャロルはおどおどとしている。一方、キャロルがテニュア資格審査委員会に異議を申し立てた第二の場面になると、パンツスーツに白いブラウスを着て髪はきれいに束ねてキャリアウーマン風の装いをしたキャロルに対して、ジョンは紺のスーツに白いシャツとネクタイを締めて、緊張した面もちで話している。ところが第三の場面では、ジョンの服装は前と変わらないが、シャツの首のボタンははずれネクタイもだらしなくゆるみ、髪やひげも手入れがされず、言葉遣いも自信なげである。逆にキャロルは最初のジョンのようにスポーティなチェックのジャケットとロングスカートの組み合わせで、明らかに有利な立場を自覚しているごとくにくつろいでいる。つまり、最初はジョンが悠然と構え、キャロルはおどおどと嘆願し、つぎの場面ではキャロルもジョンも共に緊張している。最後の場面では立場が逆転してキャロルがジョンを教えるという構成になっている。

よく指摘されるマメット劇の登場者のコミュニケーション不在のテーマは、『オレアナ』では、コミュニケーションを成り立たせる基礎要件である人間同士の関係が、実は見かけとは裏腹に不確実だという事実を通して示される。この劇の登場者がある大学の一人の教員と一人の学生であるということから、観客はただちにこの二人が十分に関係づけられたと考えてはならないのである。教授と学生が同じ時期に同じ大学にいる。しかし二人は教育や研究やその他の大学の活動を通じて出会わない限り、外の世界にいるように全くの他人同士なのである。学生が教授の授業を取っている。だがそれだけでは成績評価を介して両者が結び付いているにすぎず、授業が終わればほとんど他人同然ともなりうるのである。しかし一方同じ大学に同じ時に在学し、しかも授業を介して出会うことになれば、二人は外の世界の人間同士よりもより深い関係に進む可能性があることは確かである。マメットは教授と教え子という密接に見える関係を取り上げながら、実際は両者がいかに異なる背景と立場に立脚しているかを示し、いったんは密接な関係を破壊してから、この両者を教授と教え子という関係の他に、男と女、人間と人間、あるいはショットのような劇的な要素に還元して、新たに生み出される可能な関係を追求している。マメットが作劇に利用するのは、実際に成立した関係ではなくこのような〈関係の可能性〉だといえるだろう。

第一幕に登場するジョンという教授とキャロルという学生は学期の半分が過ぎたにもかかわらずお互いのことをほとんど知らず、また知ろうともしていない。ジョンは昇進と新しい家の購入で頭が一杯で、キャロルは授業は全然分からないがともかく単位は取らなければならないと必死である。ジョンがのっぴきならない家庭の事情をかかえていることも、キャロルが貧しい家庭環境から脱して社会的な成功を収めるべく大学に入学した背景もとりあえずは重要ではなく、最初は大学教授と学生の立場と関係が前景化される。つまり、教授は学生に対して専門分野の研究に関して圧倒的な知識の量を持っていて、学生を支配する立場にあり、またその専門知識を学生がいかに修得して応用できるかを評価する立場にあること、つまり、圧倒的な知識の量と成績評価という二点によって、教授は学生を支配する権力を有するという関係が『オレアナ』に大きな劇的可能性を生み出している。

しかしこの関係から教授と学生のヒエラルキー構造が永遠に続くと思ってはならない。ジョンがキャロルに対して支配する立場にあるのはほんの偶然に過ぎず、異なる文脈におかれればその立場が逆転することもありうるのである。それがこの劇で実際に起こったことである。『オレアナ』はジョンとキャロルの間で繰り広げられる権力ゲームの様相を呈しており、三幕の二人の服装の変化が如実に示すとおり、最初はジョンが権力を振るい、最後はキャロルがジョンを圧倒するようになる。映画のショットAとショットBが劇的幻影を生み出すように、『オレアナ』では二人の登場者自身が劇的幻影を生み出している。ショットと登場人物の違いは後者は外見は同じでも（服装は別にして）、それがおかれた文脈によって異なる劇を生み出しうるということである。

ジョンという登場人物が惨めな敗北を喫するのは、＜意味＞――マメットの用語を使えば＜劇的幻影＞――を生み出すのは意図や願望ではなく、モノとモノの並置（ショットの並置）、つまり関係と文脈だということに気付かなかったためである。ジョンは大学で長く講義をし、長期在職権（テニュア）を申請しながら、大学の教育の意味が分からないのである。「ターム・オブ・アート」をめぐるキャロルとの最初のやりとりの中でそれが明らかになる。ジョンはキャロルからその意味を問われたときに、言葉をあまり知らない人にとっては言葉が何か特別な意味を持つようにみえることだと答えて、本当はよく理解していないことを露呈してしまう。ターム・オブ・アートは特定のグループの間で通用する「専門用語」、つまり「業界用語」を示すのであり、この劇ではジョンが密かに信奉する大学人の語法もただのターム・オブ・アートに過ぎずその＜業界＞以外では通用しないことがジョンの悲喜劇を通じてテーマ化されている。学生に対して圧倒的な量を誇る教授の専門知識も単なるターム・オブ・アートの問題に過ぎず、違う物差しを導入すれば無用の長物と化することがポリティカル・コレクトネスというフィルターを通して描かれるのである。

ジョンはキャロルの質問にこう答えている。「ターム・オブ・アートとはね、たぶん君も経験があるだろうけど、その意味を調べたり、人から説明してもらったりして、そのときはああそうか、って思うけどすぐに忘れてしまうものなんだよ……」〔注9〕それに驚いたキャロルはそんなことはすべきではないと遠慮がちに反論するが、ジョンは人は興味のもてないことは忘れがちだと一笑に付してしまう。しかし、ジョンは大学という高等教育機関ではそこでしか通用しないような〈業界用語〉を駆使することが当然だと思いこんでもいる。キャロルがジョンの話す言葉や彼の著書で理解できない言葉の多くは、そのような業界用語に属している。彼女は彼の本には「『難しい』言葉が多く」、「その言葉、つまり先生がいっている〈モノ〉〔が理解できない〕」（六）と告白する。例として、大学に入学させることを示す「若者の実質的な倉庫収容」（"Virtual warehousing of the young"）（十一）という表現や、高等教育への盲目的信仰を表す「現代教育の呪い」（"The Curse of Modern Education"）（十二）という言葉などをあげている。このような表現自体ジョンの高等教育に対する皮肉と批判が表れているのだが、ジョンはこうした言葉遣いに困惑するキャロルに対して、その言葉のレトリカルな意味を解説するのではなく、「これはただの授業にすぎないし、ただの本にすぎない」（十二）と質問をかわそうとする。

たえず難しい言葉の意味を尋ねるキャロルに、大学での知的言説がまだ理解できないことは確かだが、それに通暁しているはずのジョンも実際は言語の真の意味が分かっていないことが第一幕で次第に明らかになる。それがやがて後半になって、別の言説に支えられたキャロルの反撃を受けて、彼の大学教授としての経歴が破滅する結果を導くのである。

3　『オレアナ』の二重構造と言説の権力

『オレアナ』は研究室で学生のキャロルを待たせたまま、ジョンが家からの電話に応対している場面から始まっている。ジョンとキャロルの対話は、その後も妻や弁護士からの電話が介入してしばしば中断させられる。このような電話の会話は、ジョンが現在家を購入する契約を進めているという彼の私的背景を知らせる巧妙な仕掛けと、最初は思われるかもしれない。しかし電話でのジョンの姿は始めから苛立ち憤っていて、キャロルと話すときの冷静さとは際だった対照を示していて、見る人にジョンの知的な教師像と内面の葛藤の二重性を強く感じさせるようになっている。マメット映画に見られる表の世界と闇の世界の二重構造は、この劇では研究室に代表される大学という表の世界と、電話で暗示されるジョンの私的生活とで表されているのである。

したがって、この劇は研究室を唯一の舞台にして、ジョンとキャロルの対話の進展に電話によるジョンの実生活が絡まるという二重構造を持っているのだが、電話の対話はジョンとキャロルの対話を支え深めるというよりも、二人の対話を中止させ分断する役割も果たしている。むしろ電話の場面が挿入される意味は、一つには電話と対話という二つの異なるショットの並置であり（従ってそれによって劇的幻想が生まれる）、今ひとつは電話が二人の対話のコミュニケーションを断絶させることによって、二人の立場がいかに隔たっているかを示すことにあるといえるだろう。

ジョンとキャロルは二人が出会うまでの文脈がことごとく異なる立場にあるが、対話を通してもう少しで心底理解し合えるようになる機会が、劇中に少なくとも二回はあった。第一幕の後半で、キャロルは授業中は笑顔を浮かべてはいるが、ジョンの話すことも他の学生が話すことも何も理解できない、と激白した直後、誰にも話したことはないがこれまでずっと……といいかけたとき、真実の告白を固唾を飲んで待ちかまえるジョンの前で当然電話が鳴り響く。その電話で、ジョンは契約が破棄されそうだと知って声を荒らげてしまい、電話をおいたときはキャロルに友人が昇進のサプライズ・パーティを開いてくれると説明し、彼女への興味はすっかり失われ、キャロルの深層開示の瞬間は消失してしまうのである（三八－四〇）。

第二幕では、キャロルがジョンは学生を搾取する権力志向者だと、おそらく彼女を支援するグループから教え込まれた批判のテクストを一気にまくし立てる場面がある。それに対してジョンが人道主義的コミュニケーション論を展開し、冷静になった彼女に自分の言葉で言いたいことを話させようとし向けるが、彼女がとつとつと話し始めた瞬間に電話が鳴り響いて中断させられてしまい、今度こそ永遠に二人が人間的に理解し合う機会は消滅してしまう（五四－五五）。

だが、このようにして人間的なコミュニケーションが損なわれた原因を、電話というすでに文明の利器としての役割を終えつつあるメディアに帰してはならない。マメットは人間同士は愛を求めているのに、現代文明のテクノロジーや官僚機構がそれを妨げているというモダニズムの人道主義者の言説を今さらのように持ち出して、劇に取り入れたのではない。電話は少なくとも肉声（あるいはその痕跡）を伝える分だけ、最近流行の電子メールよりも人間的ですらある。電話によるたびたびの、しかも重大な対話の断絶は、教授と学生、男と女、年長者と年少者といった対照的要素の組み合わせで可能になる、線状的な意味形成の経路をいったん断線することを意図している。登場者の言葉やしぐさや状況などを一つひとつ分離することによって、それぞれを、意味を生み出し、関係づけて、コミュニケーションを成立させる要素に還元して、新しい可能性を秘めた劇的空間を現出させようとするのである。

特に第三幕に頻出する登場者の発話の中断は、電話による対話の分断と同じ原理が個人の発話レベルに適用された、意味生成のもう一つの試みと見るべきだろう。第三幕は、テニュア取得の可能性がほとんど失われたジョンがホテルで眠れぬ夜を過ごし、疲れ切った表情でキャロルに研究室に来てもらった内的葛藤をなんとか言語化しようとする場面で始まる。ジョンはキャロルに「……に反して、君にここに来てもらった」（五九）というのだが、「……に反して（逆らって）」（against...）といってそれに続く語がなかなか出てこない。一度は「わたしのもっと良い判断に逆らって」（"against my better *judgement*"）（五九）といいながら、もう一度別の言葉を続けようと against を繰り返すが、キャロルに遮られてしまう。これは過度の疲労による、単なるジョンの思考力低下を示すのではなく、言語自体がそれを使う主体の権力すなわち支配力から解放されて、意味を生成する力と可能性を得たことを表している。というのは“I asked you here”という言葉は、その後に against という前置詞を伴うことによって、さまざまな意味と文脈を生み出しうることになり、その結果、ただの依頼の文章が感謝や心遣いの意味はもとより、とてつもない非難や痛罵を含む可能性を充填されたことになるのであるからである。

すでに述べたように、第一幕ではジョンとキャロルの対話は大学教授と教え子という関係の枠組みの中で、ジョンの所属する大学や研究集団の業界用語を通して進められる。二人のコミュニケーションは必ずしも円滑に行われているわけではないが、しかし、少なくともジョンは教え諭し、キャロルは教えを請うという役割を互いに了解しているように見える。それゆえに、対話の言説を支配する権力を握っているのはジョンである。(もちろん彼はそれに気付いていない)。しかし、二人の対話はジョンの不用意な発言によって幾度か乱されてしまう。その一つが単位が取れないと泣き言を言うキャロルに対する「わたしは君の父ではない」(九)という発言であり、もう一つは二人だけの授業を提案したときの「わたしは君が好きだから」(二一)という言葉である。

キャロルを困惑させたジョンの発言の意図が何であるか特定することは難しいし、無駄でもある。マメットは言葉や行為に対する主体の意図ではなく、その組み合わせによって劇が生まれ、意味が生じると考えるからである。第一幕で、言説の権力を握っているのがジョンである限り、ジョンの論理で好意的に解釈することはできるのである。しかし第二幕以降、権力がジョンからキャロル（つまり彼女を支えるグループ）に移行したときには、これらの言葉は、特に「君が好きだ」という発話は、涙を流すキャロルの肩を抱こうとしたジョンの行為を加えて、まったく別の言説に組み込まれてしまい、教授の権力をかさにきて女子学生を性の対象にしようとした証明になるのである。

このように第二幕以降はジョンとキャロルの二人を支える状況が一変し、第一幕で起こったすべてのことが第二幕と第三幕でまるで反転画像のように裏返しにされ、パロディ化されてしまう。その極端の例が教える立場がジョンからキャロルに移行したことである。第三幕では、ジョンはキャロルにおそるおそる自分はそれほど年を取っていないので批判を受け入れて自己改革できる、と申し出て一笑に付されている。言説の権力をキャロルが握るようになると、彼の言葉のすべてが彼女の文脈で解釈されるようになる。ジョンがキャロルが資格審査委員会に提出した文書をさして「告訴状」(accusations) といいかけたとき、彼女から猛烈な反撃を受ける。「いいい、それはね告訴状じゃないの。それは証明されたの。だからそれは事実 (facts) なの」(六二)。大学教育の神聖化に寄与した業界用語も色あせて威圧する力を失ってしまうのである。ジョンの「パラダイム」という言葉に対して、キャロルはその意味が分からないといったとき、ジョンは「モデルだ」といい変えると、彼女はあからさまに不平を述べる。「それじゃ、なんでその言葉を使わないのよ」(四五)。

キャロルの資格審査委員会に対する異議申し立てによってジョンは長期在職権を取得できなくなったばかりか、家の購入はおろか手付け金すら失うことになる。彼の著書が大学の推薦図書からはずされて永久に教員になれなくなる交換条件が示唆され、さらに追い打ちをかけるようにジョンのキャロルに対するレイプ未遂の訴えまでが裁判所に提出されるのである。それを知ったジョンは、それまでこらえていた怒りを爆発させてキャロルに暴力を振るい、四文字語を使って罵ってしまうが、しかしすぐにその言動のもたらす結果の重大さに気付いて座り込んでしまう。この場面はジョンの内面で、大学教授としての表の世界と私的な裏の世界という二重構造が崩れて混じり合い、カオス状態になったことを示している。このような彼に対して、まるでそれを巧みに誘発したかのように、キャロルが「そう、それでいいの」と繰り返して、この劇は終わる。

もともと〈女性嫌い〉のレッテルを貼られていたマメットは、『オレアナ』によって女性解放論者から女性差別主義者の汚名を着せられることになる。それはキャロルと支援グループを一般社会から非難されるように冷酷無比な人間として描いたためである。だが、マメットの関心は魔女狩りに似た大学のセクハラ論争自体にあるのではなく、教育現場を舞台に繰り広げられるポリティカルな抗争のうちに、劇と意味の生成の原理を見いだすことにあったといえるだろう。『グレンギャリー・グレン・ロス』が過酷なビジネス社会を舞台にしたように、マメットは作劇上の必然性に応じて『オレアナ』で大学を舞台に選んだにすぎない。
しかしながら、作者の意図を離れて、『オレアナ』という作品が二〇世紀末の状況において、結果的に女性のPC批判の劇を大々的に演出してしまったことについては、マメットも認めざるを得ないのではないだろうか。

注

［1］William Faulkner, *The Sound and the Fury, New, Corrected Edition*（1929; New York: Random House, 1984）76.

［2］斉藤英治、「デイヴィッド・マメットの映画作品」『現代演劇』第十二号（東京　英潮社、一九九八年）一四二頁。

［3］David Mamet, *On Directing Film*（New York: Penguine Books, 1991）xiv.

［4］Mamet, *On Directing Film* 2.

［5］Mamet, *On Directing Film* 2-3.

［6］Mamet, *On Directing Film* 2.

［7］David Mamet, *True and False: Heresy and Common Sense for the Actor*（New York: Pantheon Books, 1997）9.

［8］Mamet, *True and False* 9-10.

［9］David Mamet, *Oleanna: A Play*（1992; New York: Vintage Books, 1993）3-4. 以下の引用はすべてこの版を使い、本文にページ数を示す。なお、島津信子氏の注釈（『オレアナ』、新水社、一九九七年）

には、この劇のせりふを解釈する上で大いに助けられたことを、謝意と共に述べておきたい。

参考文献

Mamet, David. *Oleanna: A Play.* New York: Vintage Books, 1993.

______. *On Directing Film.* New York: Penguine Books, 1991.

______. *True and False: Heresy and Common Sense for the Actor.* New York: Pantheon Books, 1997.

Lahr, John. "Fortress Mamet." *The New Yorker* November 17, 1997, 70-82.

デイヴィッド・マメット『オレアナ』　島津信子注釈　新水社　一九九七年。

現代演劇研究会編　「特集　デイヴィッド・マメット」　『現代演劇』　英潮社　一九九八年。

8

本間章郎

男性性の証明というパラドックス

ウィリアム・フォークナーの『兵士の報酬』

1　隠蔽された戦前・戦後の断絶

ウィリアム・フォークナー（William Faulkner, 1897-1962）の長編第一作である『兵士の報酬』（*Soldiers' Pay*, 1926）は、リチャードソン［注1］をはじめとする多くの研究者から同時期に作られたフォークナーの詩との関連性、あるいはモダニズム及びヨーロッパ世紀末芸術の及ぼした影響という観点から、これまで研究されてきた。この作品は題名が示唆するように、第一次世界大戦の兵士の帰還が引き起こした騒動の顛末を描いた作品である。作品の中に存在しながらも、表面的には隠蔽されているのは第一次世界大戦を境に生み出された戦前と戦後を分かつ歴史的断絶である。第一次世界大戦によって廃人となり、外界と切り離された兵士ドナルド・メアンの姿をこの断絶の象徴と捉えることができるだろう。第一次世界大戦を境にした戦後アメリカの社会の変質は様々な角度から論じることができるが、本論では戦争がこの作品の中でどのように捉えられ、そして戦前の世界と戦後の世界を分かつ変質というものがどのような形で作品の中で表されているのかを考察していきたい。

ウィリアム・フォークナー

　さて、作中のドラマの背景として牧歌的とさえいえるような自然描写が全編にわたって頻出しているが、こうした過剰ともいえる自然描写は作品の中において常に一つの効果を果たしている。それは第一次世界大戦によって生み出された歴史的断絶を覆い隠し、戦後の世界が戦前の世界と変わらない世界であるかのような幻想を与えることである。たとえばドナルドの父メアン牧師はドナルドが廃人の状態から回復することを望んでいるが、これは戦争という断絶を乗り越えて、戦後の世界が戦前の世界の延長線上にあることを意味している。豊饒な生命力に満ち溢れた自然描写と、ブルックスの指摘するドナルドの帰還と復活祭との関連性は［注2］、ドナルドの回復、つまり歴史的断絶が存在しないかのような幻想を生み出すのである。また、こうした自然描写と同様に繰り返しのサイクルで進行するドラマの背景には、黒人が重要な役割を果たしている。すなわち主要登場人物を白人に限定しているこの作品において、黒人は白人を浮き上がらせる背景として描かれるのである。デイビスが指摘するように、芝刈り機を扱っている黒人の姿という作中に頻出するイメージによって、作品の舞台であるチャールズタウンという南部の町が、あたかも時間の流れに対して影響を受けないかのように表現されている［注3］。黒人の描写が、ゆっくりと過ぎて行く時間の流れのメタファーとしてよりはっきりと使われているのは、黒人の御者とその馬車を引く驢馬の描写である。のろのろと単調に通り過ぎて行くその様子が、「一万年も前にエジプトで刻まれた彫刻」［注4］という比喩化によって、あたかも黒人の存在が時間の変化を受け付けないかのように表出されている。このように物語の背景に、時間が生み出す変化をこうむらないのような永遠のイメージを描くことで、戦前と戦後が変わらない世界であるという幻想が暗示されている。こうした幻想は背景だけに止まらず、登場人物の行動と意識にも反映されているのである。

作品のストーリーは、ドナルドの帰郷によって生じた結婚をめぐる人々の引き起こす騒動の顛末と要約できるが、中心となるドナルドの結婚は戦後社会の歴史的断絶の隠蔽と深く関わりを持つ。ドナルドが戦争から戻って以来、ドナルドの父であるメアン牧師はドナルドとセスリー・ソーンダズが、戦前に結んだ婚約に従って結婚することに固執する。彼の意識の中において、ドナルドとセスリーの結婚は当然のことであり、ドナルドの回復に欠くことのできないものとして両者が結びつけられている。しかし、こうした固定観念はメアン牧師だけに限られたものではない。作中の人物たちを支配しているのは、それぞれにその程度を変えながらも、ドナルドがセスリーと結婚しなければならないということ、あるいはドナルドが結婚しなければならないという固定観念である。ドナルドの結婚はあたかも規定の、そして実現すべきこととして、登場する人たちの意識と行動を支配している。

ドナルドが廃人となったために、セスリーとの結婚がソーンダズ家の反対でおこなわれないだろうという雰囲気の中で、マーガレット・パワーズはドナルドとメアン家の女中であるエミーとの結婚を次のように思いつく。

当然のことだったんだわ。今まで何故誰もこのことに気づかなかったのかしら？……全体この事件が起こってからというもの、誰ひとり大した考えを働かせた者はいなかった、誰ひとり頭を働かせぬうちにことがどんどん先に進んでいってしまったんだわ。結婚の相手はセスリーしかいないなんて、何故みんな思いこんでしまったのかしら？でも私たちは誰ひとり例外なく、それを既成の事実として勝手に受けとめ、眼を閉じ、口だけ開けて、猟犬のように吠えたて、まっしぐらに事を進めてきたんだわ。（二六七）

ドナルドの結婚相手としてセスリーのことばかりを考えていたために、彼を献身的に世話をしている目の前のエミーの存在を考慮にいれていなかったと、マーガレットは認めてはいるが、しかしその意識からはなぜドナルドが結婚しなければならないのかという肝心の問題が欠落している。第一章三節におけるマーガレットと帰還兵ジョー・ギリガンとの会話にある「それどころか、死にそうなんですよ」（三五）、というジョーの発言において既に表れているように、ドナルドが死にかけているということは彼らの共通の理解なのである。それにもかかわらずメアン牧師を失望させないためにという理由のもとで、ドナルドを結婚させなければならないという前提が、マーガレットとジョーの意識の中で疑問視されることはない。

チャールズタウンの町の人々の関心もまた、ドナルドがいつまで生きることができるのか、あるいは奇跡的な回復の見込みがあるのかどうかということではなくて、むしろドナルドがセシリーと結婚するのか、それともマーガレットと結婚するのかということの方に向けられているのは興味深い。第七章七節において各主要登場人物の内面が「さまざまな声」というタイトルのもとに提示されるが、ここでは町そのものに一つの人格と声が与えられて表現されている。

彼が別の女に乗り替えちまったっていうのに、いっしょについて帰ってきたあの女は、いったいどうしようと思ってるんだろう。もしおれがあのソーンダズの娘だったら、玄関口まで他の女を連れてきたような男とは絶対結婚なんかしないよ。それにあの新入りの女、これからどうしようってんだろう? 出て行って、別口でも捜すつもりなんだろうな。今度こそ丈夫な男をつかまえてくれりゃあいいんだが……。(二五七)

この節において町の声がこの後三回(二五七頁、二五八頁)ほど表現されているが、それらはいずれも結婚を前提としたドナルド、セスリー、マーガレット、ジョーらの間で作られる関係に対するスキャンダラスな関心から発せられたものである。しかしながらこうした町の声においても、ドナルドの結婚そのものを疑問視することはなく、ドナルドとセシリーとの結婚を希望するメアン牧師と同様に、町の人々もまたドナルドが結婚をしなければならないという点で共通している。

このようにメアン牧師やマーガレットそして町の人々さえもが、ドナルドが結婚しなければならないという固定観念を共有している。ドナルドの記章や翼状章や将校章などの記号が指し示すように、ドナルドは第一次世界大戦の英雄ではあるが、廃人となった現在のドナルドの姿は英雄というにはほど遠い。英雄という言葉と、その言葉が指し示す対象であるドナルドとの間に穿たれた断絶は、戦前と戦後社会を分かつ歴史的断絶に照応している。そして女性は戦争の英雄であるドナルドに、結婚という形で当然与えられるべき報酬として捉えられている。死につつあるドナルドの姿にも拘わらず、結婚という固定観念に固執する人々の意識の背後には、第一次世界大戦により引き起こされた歴史的断絶を隠蔽しようとする願望が隠されている。戦前のドナルドの姿と戦後の廃人となったドナルドの姿を比較するとき、それは戦後社会がいかに変質したかを示すことになる。戦前の社会、つまり過去への郷愁は歴史的断絶を隠蔽し、ドナルドの結婚に対する固定観念を生み出している。ドナルドとセスリーの結婚は、戦前と戦後の間に穿たれた断絶を繋ぐものとして捉えられている。セスリーが戦前に取り決めたドナルドとの結婚の約束を果たすこと、それはそのまま戦前と戦後の世界が変わらない世界であることを証明し、同時に戦後社会の変質を覆い隠そうとする試みだといえるだろう。

セスリーがドナルドとの結婚を拒絶し、そしてエミーもドナルドとの結婚を拒絶したと思いこんだマーガレットは、ついに自分自身でドナルドと結婚するが、この結婚はジョーとエミーの不満と失望を伴いつつも成立する。ツァイトリンが考察したように、マーガレットがドナルドと結婚した理由は「戦死した夫の死に責任があると信じる強迫観念的自己非難」[注5]として分析できる。マーガレットはドナルドを死んだ自分の夫の代役に仕立てあげ、同時にドナルドにとってマーガレットはセシリーの代役となっており、この結婚はお互いが代役となることで成立している。セシリーの拒絶によって戦前の世界との歴史的断絶が明らかにされそうになったが、マーガレットの結婚がそれを再び覆い隠す結果となった。ドナルドとの結婚相手がセスリーからマーガレットへと簡単に変わったことが示しているように、誰がドナルドの結婚の相手かということよりも、歴史的断絶を隠蔽する結婚という形式そのものの方が作中人物の意識の中で重要視されていたといえるだろう。

結婚したマーガレットとドナルドの生活は、相変わらずジョーがドナルドに本を朗読し、エミーがドナルドの世話をしているように、作中人物の役割は結婚前と何も変わるところがなかった。マーガレットはエミーとジョーに「あなたがた二人こそ、あの人と結婚すればよかったのに」（二七八）と述べたことは、ドナルドの結婚相手は誰でも良く、結婚という形式だけが、実は各登場人物の意識の中で重要だったということを暴露するものなのである。「結婚した相手が誰なのか、知っているのかどうかすらわからなかったのだ。たぶん、そんなことなど無関心なのだろう」（二七八）とドナルドはうわさされているが、結婚相手に対するこの無関心は廃人となり外界とのつながりを断たれたドナルドにだけ限られたものではなく、むしろ、ドナルドを取りまく人々にも共有しているといえるのである。

ここまで考察してきたように、作中人物たちはドナルドの結婚に固執することで戦前／戦後社会の歴史的断絶を覆い隠そうとする。そして豊饒な生命力をたたえた自然描写、時間の流れを受け付けないような黒人の存在は、戦前の世界、つまり過去の世界との連続性という幻想を与える点で、歴史的断絶を覆い隠そうとする作中人物たちの試みを背景から支えている。次にこうした歴史的断絶に対する隠蔽がおこなわれたにも拘わらず、ついには破綻させてしまう戦後社会の変質がどのような形で表現されているのかを考察していきたい。

2　「戦争――男性性の証明――女性の獲得」

この小説において第一次世界大戦という戦争がどのようなものとして捉えられているのか、そのことを端的に示すのは作品の冒頭に登場する航空士官候補生ジュリアン・ロウの心情の描写である。第一章にしか登場せず、それ以後はマーガレットに宛てた手紙でしか自分の存在を示さない人物であるのだが、彼の手紙はその内容よりもむしろ手紙の日付の方が重要な役割を果たしている。なぜなら日付は作品中の歴史的断絶を隠蔽し、過去に回帰しようとするベクトルに対して、現実の時間の流れを指し示すからである。まずロウは、「上官たちが勝手にせっかくの戦争にけりをつけてしまったのだ」(三)と描写されているように、戦争が終わらなければ自分もドナルドと同様に英雄になることができたかもしれないという失望に満ちた人物として描かれる。このロウの失望感はマーガレットとの出会いによって一層強まり、自分の若さを恥ずかしさを伴って意識せざるを得ない。そのため、彼女との会話の中でしきりに飛行機に乗っていたことを強調し、戦争が続いていれば自分もドナルドと同じように英雄になることができただろうと主張することで、マーガレットに大人の男性として扱われ、愛されることを求める。すなわち戦争とはこのロウの場合に見て取れるように、大人の男性であることを証明する機会であり、同時に女性の獲得と結びつくものとして捉えられている。このような戦争に対する考え方はロウにのみ限られたものではない。すでに述べたように、ドナルドは第一次世界大戦の英雄であるのだが、実際にドナルドがどのような戦功によって英雄となったのかは、作品の中では語られない。つまり語られるべき実質を欠如しているにも拘わらず、ドナルドは戦後の世界において英雄として表象される。記章や翼状章や将校章などの記号が第一次世界大戦の英雄であることを証明し、そのことによって英雄である彼は結婚して女性の獲得を果たさなければならないという固定観念に拘束される。これは戦後社会の歴史的断絶を隠蔽しようとする作中人物たちを支配する考え方でもあるが、ここに「戦争——男性性の証明——女性の獲得」という一つの形式を見出すことができる。

フォークナーは南北戦争、第一次世界大戦を背景とした作品を多く書きながらも、戦闘そのものの現実描写は少ない。第一次世界大戦の帰還兵を登場人物としているにも拘わらず、この作品の中には第一次世界大戦の戦闘を描写する場面は皆無に近い。むしろ第五章八節において「かくして芝居の幕があく」（一八四）という言葉と共に描かれるように、戦争は「戦争——男性性の証明――女性の獲得」という形式を強調し、喜劇的に表現される。そこで描かれる第一次世界大戦の様子は、実際の戦争の悲惨さが払拭されたものであり、その代わりに女スパイや娼婦をはじめ、女性とのセクシャルな関わりが暗示されている。

ダンス・パーティーに集まった復員兵たちに対して、マーガレットは「優しいけれども退屈な男の子が、気の毒に出征して行く。出征して行くということで女の子たちは優しくしてやった。でも今は、出征したくても出征する戦争がなくなっちゃったんですものね」(一九三)と語る。これは小説に登場する人々が、「戦争――男性性の証明――女性の獲得」という形式にいかに束縛されているのかということを示すと共に、兵士たちが戦争の終結と共に自分の男らしさを示す機会を失うことで、実はこの形式が戦後社会において成り立たなくなったことを露呈している。

第五章二節において、この作品における数少ない第一次世界大戦の戦場が描かれるが、この場面ですら英雄的な兵士の戦う姿を描いたものではないし、ましてや現実描写溢れる敵との戦闘を描いた場面ではない。むしろ、毒ガスの恐怖に駆られパニックに陥ったデューイという兵士が、自分の隊の指揮官でありマーガレットの夫でもある、ディック中尉を射殺するという英雄的な戦闘の場面からはほど遠い場面が描かれている。この恐怖に駆られたデューイによるディック殺害のエピソードは、作中人物の意識を支配する「戦争――男性性の証明」という形式の虚構性を露呈させるという役割を作品の中で果たしている。しかし戦後社会の歴史的断絶を隠蔽しようとする欲望の中で、次に見るようにこの無効となった形式があたかも有効であるかのようなふりをして作中人物たちは行動する。

復員兵の多く参加したダンス・パーティにおいて、デューイによるディック殺害を目撃したマドンがマーガレットを見つけて、「うん、例の男の妻君だ。でもこりゃ内証だぜ。みんなに話しちゃいかんよ、な」（二〇六）と仲間の復員兵に対して発言しているように、かつての同僚たちはディックの死の真相をマーガレットに対して隠そうとしている。またマドンは、デューイの母親であるバーニー夫人に対しても同じ態度を取る。戦場での息子の最後を聞く夫人の質問に対して「いうことなしでした」（一八二）と語り、デューイの死の真実を闇に葬り去ろうとする。その結果、彼女の内的独白において明らかにされているように、バーニー夫人は「若く、とても大きく勇敢だったあの子」（一八二）と自分の息子の死をヒロイックな行為の結果として捉えており、真相が隠されることによって、彼女の中における「戦争――男性性の証明」という形式が維持される。

このような隠蔽は「戦争――男性性の証明」という形式を戦後の社会においても成り立たせようとする試みであるが、同時にこの形式の破綻が露呈してしまう。パワーズ中尉を殺した際の「人殺しめ」（二七五）というデューイの叫びを、隠蔽をおこなうマドン自身が執拗に思い出すことに表れているように、「戦争――男性性の証明」という形式が偽りであることをこの叫びが告発している。

戦争が英雄という神話を作り出すものであるならば、そうした男性性の証明をおこなう機会の与えられない戦後の世界において、この形式が与えてきた幻想は崩壊せざるをえない。無力な男性に対して女性が対照的に描かれているのは、この形式の崩壊を示している。マーガレットと、多くの批評家に言及される二〇年代アメリカのフラッパー女性の典型であるセシリーは、共に作中の出来事を動かす登場人物として機能している。ペイジは伝統的な道徳に基づいてマーガレットを賞賛し、セスリーを倫理的に不純な人物として比較しているが［注6］、どちらもこの形式の崩壊と戦後の世界の変質を象徴する人物として捉えることができる。

3　無力な男性に対する女性の優位

第一次世界大戦という歴史的断絶による戦後の社会の変質は、作品の中において無力な男性に対する女性の優位という形で表される。「戦争——男性性の証明——女性の獲得」という形式は、男性と女性がそれぞれ伝統的な「男性」、「女性」の役割を果たすことを前提としている。無力な男性に対する女性の優位ということが如実に表れている作中人物が、マーガレットである。

この形式が機能しなくなった戦後の社会において、マーガレットは本来、メアン牧師が振るうべき権力を牧師館において振るう。メアン牧師が、ドナルドの帰還によって引き起こされた事態に対処できない無力な姿を示しているのに反して、マーガレットは事態に有効に対応し、ドナルドとの結婚が示すように事態を導いていく。メアン牧師と同様にジョーは、ドナルドに対して本を読むという動作を繰り返すことしかできず、男として事態を導き、決定することができないという自分の無力さを露呈している。

マーガレットに対して思いを寄せるジョーに対して、彼女は「たまたま私が、あなたがこれまで知らなかったような女、男だけがするものと思っていたことをする、そんな女だったからだわ」（二五七）とジョーの心理を分析する場面がある。この「男だけがするものと思っていたことをする」という表現に表れているように、マーガレットは伝統的「男性」が果たすべき役割を果たしている。マーガレットのドナルドへの好意に対して、ロウの「マーガレット、あんた、彼のことを好きなんじゃないの？」（四八）という発言や、ジョーの「この女、彼に惚れてるな」（三九）という心情が示しているように、彼ら兵士たちは恋という言葉のもとでマーガレットの行動を解釈しようとしている。これは恋という言葉によって、マーガレットの献身を男性に対しての伝統的な「女性」の好意と解釈しようとする意思の表れであり、伝統的な男女の役割は「戦争――男性性の証明――女性の獲得」という形式と相補的に機能するものである。マーガレットとジョーの別れの場面において、ジョーが二人の関係を結婚という形にしたいと固執するのに対して、マーガレットは「いいえ、私たちこのままでいるの。そのうち厭きてきたら、お互いの幸運を祈ってそれぞれの道を進めばいいでしょ」（三〇三）と提案することに表れているように、長老派教会の倫理観から結婚に固執する保守的なジョーに対して、マーガレットは進歩的な態度を示してさえいる。こうしたマーガレットの行動を伝統的「男性」の役割を果たしていると考えるとするならば、対照的にエミーはドナルドの食事の世話などをかいがいしくおこなうように、伝統的な「女性」の役割を果たしている。エミーはこうした役割をドナルドに対しておこなうにも関わらず、結局ドナルドと結婚できない。逆にマーガレットがドナルドと結婚することに示されているように、「戦争――男性性の証明――女性の獲得」という形式における男性の立場と女性の立場が逆転している。ドナルドがマーガレットを戦争の報酬として獲得するのではなくて、マーガレットがドナルドを獲得したといえるだろう。

セスリーもまた戦前の世界では、「戦争――男性性の証明――女性の獲得」という形式におけるドナルドの獲得の対象であった存在だが、戦後の世界においてむしろ男性によって選ばれる立場から、男性を選ぶ立場へと移行している。セスリーは婚約者であるドナルドや、ついには結婚する相手であるジョージ・ファーや、ダンス・パーティーでセシリーと踊るリヴァーズや、あるいはジャニュアリアス・ジョーンズなどの欲望の対象となりながらも、彼らを選ぶ立場にある。セスリーと結婚するのに成功したジョージにしても、終始彼女の意志に振り回される。セスリーの電話や手紙による様々な指示に対して、ジョージはいつも彼女からの指示を待つという受動的な立場に置かれる。セスリーとジョージの二人の関係で主導権を握り、常に決定するのはセスリーの方である。

マーガレットやセスリーやエミーを追いかける太ったジョーンズの姿は、作品の中で常に滑稽に描かれている。ジョーンズの誘惑の相手はドナルドと関わりを持つ女性と重なっており、第一次世界大戦という歴史的断絶を挟んで彼らは合わせ鏡のように向き合う。「戦争──男性性の証明──女性の獲得」という形式が破綻しない戦前の世界において、ドナルドが牧神のように乙女を追う若者であったとするならば、ジョーンズの姿はその戯画である。ジョーンズの滑稽な姿は、それはそのまま戦争の終結と共に作中人物の兵士たちが求めるような「男性」像が成立しなくなったことを示している。

無力な男性に対する女性の優位という形で戦後社会の歴史的断絶は表現されるのであるが、先に考察したように作中人物の意識の中でこの歴史の非連続性という事実は闇に葬られようとする。この隠蔽が決定的に破綻するのは、歴史的断絶の象徴であるドナルド自身が死ぬことによってである。死の直前にドナルドは撃墜された過去の時間の中に生きるのだが、その直後にほとんど盲目であったドナルドは、一瞬だけ視覚を回復する。視覚の回復、つまり現実の時間の流れを知覚することが、ドナルドの死をもたらしたとさえいえるだろう。

「あれはこういうふうにして起こったんです」（二九〇）というドナルドの最後のセリフは、英雄であったドナルド自身が、廃人となる原因となった撃墜の瞬間を説明しようとするものと解釈できる。しかしこの言葉を聞いたメアン牧師にとっては、これが何を意味しようとしているのか理解できない不可解な表現であった。英雄／廃人という断絶の瞬間を説明しようとする言葉の伝達が失敗するように、作中人物のおこなってきた戦前／戦後の歴史的断絶を修復しようとする試みの失敗が、ドナルドの死によって明らかにされる。

『兵士の報酬』という作品のタイトルは「同語反復的な表現」であり、「支払うのは兵士自身である」［注7］とミルゲイトは語源に基づいて分析しているが、第一次世界大戦において帰還した兵士に与えられるべき報酬としてドナルドに当てはめた場合、先述したようにセスリーの獲得、つまり女性が与えられることと考えることができる。その意味では作品のタイトルそのものが、「戦争――男性性の証明――女性の獲得」という形式を前提にしているといえる。しかし第一次世界大戦の帰還兵であるドナルド、ジョー、ロウのそれぞれが自分の望んだ女性の獲得に失敗していることが示しているように、兵士たちに報酬は与えられない。この作品において第一次世界大戦という歴史的出来事が引き起こした戦後世界の変質は、女性の男性に対する優位という形によって表現されている。だがそれは既に崩壊した形式においてしか成り立たないがゆえに、『兵士の報酬』というタイトルそのものがこの歴史的断絶を顕在化しているといえるだろう。

注

［1］H. Edward Richardson, *William Faulkner: The Journey to Self-Discovery* (Columbia: University of Missouri Press, 1969) 139-63.

[2] Cleanth Brooks, *William Faulkner: Toward Yoknapatawpha and Beyond* (1978; Baton Rouge: Louisiana State University Press, 1990) 79.

[3] Thadious M. Davis, *Faulkner's "Negro": Art and the Southern Context* (Baton Rouge: Louisiana State University Press, 1983) 52.

[4] William Faulkner, *Soldiers' Pay* (New York: Liveright, 1997) 147.　以下本書からの引用は、漢数字で本文中にその頁数をしるす。また、日本語訳については原川恭一訳『フォークナー全集2　兵士の報酬』(冨山房、一九七八年)から引用した。

[5] Michael Zeitlin, "The Passion of Margaret Powers: A Psychoanalytic Reading of *Soldiers' Pay,*" *Mississippi Quarterly* Summer 1993: 364.

[6] Sally R. Page, *Faulkner's Women: characterization and meaning* (1972; reprint, DeLand: Everett / Edwards, 1973) 18-22.

[7] Michael Millgate, "Starting Out in the Twenties: Reflections on *Soldiers' Pay,*" *Mosaic* Fall 1973: 2.

参考文献

Brooks, Cleanth. *William Faulkner: Toward Yoknapatawpha and Beyond.* 1978. Baton Rouge: Louisiana State University Press, 1990.

Davis, Thadious M. *Faulkner's "Negro": Art and the Southern Context.* Baton Rouge: Louisiana State University Press, 1983.

Millgate, Michael. "Starting Out in the Twenties: Reflections on *Soldiers' Pay.*" *Mosaic,* Fall 1973: 1-14.

Page, Sally R. *Faulkner's Women: characterization and meaning.* 1972. DeLand: Everett/ Edwards, 1973.

Richardson, H. Edward. *William Faulkner: The Journey to Self-Discovery.* Columbia: University of Missouri Press, 1969.
Yonce, Margaret J. "The Composition of *Soldiers' Pay.*" *Mississippi Quarterly* Summer 1980: 291-326.
Zeitlin, Michael. "The Passion of Margaret Powers: A Psychoanalytic Reading of *Soldiers' Pay.*" *Mississippi Quarterly* Summer 1993: 351-72.
大橋健三郎『フォークナー研究　1――詩的幻想から小説的創造へ』南雲堂　一九七七年。
平石貴樹『メランコリック・デザイン――フォークナー初期作品の構想』南雲堂　一九九三年。

9

佐々木英哲

ロマンスの終焉と父権的秩序空間におけるジェンダー

ホーソーンの『大理石の牧神』

ナサニエル・ホーソーン（Nathaniel Hawthorne, 1804-64）は『大理石の牧神』（*The Marble Faun*, 1860）の末尾で、次のような約束をローマ在留のアメリカ人彫刻家ケニヨンに与えている［注1］。つまり、ケニヨンはヒルダと結婚し、一九世紀に支配的になる大都市中産階級的家族を築き上げ、家父長に首尾よく納まり中産階級の男性ジェンダーを獲得する［注2］。作者はここでジェンダー固定化に腐心しているようにみえる。いやむしろテキスト自体が示すのは、作者が二つのジェンダーを強制的にヘテロセクシャライズさせている事実であろう。だからこそ作者は、ケニヨンとドナテロの強い絆に同性愛を嗅ぎとったミリアムに対して、ケニヨンに次のように言わせるのである。「僕は、男で、男と男の間にはいつだって超えることのできない深渕があるのだから。男性同士は決して心から手を握り合うことは出来ないし、それだから、同性からは、心のこもった助力、気持ちの支えを得ることも出来ないんです」（二八五）。しかし本稿で後述するように、作者は己の意と逆に中産階級的ジェンダーの根幹を揺るがすようなこともしている。中産階級的ジェンダーとは、肉体／セクシャリティの制御を前提として成立するのであるが［注3］、作者は『大理石の牧神』というロマンス空間内に肉体／セクシャリティを過剰なまでに導き入れてしまい、己のジェンダー・スタンスを不明瞭にしてしまう。おそらくこれは『大理石の牧神』が彼のロマンス最終作となることに、深く関わってくるだろう。

フェミニストであるエド・コーエンは、ジェンダー及びジェンダーに連なるアイデンティティー（自己同一性）が、近現代社会の成立に少なからず関与していたことを指摘している［注4］。

それは男性と女性のジェンダーの差異が、アメリカ社会の中心グループであるアングロサクソン系白人ホワイトカラー中産階級男性の支配的価値体系である父権制イデオロギーの終局的基盤を形成していたからであろう〔注5〕。

本稿では作者ホーソーンが作中人物のアイデンティティーをいかに作り上げたかに照準を合わせながら、ジェンダー・メカニズムを明らかにしてゆきたい。

1　父権的秩序の揺らぎとその修復の試み

「ベアトリーチェ・チェンチ」
（バルベリーニ国立博物館所蔵）
作者が果してグイド・レーニ（1575-1642）なのか、近年議論されている

ヒルダがグイド作の肖像画『ベアトリーチェ・チェンチ』を自分で模写した絵を、ミリアムに見せる場面がある。その時ヒルダは、「［ミリアム］の表情が［近親相姦を強要されたとはいえ、実際に父親を殺害するに至った悪女ベアトリーチェの］顔にそっくりになってきたのに驚」く（六七）。ヒルダはミリアムがベアトリーチェ同様の行為を犯すことになるのを察知したのである。実際ミリアムは、彼女の父親にも匹敵する年の男で、彼女と結婚を取り決められた男、いわば夫と父を兼ね備えた家父長としての資格をもつ

男を殺すことになる。彼はミリアムの絵のモデルをつとめ、作品中では単に「モデル」として呼ばれる男である。やがてヒルダは「自分の顔のうちにも同じように「ベアトリーチェの顔つきが」現れていたのではなかったか、と戦慄しつつ気づ」くようになる（二〇五）。こうして、敬虔なるマリア崇拝者で父権的キリスト教の忠実なる端女の聖ヒルダと、女王クレオパトラにも劣らぬ尊大な言動が鼻につき、尊属（父親）殺人まで犯すユダヤ女ミリアム（ギリシャ語ではその名がマリアとなるミリアム）とが一体化し、ベアトリーチェの分身となる。相反する者が反転し、似た者同士になる。さらにベアトリーチェは「「ローマの町中の」至るところで、これがベアトリーチェだと主張する油絵やクレヨン画、カメオ浮彫りや銅版画や石版画」として（六五）、つまり本家本元を分からなくさせ作者／父親の権威を失墜させる複製、コピー、クローンとして恐るべき勢いで増殖し遍く世界を席捲する。このような分身現象で、アイデンティティーは無意味化し、ジェンダーを含む差別的秩序は崩壊する。ヒエラルキーがなくなると分身たちは覇権を求めて争うようになり、その結果、無限に留まることを知らぬ相互暴力のカオス的世界が現出することになる［注6］。

たとえ秩序なるものが、恣意的かつ父権的権力に基づいて形成されたものであっても、秩序であることには変わりない。したがって父権的秩序が葬り去られると代っておぞましい悪魔的なカオスが現出すると、フェミニストとしての立場をとるクリステヴァが指摘するのは正しい［注7］。そもそも『大理石』の執筆された当時の一九世紀といえば、アメリカ大都市に居住するホワイトカラー白人中産階級が、産業の資本主義化に伴い近代家父長制家族を築き上げた時代である。そんな時代にあって、ヒエラルキー秩序の縮図とも言うべき近代家父長制家族に君臨する父親を殺すならば、ジェンダーを含む社会秩序が全的破壊されるにも等しい恐怖感を惹き起こすことになると考えた節が、父親殺しの娘ベアトリーチェに拘泥する作者ホーソーンには見受けられる。

このような途方もない無秩序に対して、テキストを操作する作者／父親は、作品空間に供儀を導き入れようとする。供儀は一切の忌まわしい穢れを特定の個人に集中させる。この時、カオスの現出可能性が潜在するという事実もとりあえず共同体／作品空間から隠蔽され、安寧秩序が保たれる。文化人類学的な観点から神話における供儀分析を試みるジラールは、供儀の具体的形態の一つとして共同体内の暴力的満場一致の原則に従って執り行なわれるリンチをあげる〔注8〕。この作品にもリンチ供儀がいつ何時、行なわれてもおかしくない場面が描かれている。たとえば四八章から四九章にかけて、カーニヴァルの浮かれ騒ぎがリンチを誘発するような暴動へとエスカレートしかねないからこそ、「政府は……堂々たる軍事力の示威によって警備するのが適当と考えた」(四四二)、と叙述されるのである。ジラールの指摘するように、父権的秩序を乱す父殺し、子殺し、近親相姦といったオイデプス型の非難告発などが供儀の集団的暴力を正当化するとすれば、『大理石』にも供儀を正当化する条件が存在する。つまり、父親と交わったベアトリーチェに準えられているミリアムと、彼女の夫とも父ともみなされる男／

家父長を彼女に唆されて殺害してしまうドナテロの存在である。また、このようなリンチ供儀の生け贄には、共同体の内部と外部双方に同時に属する者、成員に似ていて似ていない者、また共同体の日常性を離れているという意味で汚れていると同時に聖なる者、異形や畸形の者、そして怪物などが選ばれるという。たとえば、人間と牧神（牧神は半ば人間、半ば野獣）とを祖先にもち、獣的帰先遺伝［注9］の標識たる「尖った耳」（一三）を巻毛のうちに隠しもつだろうと、ケニヨン、ヒルダ、ミリアムに勘繰られているドナテロは、異種族渾淆の生ける証として、お誂え向きの生け贄となりうる。ここで、ドナテロが「古代の彫刻家達が普通男性美の典型と見なしていた程あいよりも肉づきが多くふっくらしており、逆に堂々たる筋肉美には欠ける」（八―九）プラクシテレス作の牧神像そのものであるかのように表象されている事実を、想起せねばならない。この両性具有的セクシャリティによってドナテロは、父権制パラダイムを成立させるジェンダー・カテゴリーを逸脱・侵犯し、そのために怪物候補者として供儀の生け贄に充当させられ易くなっている、とも言えるからである。

作者ホーソーンは父権的秩序修復に向け供儀準備を周到に整えるが、彼の胸算用はものの見事に狂ってしまう。そもそもジェンダーを含むあらゆるヒエラルキー的緊縛力を緩めるバフチーン的祝祭空間であるカーニヴァルにおいて［注10］、彼がリンチ供儀を設定したことが誤りの源である。というのもカーニヴァルは、父権的秩序のもとで作者がテキスト空間／父権的秩序領域に行使するパワーを遥かに凌駕するセクシャリティを引き入れるからだ。リンチ扇動者の

「五人の大柄な娘たち」は、「少なくともペチコートをはいているところから見ると娘」と判断されるが、「いやに大胆に脚を見せびらかして」(四四五)、中産階級的ジェンダー規範・秩序からすれば当然隠すべきセクシャリティを逆に前面に押し出している。「背丈が少なくとも七フィートはあり、途方もなく膨らんだフープスカートで通りの三分の二を占めるような、巨大な女性の格好をした人」、つまりカーニヴァルに乗じた衣装倒錯者が、ファルスを連想させる「大きな「おもちゃの」ピストル」を引き抜き(四四五-四六)、ケニヨンを(模擬)ホモセクシャル・レイプしてしまう。こうして過剰でグロテスクなセクシャリティの下で、人身御供にはドナテロでなくケニヨンが、作者の意に反して選ばれてしまうのである。

2　セクシュアリティの政治学

ところで、公には男性中心主義に依って立つ一九世紀アングロサクソン系白人中産階級に所属する男性作家としてその地位を確立した作者ホーソーンが、そのグループ成員としての自らの成立条件/男性中心主義を、本テキストで、同じアメリカ人男性芸術家ケニヨンに分け与えている、と考えてもそれほど的外れではないだろう。この時、作者はケニヨンを射竦める他者をしつらえた。なぜならケニヨンの男性彫刻家としての(ホーソーンの男性作家としての)成立根本条件に迫る圧倒的パワーをその他者に持たせれば、男性彫刻家の作品(男性作家の小説)

も逆にそれだけダイナミックになるからである。ホーソーンとケニヨンという二人の男性芸術家の自意識の中空で侮り難い他者として定立されるのは、ヤエル、ユーディット、サロメなどといった「男に対して復讐を加え」「手を血に染める女」(四四)を描く女性画家ミリアムである。彼女を向こうに回す際、作者は自分とケニヨンとの共同戦線をはる同盟者たる役割を、よりにもよって生け贄のドナテロに求めたのではないだろうか。ある意味で醜悪な、またある意味では美しい容姿をもち、両刃の剣となる両性具有のセクシャリティを体現するドナテロに対して、作者が供儀の生け贄としての役割以外に何か別の役割を期待したことに、どうやら彼の父権的秩序修復の失敗原因はありそうだ。一九世紀ダーウィニズムに感化された画家や知識人だったら次のように考えただろう。「若い男、充分に成熟した青年……衰えを知らぬみずみずしさ」は「攻撃的に進化を遂げつつある荘厳な男性精神の人格化」であり、自分たちは芸術、知性の領域で華々しく活動しているのだから、肉体的に活動する若い男と協力すれば、「進化の高地を登りきわめることができる」、と[注11]。ホーソーンもそれに賛同し唱和したようだ。それは第一に、ドナテロが「動物的生命力に溢れ、動作は陽気、体はのびのび発達して美しく、足りなかったり損なわれたりという欠点は何一つ見せなかった」(一四)、すなわち知性、精神性はいざ知らず、肉体的には完璧の美青年と描写されているからである。また第二には、精神的に〈幼い〉半〈獣〉神ドナテロは、殺人罪を犯してマン＝人間／成人／男になったと規定されるからである。つまり、「攻撃的に進化を遂げつつある」男性の典型になりうるからである。

そして第三には、彼はケニヨンにとって男性同士のパートナーとして最適であるからだ。それは、ミリアムの放つ成熟女性の強力なセクシャリティから避難するためにドナテロが引き籠もったのが、ファリックな塔だったことから窺い知れるだろう。実際、「遠い昔は要塞」であったその塔は、「銃眼つきの胸壁や刎出し狭間」をその頂上に備え、「好戦的な装い」が凝らしてある(二一五)、と描かれている。なお冒頭で言及したように、男性同士からは支えを得ることはできない、とわざわざケニヨンに表明させたのは、ケニヨン自身が同性愛者としてリンチ供儀の生け贄に選ばれぬよう、父権制を支える強制的異性愛とは表裏一体の同性愛嫌悪症(ホモフォビア)に対して、防柵を張り巡らす必要がある、と作者が考えたためである。これは男性芸術家としての本丸防衛と言えよう。セジウィックの主張する男性優位主義の基盤たるホモソーシアリティ、すなわち家父長制強化を目指して結託する男たちのホモソーシアリティやホモ/ヘテロ両者を取りまとめるホモソーシアリティが[注12]、かろうじてその微妙な均衡関係をホモセクシャリティと保っているに過ぎないのであるから、これは当然の伏線と考えられる。

女性の擡頭におののく一九世紀末のインテリ男性たちは、「光り輝く異教世界、黄金と大理石、紫紅色……に彩られた古代ギリシャ」[注13]から来た「金髪碧眼の神」に、「女性をしかるべき位置に押し返」してくれることを望んだ[注14]。テキスト中作者は、同様の役割、つまり不遜にも父親を殺しカオスをもたらした猛女ミリアムに対し、詮議し処罰する役割をドナテロに期待した。そしてこの大役を、父権的秩序界君臨のギリシャの美青年アポロン/理性の

＜神＞とは似て非なる、牧＜神＞／半＜獣＞神／イタリア人美青年ドナテロに、与えたのである。この若き牧神は秩序を壊乱して憚らぬローマ神話のバッカス神と「戯れ」る（七八）。後者はギリシャ神話では、＜女＞たちが熱狂的崇拝を捧げるディオニュソス神に相当し、＜女＞たちは彼を捕えようとするペンテウスをリンチにかける。それはミリアムがドナテロを手籠めにするケニヨンを八つ裂きにすることを暗示するものだろう。ドナテロはミリアムと縒りを戻し、＜愛＞を確認する。だがこの行為は御法度そのものである。短編にあって、俗流を遠ざける芸術家肌の男に＜許されざる罪＞（unpardonable sin）を犯したと、尋常ならざる調子で断罪する［注15］ほどに作者がこだわる共同体、つまり男たちの社会という共同体において、ホモソーシアリティが表層上へテロセクシャリティとして顕現する場合、女性を男と男の結束を強化せしめる媒介としての存在以上に高めてはならないのに、ドナテロはその禁を犯したからである。

家父長制に基づく男性社会構築の試みの失敗原因が、ドナテロの男から女への寝返りにあると判明した今、ホモソーシアル同盟を組むケニヨン／ホーソーンに対抗し、ドナテロを愛の力で自分の陣に取り込む女性芸術家ミリアムの創作態度を、取り急ぎ検証しよう。古代の墓地発掘現場で見つかったヴィーナス像について、「世界的に有名だけど、フィレンツェのあの哀れな小娘［メディチ家のヴィーナス］よりずっと不滅の女らしさを正確に表わしているわ」（四二七）とミリアムは一刀両断に評価を下してみせる。そしてケニヨンに畳み掛けるように「あなた一寸恐ろしくありませんこと？」（四二七）、と問いかける。他ならぬ生きた女性のセクシャリテイによって、男性が構築する秩序世界、つまり彫刻家ケニヨンを経由して作者が表象する世界を転覆させる端緒を開こうとする、そんな可能性に彼女は賭けているのである。男性芸術家が作るメディチ家の微動だにしない無機的な大理石彫像を、彼女は土まみれですぐにぼろぼろと崩れる有機的なヴィーナス像に置き換える。

これをラカン派精神分析理論に立脚するフェミニスト、ギャロップの顰みに倣って表現すれば、「柔らかく」「多様に形を変える」生きた有機的な女性の肉体が、硬直した男性的無機的秩序を侵蝕する、と言えるだろう［注16］。「柔らかく」とか「多様に形を変える」とは、アイデンティティーに対してコンスタントではないこと、つまり父親／男性が命名する名前／アイデンティティーに忠実ではないことを意味し、父親／男性に叛旗を翻すような脅威につながる。それは勃起したファルスのような硬直した世界に「亀裂」を、女性器を連想させる卑俗な日本語を使えば「割れ目」(crack) を入れて瓦解の端緒を作ることであり、女性のセクシャリティをして男性にとっての脅威とせしめることである。実際、大理石のように堅牢だと見えたケニヨン／ドナテロの一枚岩的ホモソーシアル同盟に亀裂を生じさせたミリアムは、古典的に評価の定まった男性芸術家グイドの描く大天使に「欠けているもの」、すなわち割れ目つまり女性器が表象する亀裂を生じさせるような、おどろおどろしい女性のパワーを描き加える［注17］。大天使ミカエルはミリアムが殺す父親／夫の顔を髣髴させるサタンと戦う。そのときミカエルはミリアムと一体化する。「こぎれい」で中性的な大天使は、月経／レイプ／去勢／暴力を想起

「聖ミカエル」
グイド・レーニ
（サンタ・マリア・インマコラータ コンチェツィオーネ教会（カプチン教会）所蔵）

させる鮮血にまみれて女性化する。「剣は血塗られていて、多分中途でポッキリ折れている。鎧はつぶれて衣は裂けて、胸には血糊がべっとり。苦闘にゆがむ顔は横一文字に裂けて血がふき出している」（一八四）。無論、彼女の戦略は下手すれば、男性作家により、たちどころにポルノグラフィーへと回収、逆用されかねない。なおここでのポルノグラフィーとは、肉体を持つ生命（肉体、人格兼ね備えた命あるもの）への愛と定義されるエロスの表出形態ではなく、エロスを否定しその声を奪う犯意、女性殺害切断（パーツ化＝胸／口唇／陰唇／臀部／大腿部）願望の代替表現である、とグリフィンに従い理解する［注18］。こうしてミリアムは、ヴァギナを目の当りにすることで衝撃を受け、男優位のファルスを失いたくないとナルシシスティクな去勢不安を引き起こして震撼する男性［注19］となったケニヨンに向かって、恐怖の対象そのものを突きつけて挑発し、宣戦布告する。

3　ジェンダーに搦め捕られたホーソーン

ミリアムの男性への宣戦布告によって男対女の熾烈な白兵戦が予想されるが、男女が相打ち合う肉弾戦やセクシャリティを備えた主体が五分と五分で渉り合う戦いなどに、作者はケニヨンを巻き込ませたりはしない。既に生きた女性の肉体に宿るパワーとその価値は、ホモソーシアル盟友ドナテロの両性具有的肉体が放つ怪しげな魅力に負けている。いやむしろ、ジェンダーで構築される男性中心的秩序世界には、生きた女性の肉体が入り込む余地など、寸分たりともあってはならないのだ。こうして歴史上、誰々の父か、夫か、兄弟とかの関係においてしか語られることがなく、社会的に死んだも同然と規定される女性たちは、セクシャリティや肉体的側面からも殺される。ミリアムは非西欧白人／オリエンタルのクレオパトラ、猛女、娼婦など、魂なき死したる肉体に強制的に押し込められる。ミリアムの誇るセクシャリティは、作者の意に沿う彫刻家ケニヨンの手で、大理石のクレオパトラ像の内に封じ込められ、封殺される。かたやケニヨンが結婚を申し込むヒルダはまぎれもないピューリタンであり、肉体拒否をモットーとする潔癖なるピューリタンの末裔であることを自ら際立たせるよう仕向けられている。聖ペテロ大聖堂で告解を頼んだ神父に彼女は大胆にもこう言ってのける。「私はニュー・イングランドの生れで、あなた方のいわゆる異端の教えで育てられた娘なのです」(三五八)。しかしその半面、彼女は聖処女マリアに恭順し、カトリックに帰依する。下界を睥睨する塔に住む彼女は、即身成仏よろしく天上的処女を体現する。「私達の虚栄や情欲、私達の塵芥にまみれた精神よりはるか高みにあなたはおとめの純潔を守りながら、鳩やら天使やらを友として生きている」と(五三)、ミリアムから揶揄されるスレンダーな体躯の少女に、成熟女性の肉感性など微塵たりともあっていいはずがない。こうしてヒルダは生命を奪われた女性となり、〈物〉象化あるいは、物〈神〉化（一九世紀的家庭の）天使化）された女性へと還元されてしまう。

ともあれ、ミリアム対ケニヨンの直接対決ではなく、作者は最前線にヒルダを送り込み、〈ケニヨンにあてがわれる貞淑妻ヒルダ〉対〈父親殺しの堕落女、売春婦ミリアム〉の絵図を執拗になぞり続ける。女性同士を敵対関係に置き、分断して統治する。この点で、前述したヒルダとミリアムとの渾然一体分身化などは、本来言語道断のはずである。だからミリアムの手先によるヒルダ誘拐の危機に臨んでも、作者はケニヨンに袖手傍観を決め込ませ、絶対的に優位なポジションを保持させる。それがケニヨン支援のための父権制イデオロギー言説の戦略的実践なのである。父権的秩序再強化の供儀失敗で手負いを受け、ホモソーシアル同盟からのドナテロ脱落という憂き目を喫し、断末魔に悶絶せんばかりの作者が辛うじてすがりつく頼みの綱は、ジェンダーへの揺るぎない思い入れなのである。

最終的にホモソーシアル男ケニヨンは、静謐ではあるが大理石でできたような寒々とした不毛／死者の世界を生きる羽目になり、「家庭の聖人として祀られ、崇拝される」（四六一）（おそらくは冷感症の）ヒルダ婦人に焚きつけてもらう「炉辺」に暖を求めるのが、関の山となる。彼とホモソーシアル同盟を組み、彼を通してカオスを制圧し女性支配に成功した作者にも、その代償としての定めが待ち受ける。成程、彼は傍目には順風満帆と映る。ヒルダのように、「鳩」（Dove）という愛称を授けられ、家父長制社会の支柱として一九世紀にその粋を極めたドメスティック・イデオロギーの忠実なる実践者として讃嘆されもしたソフィアを、彼は妻に娶り、作家としても名を上げた。中産階級家族の側面から作品分析を試みたハーバートがいみじくも「家父長としての詩人」[注20]と呼ぶ作家はアメリカン・ドリームを生きるのに成功した。「許されざる罪〔人〕」として弾劾される孤高の芸術家からの脱却を機に、「世界と交渉を開」いた[注21]。だが彼は自閉的虚空間から遁れ出てはいなかった。彼が交渉を開いた世界なるものは、つとに女性を排除するホモソーシアルな世界であったからである。しかし陥穽に嵌っていたと認めることは彼にできなかったはずである。仮初にも認めればヘテロセクシャルの家父長としてソフィアと築いた家庭のみならず、女性をかたくなに拒み共同体から孤絶する男たちのエゴを「若いグッドマン・ブラウン」("Young Goodman Brown," 1835)、「牧師の黒いヴェール」("The Minister's Black Veil," 1835) 等の初期短編以来、一貫して弾劾し続けた己の文学的スタンスまで全面的に否定せねばならず、彼は振り出しに引き戻されかねないからである。彼は己の蹉きを認めたくないからこそ、「[(その原因となる)ドナテロが、ホモソーシアルの結束力を緩める牧神であるか否か/尖った耳を持つか否か/供儀の生け贄となる怪物か否か/理性を司る太陽神とは似て非なる牧神なのか否か/カオスを現出せしめる半獣神なのか否か」に関しては、何があっても一言も説明しませんよ」とうそぶくケニヨンを「後記」にまで引き摺り出し(四六七)、往生際の悪さを曝け出してしまう。

さて、ロマンスとリアリズムを対比しつつ、ホーソーン、キーツ、ジョイス、ピカソ、スーレからウォーホル、リキテンシュタインらポップ・アーティストに至る作品を切り込むスタイナーは、ロマンスという芸術ジャンルを物語性、時間性の観点から次のように定義している。つまりロマンスとは、自閉し自足するナルシシズムではなく、他者の存在を前提にし、他者との交渉のなかで主体を柔軟に変容させていく愛という営みに関わるものである、と[注22]。作者はミリアムのセクシャリティ、肉体、愛、エロスをドナテロに受諾させ、変容／プロセスを重視した結果、ドナテロの胸像を作るケニヨンに胸像完成の手を加えさせなかった。成程、作者は確かにロマンス定義に沿うように筆を進めている。しかしその途中でジェンダー規範を振りかざし、セクシャリティを前面に押し出すミリアム的な愛をなぎ払ってしまう。ミリアムの暴走するセクシャリティに、テキスト産出の父／作者としてのテキスト支配力を簒奪されはしまいかと怖れたためである。愛／豊穣の副産物としてロマンスがテキストにもたらす無秩序、アイデンティティー融解、悪魔的分身現象などを眼にして怯んだためである。家父長として男性ジェンダーを確立したと錯覚した作者には、ジェンダー領域に籠城し死守するしかなく、死守するうちに搦め捕られてしまったためである。彼は生きた女性のセクシャリティがもたらすエロス、愛、変容、脱構築に拒絶反応を示し排撃した。いわば本来のロマンスにおよそ逆行する自滅的形で、彼は己のロマンスをその極北にまで推し進めてしまったわけである。彼は進退両難の境域に陥り、呆然として隘路に立ちすくむ。掉尾の勇を振っての熱弁など、もはや彼に期待すべくもない。『大理石の牧神』が完成された最後のロマンスとなるのも、そのあたりに遠因があるのかもしれない。

注

[1] 原典は Nathaniel Hawthorne, *The Marble Faun*, 1860, vol. 4 of The Centenary Edition, ed., William Charvat et al. (Columbus: Ohio State UP, 1971) にあたる。以後、本文中、括弧内にページ数を示す。訳文は島田太郎、三宅卓雄、池田孝一訳、『大理石の牧神』二巻（国書刊行会、一九八四年）を参考にした。

[2] 西欧社会では、濃密なる親密空間を特徴とする家族が、急激なる人口増加、都市化、産業資本主義化を伴う一七五〇年頃から形成され、アメリカでは一八一五年から一八五五年にかけての資本主義萌芽期に取り入れられたとクーンツは指摘する。Stephanie Coontz, *The Social Origins of Private Life: A History of American Families 1600-1900* (New York: Verso, 1988) 161-250. 参照。

[3] 階級とセクシャリティの関係については Charls E. Rosenberg, "Sexuality, Class, Role," *American Quarterly* 25 (1973): 131-53. 参照。

[4] Ed Cohen, "Are We (Not) What We Are Becoming? 'Gay' 'Identity,' 'Gay Studies,' and the Disciplining of Knowledge." Joseph Boon and Michael Cadden eds., *Engendering Men: The Question of Male Feminist Criticism* (New York: Routledge, 1990) 171.

[5] 一八〜一九世紀アメリカの中産階級、ホワイトカラーの歴史については、Stuart M. Blumin, *The Emergence of the Middle Class: Social Experience in the American City, 1760-1900* (Cambridge: Cambridge UP, 1989). 参照。

[6] カオス的分身現象についてはルネ・ジラール『ミメーシスの文学と人類学』浅野敏夫訳（法政大学出版会、一九八五年）一四一、二三五、二六六頁を参照。

[7] ジュリア・クリステヴァ『恐怖の権力――〈アブジェクシオン〉試論』枝川昌雄訳（法政大学出版会、一九八四年）六七－九五頁。

[8] ジラール『暴力と聖なるもの』古田幸男訳（法政大学出版会、一九八二年）一三、一四四－一八六、三一二、四〇二－四四一頁。

[9] 一九世紀、欧米の知識人が危惧した、人間の再び動物的段階に退行する現象。ブラム・ダイクストラ『倒錯の偶像――世紀末幻想としての女性悪』富士川義之他訳（パピルス、一九九四年）三三九－七九頁を参照のこと。

[10] ミハイール・バフチーン『フランソワ・ラブレーの作品と中世・ルネッサンスの民衆文化』川端香男里訳（せりか書房、一九七三年）を参照のこと。

[11] ダイクストラ　三二一、三二八頁。

[12] Eve Kosofsky Sedgwick, *Between Men: English Literature and Male Homosocial Desire* (New York: Columbia UP, 1985). ホモソーシアリティの概念が展開されている。

[13] マリオ・プラーツ『肉体と死と悪魔――ロマンティック・アゴニー』（国書刊行会、一九八六年）二三五頁。

[14] ダイクストラ　六〇六頁。

[15] たとえば、「痣」（"The Birthmark," 1843）、「美の芸術家」（"The Artist of the Beautiful," 1844）、「イーサン・ブランド」（"Ethan Brand," 1850）など。

[16] Jane Gallop, *Feminism and Psychoanalysis: The Daughter's Seduction* (Houndmills: Macmillan,

1982）120.

［17］原文 I have a great mind to . . . try to give it what it lacks (68).

［18］Susan Griffin, *Pornography and Silence: Culture's Revenge Against Nature*（New York: Harper, 1981）1.

［19］Neil Hertz, "Medusa's Head: Male Hysteria Under Political Pressure," *Representations* 4（1983）27-54. を参照のこと。

［20］Walter T. Herbert, *Dearest Beloved: The Hawthornes and the Making of the Middle-Class Family*（Berkeley: U of California P, 1993）256-72. を参照のこと。

［21］Hawthorne, *Twice-Told Tales*, vol. 10 of The Centenary Edition 58.

［22］Wendy Steiner, *Pictures of Romance: Form against Context in Painting and Literature*（Chicago: U of Chicago P, 1988）51.

IV 戦争と人間

10

アメリカ神話の復活

ノーマン・メイラーの『裸者と死者』

酒井喜和子

1　戦争小説としての『裸者と死者』

戦争とは何か。その定義は「集団による暴力行為」や「武力による国と国との闘争」などさまざまあるが、現代において戦争はいわば巨大なシステムであって、その政治的、社会的な出来事の全貌を余すことなく捉えることは難しい。一個人の戦争体験には限りがあるし、数多くの死者の思いはその死とともに永久に封印されてしまっているからである。しかし、文学的に戦争を捉えることは極限での人間の情況や人間的な視点で戦争の本質を明確にすることであり、歴史的、政治的な視点からそれを考えるのとは明らかに相違がある。そして何よりも生き残った者は、声なき人々のために芸術という形を通して自ら経験を語る語り部であらねばならないのではないか。現代における戦争文学の存在意義もそこにあるように思える。そこで、ここではノーマン・メイラー（Norman Mailer, 1923-）の『裸者と死者』（*The Naked and the Dead*, 1948）をとりあげてその戦争文学としての意味を考察し、メイラーにとっての軍隊および戦争がどのようなものであるのかを検討していきたい。

ノーマン・メイラー

『裸者と死者』は、太平洋の架空の島アノポペイを舞台にそこを死守しようとする日本軍とその壊滅を目指すアメリカ軍との戦闘を描いた作品である。大岡昇平が「戦場の事実に対する正確な観察と、軍事行動の知的把握力は、極東の戦記作者を圧倒するに十分だ」［注1］と評しているように、日本軍とアメリカ軍との激しい戦闘場面、苛酷な行軍と兵士たちの倦怠感や徒労感、熱気と湿気を帯びたジャングル、人を寄せつけようとしないアナカ山の絶対的な超越性、兵士たちの生き生きとした会話や心理描写などが力強く読み手に迫ってくる。その意味でこの作品が第二次世界大戦を題材としたすぐれたリアリズム小説であると評価されていることは妥当であろう。しかし、これから述べるように、実際に作者が並々ならぬ関心をもって明らかにしようとしているのは、むしろアメリカ軍内部の上層司令部とある偵察小隊における、いわば組織の支配力とそれに反抗する個人の葛藤なのである。

さて、メイラー自身、一九四四年に徴兵を受けてテキサス州サンアントニオの第一一二騎兵部隊へ配属されている。従軍前から「偉大な戦争小説はヨーロッパについて書かれるだろうか、それとも太平洋について書かれるだろうか」［注2］と心配していたというから、小説家になる前からその文学的野心は相当なものであったと考えられる。作品の中でエドワード・カミングズ将軍の命令に屈して煙草の吸殻を拾わされるというロバート・ハーン少尉のエピソードなどにみられるように、軍隊生活での自らの体験がこの小説の随所に反映されている。

さらに、『裸者と死者』の中に戦争小説としての要素を求めるとするならば、次のことが考えられる。一つは作品の世界に人間の力の及ばない不思議なもの、目には見えない運命のようなものがはたらいていることである。勇敢で冷酷な軍曹であるサム・クロフトは島に上陸する前に小隊の一員であるヘネシーの戦死を確信するが、果たしてその死は現実のものとなる。死を「自然の理法」［注3］と捉え、「人間は、殺されるのも殺されないのも、ちゃんと運命によってきまっている」（四四五）とするクロフトの死生観は作品の世界を覆っている。

そして、もう一つは戦争によって人が死に対して無感覚になるということである。孤島でのアメリカ軍の勝利のあと、ひき続き日本兵に対する掃討作戦が展開される。「第六日　日本兵三四七名――アメリカ兵一名／第九日　日本兵五〇二名――アメリカ兵四名」（七一八）という日米の死傷者の数だけが示された日誌のように、死は単なる統計学的数字にすぎない。すっかり人を殺すことに慣れてしまったアメリカ兵にとって寝る時に紛れ込む蟻のほうがずっと気になる存在なのだ。このようなかたちで戦争の虚無が表現されている。

しかしながら、今までみてきた要素は他の戦争小説にも共通にみられるものである。例えば、第一次世界大戦に参加した体験を下敷きにしたアーネスト・ヘミングウェイの『武器よさらば』（一九二九）には、「時間」に代表される、人間の力ではどうすることもできない運命的な力がはたらいている。また、実体のあるものとして認識できるものは「村の名」や「道路の番号」など実体と名称が一致しているものだけであって、戦場には「栄光」や「神聖」などといった美徳は存在しないとする主人公ヘンリー・フレデリックの信念には戦争における虚無感が漂っている。

では、戦争小説としての『裸者と死者』の独自性はどのような点にみられるのか。この作品では、構成上、アメリカ軍上層部の将校たちの動きとクロフト率いる偵察小隊の活動を描くことによって物語が展開されていく。それと同時にジョン・ドス・パソスの「カメラ・アイ」風の「タイム・マシーン」という登場人物の経歴をまとめた部分が挿入され、戦場という現実とアメリカにおける彼らの過去が時の流れに沿って結びつけられる。こうした工夫は距離的には遠く離れている太平洋上の孤島の背後にアメリカという国家を強く意識させる効果を発揮している。テキサス出身の有能な軍人であるクロフト、モンタナ州生まれで移動することを人生の信条としているレッド・ヴァルゼン、シカゴの上流階級の生まれで、進歩的な自由主義者のハーン少尉、幼い頃から迫害を受けているユダヤ人のジョーイ・ゴールドスタインと、登場人物はその出身地域、階層、人種とも多岐にわたっている。こうした登場人物の多様性は視点の多様性へとつながっていく。『武器よさらば』でフレデリックが「ぼくは」と語るのとは対照的である。つまり、これは戦争を語るのにもはや一人の主人公の視点からでは不十分であることを意味している。

二〇世紀の中葉の四〇年代から五〇年代にかけて科学・技術の発達や資本主義の進展などにより、人間の疎外状況は益々進み、現代人は人間性を失いつつあるという認識が一般化していた。第一次世界大戦が終結し、第二次世界大戦が勃発するまでのわずかな年月の間に、人間とそれを取り巻く社会との関係は一層緊張感を増し、息苦しさを覚えるほどである。メイラーはこうした人間と社会との抜き差しならない状況、もしくは個の全体への吸収を次のように述べている。

サウス・ボストン、ドーチェスター、ロックスベリーなどでは、灰色の木造家屋が、荒涼とした、単調な、わびしい列をなして、何マイルもつづいている。……あらゆる色が、灰一色に塗りつぶされている。ついには、人間の顔まで、灰色がかってしまっている。……彼らの特徴は、無名の乳鉢《にゅうばち》の中ですり消されてしまって、すべて一様な、埃《ほこり》っぽい顔付きにされている。……すべての人間が、中産階級に属している。……彼らは、どこかで、乳鉢の中へはいることに抗議をしたにちがいないのだが、いまはそんなことはすっかりなくなってしまっている。(二六六)

ここには人間の社会に対する反抗の態度はない。圧倒的な社会のもとに、一つの歯車化した、特徴のない人間の姿がみうけられるだけである。「灰色」は、均一化された個性であり、曖昧さの象徴である。

これに対して、「おれは考えごとをするたちではない。ものを喰うようにできているのだ。……喰って、飲んで、キャサリンと寝る」[注4]というフレデリックの本能に基づく行為は、自分を取り込もうとする戦争というシステムに抵抗しようとする人間の根源的な叫びでもある。そこには、戦時下では本能に従って生きようとするときに自己認識できる瞬間が生まれる、という思いがある。そして、彼は前線から逃亡し、愛するキャサリンと新天地で人間らしい生活をしようとする。つまり、戦争から逃れて、個人として生きられる余地があるということである。だが、『裸者と死者』では兵士たちは戦場から逃れる術がない。たとえ、逃れたとしても、帰還すべきアメリカは個人を全体的組織に吸収してしまう場所である。どちらにしても個の喪失をよぎなくされるのには変わりはない。

仲間とともに日本兵の戦利品を探しに出かけたレッドはある日本兵の死体と遭遇する。それは顔のない死体であった。その死体が意味するものは確かに無名のもの言わぬ死者の存在であろうが、しかし、それはまた、階層や人種の違いがありながら、社会との関係においては等しく灰色の顔になってしまう「顔のない」レッドに代表される兵士たちを表しているのではないだろうか。

2　組織の支配力に対する個人の闘争

メイラーが『裸者と死者』でとりあげようとしているのが、組織の支配力とそれに反抗する個人の葛藤であるとするならば、それは具体的にいかなるものなのだろうか。

日本軍の掃討作戦を総合指揮するカミングズ将軍は権力主義的な考えの持ち主である。「未来の唯一の道徳は、権力の道徳であるということ、それと調和しえない人間は、滅びねばならぬ」(三二三)とし、権力の流れが上から下に向いている以上、途中何らかの抵抗が生じた場合には、それを消滅させるためにより一層権力を強化すればよいとする将軍の確信は、一九四〇、五〇年代当時アメリカ社会において人間性を押しつぶそうとする権力支配が構造化されていたことを象徴している。つまり、規則と上下関係による支配で成立している軍隊は実社会とパラレルの関係になっているのだ。「この戦争は、アメリカの潜在的エネルギーを、運動のエネルギーに転化する」ものであり、「運動のエネルギーとしての国家は、組織であり、整合された努力であり……ファシズムである」(三二二)という将軍の戦争観は、当時の歴史的な状況を反映しており、メイラーの巨大な権力に対する脅威や恐怖心に裏打ちされていると思える。将軍にとって自分の観念的な世界が実際の世界において軍事上の作戦を通して実現されるとするならば、「もし神というものがあるとしたら、それはちょうどわしのようなものだ」(一八三)と語るのももっともなことだといえる。「人間のいちばん奥底にある衝動は、全能になることだ」(三二三)という将軍の考えは、まさに彼自身が絶対的存在になりたいという欲望にとりつかれていることを示している。

これに対して、カミングズ将軍と対立するのがハーン少尉である。彼は今戦っている戦争を帝国主義戦争と捉えており、アメリカが勝利したあとそれ自体が敵のファシズムと同様の原理によって動かされる可能性を危惧している。しかし、カミングズ将軍と比べるとハーンは存在感が薄いし、英雄としての共感が得られない。それは一つには、ハーンが将軍に父親に対するのと同じような依存心を抱いているからである。もう一つには、軍隊の支配関係における下位の者に対する軽蔑や階級的昇進への期待は元来神聖で無垢な自由を保持したいと願うハーンの性質とは裏腹に、確実に彼自身の中にもあるからだ。つまり「自分がとりいれたいっさいの環境的なお飾りや、人を混乱させ、迷わすような態度を」(三九二) 取り除いてしまえば、もう一人の将軍にすぎないのである。さらに言えば、ハーンは中西部の上流階級出身ながら、それに反発する思想をもち、罪の意識や不正を憎む気持ちを抱いていると思っているにもかかわらず、実はそれらに何の痛みも感じていない。このようにハーンはいくつもの自己矛盾を抱えており、彼の他人の欲望に巻き込まれまいとする純粋な自由主義は自己の閉じられた世界でのみ有効なのである。だから彼が困難な状況を脱して、よりよい方向に人々を導く英雄的行為を行うことは無理だといえよう。

軍の上層部と同様、偵察小隊にも闘争はみられる。クロフト軍曹にとってハーンの転属はものすごい衝撃であった。「兵を指揮することこそ、彼の熱望する責任であった」(二八) からである。一方、ハーンもまた、すでにクロフトのものとなっている小隊を自らの支配下に置き、指導力を発揮するにはその内部での軍曹との権力闘争に勝利する必要があった。実際、彼は小隊の兵士たちと親密になる努力をし、クロフトがロスの可愛がっていた小鳥を殺したときには命令によって彼に謝罪させている。ロスへの謝罪はクロフトにとって屈辱以外のなにものでもない。ある意味ではハーンは彼の上官でありながら、彼の敵でもあったのだ。こうしたクロフトが他人と関わりをもとうとすれば、それは自分が一方的に相手を支配するという関係になる。「おれゃ、おれの内にないものを、いっさい憎悪する」(二六四)という価値観は自分の内面の世界のみを是とする閉鎖性と結びつき、他人との共感を求めはしないからだ。この価値観に裏打ちされた強力な支配欲は間接的にハーンに死をもたらすことになる。

クロフトに反抗するもう一人の人物はレッドである。絶えず移動していることが生の証であると確信し、他人に干渉しない代わりに自己の自由を限りなく謳歌しようとするレッドは昔ながらのアメリカ人を彷彿させる。ハーンが戦死したあと、クロフトは自己の内的な欲望のためにアナカ山登頂を行う。山頂までの道のりは困難と疲労と恐怖に満ちたものであった。そんな中、仲間の一人が崖から転落する。レッドはクロフトに恐怖を感じながらも憎悪を爆発させる。反抗するレッドに銃を突きつけるクロフト。レッドは誰か一人が動けばクロフトを打ち倒せると思う。だが、誰も行動を起こすものはなく、彼自身も結局は動けずにクロフトの力によって屈服させられる。レッドは戦争は仕方ないものという諦めの気持ちを抱きながらも、自由を尊重するがゆえに他人とは必要以上に協調することなく、戦争や軍隊組織における理不尽さに孤独の抗議の声をあげ続けてきたのだ。そうとはいえ、そうした反抗の態度をとるにも一人では限界がある。クロフトによるレッドへの支配はこうした闘争にピリオドをうつ役割を果たし、その結果、彼は孤独な抵抗から解放されて逆に反動として安堵感や喜びさえ感じてしまうのである。

このようにそれぞれの闘争の過程をみてみると、カミングズ将軍とクロフトにはいくつかの共通点があるように思える。まず、二人とも人間を力で支配したいという欲望を内面にもっていることである。それは、その欲望を満たすためには、結果として相手の命が奪われることも辞さないほど強烈なものである。次に共通しているのは、人間が本来越えることのできない絶対的存在に対して果敢に挑む彼らの態度である。カミングズは神になることを熱望し、クロフトはアナカ山という自然、時として神の化身とも思えるものに全力で挑戦していく。さらに、二人の思考や姿は科学・技術の進歩した現代における機械化と結びつく。現代の機械的技術はシステム全体の統一と強化を要求するが、人は機械に服従したがらないというカミングズの意見は、まさに現代における「『システム』という機械的な力と個人の尊厳への意志」〔注5〕との攻めぎ合いを捉えている。また「戦闘にあたっては、兵士たちは人間というよりはむしろ機械に近い。……戦闘とは……幾千ともしれぬ人間＝機械の組織である」（五六九）という将軍の言葉には、戦闘を人間の本性を否定して機械として取り扱う現代社会の原理があらわになっており、軍隊をそうした環境の機械化システムの縮図として捉えるメイラーの意識が明らかにされている。そしてクロフトが発する「おれゃ、まるで機械だぞ」（二六二）という言葉には同じように機械そのもののイメージが感じられる。このように二人の人物像には、人間に圧力を加える現代の様々な要素が複雑に織り込まれているように思える。

では、権力によって支配される側の人間たちは一致団結してこの抑圧的な力に抵抗することはできないのであろうか。ハーンはレッドの人間性を認めて彼を伍長にしようとするが、レッドはこれを拒否する。それは出世することによって軍隊機構に自分が組み込まれることを嫌ったからだったが、他人に干渉せずに自由に行動し、社会の不正に憤慨する反骨精神をもつレッドはこのように軍隊の上下関係を意識しすぎてハーンとは協調関係を結べない。その結果、皮肉なことにハーンはあっけなく戦死し、レッドは軍隊組織に順応させられることになる。これはどのようなことを意味しているのだろうか。

ハーンの死は、アメリカの伝統にのっとった価値観である自由主義が、機械文明が高度に発展した二〇世紀中葉のアメリカ現代社会ではそのままでは通用しないことを示している。また、レッドの場合も同様である。現代社会のあり方に逆らうものは、死か、あるいは、それに屈辱を感じなくなるまで飼い慣らされてしまうか、この二者択一しかないのだとメイラーはいっているようである。

しかし、敗北を喫するのはハーンやレッドだけではない。カミングズ将軍は日本軍壊滅のため苦心して作戦をたてるが、将軍が留守中にアメリカ軍は勝利してしまう。将軍の偉大な作戦はまったく役に立たなかったわけである。一方、クロフトはアナカ山に魅了されて「この山によじのぼって、その山巓《さんてん》に立ち、その巨大な全重量が、自分の脚下にふみつけられているのを自覚してみたいという、本能的な欲望」(四四七)につき動かされて山頂を目指す。だが、クロフト自らが熊蜂の巣に触れてしまい、思わぬ蜂の攻撃に退却せざるを得なくなる。彼のアナカ山登頂という野望はあっけなくついえてしまう。

『裸者と死者』におけるカミングズとクロフトの敗北については様々な解釈がなされている。確かにメイラーが依然として自由主義に代わるものを見出しえず、そうかといってカミングズとクロフトが勝利することはファシズムを認めることになるので、できるだけ両者をも敗北させることで情緒的に小説の論理を壊すことにした、という解釈は妥当なものであろう[注6]。しかし、注目すべきことは両者がいかに現代社会におけるファシズム(あるいは全体主義)を代表するような人物として描かれていようとも、彼らがそうした社会に相対立する自己の本能的な欲求に従って行動しているという点である。その意味ではやはり彼らは「全体主義の敵」[注7]であるといえよう。二人はともに妻に裏切られた経験をもっている。夫婦間の性的関係において打撃を受けているということは、性が人間の本能的衝動であり、自分らしさの確立の手段であるならば、それを発揮する機会が失われていることを表している。つまり、現代社会の中では誰もが加害者であり、被害者もしくは犠牲者であり得るということである。それでもカミングズやクロフトがハーンやレッドと違うのは倫理的に肯定されるかは別として、神になりたい、あるいは神と同一視できるもの(自然)を征服したいという欲望に基づいて本能のまま強烈に努力した壮大さにあるといえる。二人の敗北はそれぞれの神に挑みながら神になれなかった有限な人間の悲劇である。

3　目に見えないロマンチックな地下の河

これまでみてきたように、『裸者と死者』は現代社会をそのメカニズムと支配関係が何よりも顕著に現れる軍隊という組織に置き換えて、機械化された社会との闘争に挑んだ人間たちの姿を描きながら、その個としての存在の可能性を追求した作品だといえる。平均的アメリカ市民を代表するレッドは偵察小隊の中で常に自分の存在を脅かすものと戦ってきた。彼は孤独な戦いが社会にもはや通用しないことを悟り、他人との連帯を模索しようとする。「心の奥深くには、一つの想念の最初の星雲のようなものができていた。が、それをはっきり言いあらわすことはできなかった」(七〇四)というレッドの心境は、メイラーの置かれている状況を如実に物語っているように思える。未来の灰色の世界にメイラーは一筋の光明らしきものを捉えてはいるが、彼の人間の存在と関連した未来のヴィジョンは、いまだに曖昧なものである。しかし、人間存在のあり方の方向性は確かにこの作品の中にその萌芽を認めることができよう。

では、このような現代社会を生き抜くための有効な手段とはどのようなものなのか。それは一つにはヴァイオレンスの行使である。メイラーはヴァイオレンスについてふれ、「ヴァイオレンスに関するぼくの考えは、この間に百八十度変った。『裸者と死者』のなかのイデオロギーの底には、ヴァイオレンスの強迫観念があった。例えば、クロフトのような、ぼくがひそかにいちばん感嘆していた人物は、ヴァイオレントな人たちだった」[注8]と述べている。メイラーが魅了されているクロフトに代表されるヴァイオレンスとは何かといえば、それはすなわち、アナカ山登頂にみられる極限ともいえる切羽詰まった状況の中で発揮される人間の本性に基づく生を燃焼し尽くしてしまうほどの努力である。この力は個人に順応を迫る社会において自己として生きられる可能性を秘めたものである。そこには「人間の本性、人間の威厳は、彼が行動し、生き、愛し、最後に存在の神秘に秀徹しようとして自分自身を破滅させることである」[注9]というメイラーの価値観がはたらいている。

そして、このヴァイオレンスの意味するものは目に見えない地下の河へとつながっていく。メイラーは『大統領のための白書』(一九六三)の中でアメリカの歴史を二つの河に例えて述べている。すなわち、一つは、目に見える事実を積み上げてきた、ある意味では退屈極まりない政治の流れであり、もう一つは狂暴で、孤独な、ロマンチックな願望の地下の河である。かつてアメリカにはフロンティアが存在していた。人々はアメリカの夢を求めて、西へ西へと移動していった。領土的にも経済的にも豊かになり、人々はけして小さな限りある存在ではなくて、神のように無限な存在になり得るのだというロマンチックな精神に溢れていた。神話が人間の姿をした神々や英雄の活躍する物語であるとするならば、一九世紀前半は誰もがそれらにとって代わることができる存在として新たな人間性の確立を目指していた時代であったといえる。いわば、アメリカにおけるルネッサンスの再現といってもよいだろう。しかし、その時代の精神は現代においては人々の内面に強い願望として実現されずに流れている河にすぎないのである。

人間が自分を押さえつけようとする社会に反発し、自分の熱望に基づいて自己実現のために反逆していくことは、言い換えれば、このアメリカの神話を復活させることであるといえる。あらゆる人間は本質的には独自性、他人にはない豊かな個性を秘めており、「われわれはすべて自由であり、放浪し、冒険をおかし、ヴァイオレントなもの、香り高いもの、思いがけないものの波にのって成長するように生れたのだという」〔注10〕神話の復活こそが、現代社会において人間が陥っている閉塞状態を脱する一つの鍵になるのであろう。クロフトはフロンティア時代の自然に挑む猟師であり、自分がわからないものは悪意をもっているとみなすハーマン・メルヴィルのエイハブ船長さながらアナカ山の征服に精力を傾ける。また、カミングズは限りある存在でありながら、それを認めずに神にとって代わろうとする熱狂的な欲求に従って行動している。両者ともグロテスクに変質しているが、メイラーが驚嘆するほどの力に溢れたアメリカの「ルネッサンスの神話」の人物であるといえる。そして、将軍のファシズム的な考えに影響を及ぼされながらも辛ろうじて自由主義の立場を保っているハーンにしろ、移動することを信条にするレッドにしろ、弱々しいけれどもやはり目に見えない河の流れをくんでいるものたちなのである。
メイラーはハーンやレッドを通して現代アメリカの現状を提示すると同時に、善悪を度外視し、グロテスクに人物像を歪めながらもカミングズとクロフトを人間の本性に従って熱狂的に生きる存在として描くことによって、人間がその潜在的な能力を思う存分開花させてみせたルネッサンスの神話を蘇らそうとしたのではないだろうか。

注

[1] 大岡昇平『詩と小説の間』（創元社、一九五二年）一四八頁。

[2] Norman Mailer, *Advertisements for Myself* (New York: G. P. Putnam's Sons, 1959) 28. なお、引用文は『僕自身のための広告』山西英一訳（新潮社、一九六九年）を使用した。

[3] Norman Mailer, *The Naked and the Dead* (New York: Holt, Rinehart and Winston, 1948) 444. なお、引用文は山西英一訳（新潮社、一九六九年）を使用した。

[4] Ernest Hemingway, *A Farewell to Arms* (New York: The Modern Library, 1929) 249. 訳は『武器よさらば』竹内道之助訳（三笠書房、一九七四年）を用いた。

[5] Randall H. Waldron, "The Naked, the Dead, and the Machine: A New Look at Norman Mailer's First Novel," *PMLA* 87 (1972): 273.

[6] Norman Podhoretz, *Doings and Undoings: The Fifties and After in American Writing*, 2nd ed. (New York: Farrar, Straus & Giroux, 1964) 186.

[7] Michael K. Glenday, *Norman Mailer*, Macmillan Modern Novelists (Hampshire: Macmillan, 1995)

56.

[8] ノーマン・メイラー、『大統領のための白書』(*The Presidential Papers*)、山西英一訳(新潮社、一九六九年)一六六頁。

[9] Mailer, *Advertisements*, 325.

[10]『大統領のための白書』、五五頁。

参考文献

Glenday, Michael K. *Norman Mailer.* Macmillan Modern Novelists. Hampshire: Macmillan, 1995.

Hassan, Ihab. *Radical Innocence: Studies in the Contemporary American Novel.* Princeton: Princeton UP, 1961.

Podhoretz, Norman. *Doings and Undoings: The Fifties and After in American Writing.* 2nd ed. New York: Farrar, Straus & Giroux, 1964.

Waldron, Randall H. "The Naked, the Dead, and the Machine: A New Look at Norman Mailer's First Novel." *PMLA* 87 (1972): 271-77.

佐渡谷重信『ノーマン・メイラーの世界』評論社　一九七六年。

野島秀勝『ノーマン・メイラー』研究社　一九七一年。

[本文中に使用したテキスト]

Norman Mailer, *The Naked and the Dead* (New York: Holt, Rinehart and Winston, 1948).

11

新井透

奴隷制の終焉と黒人の葛藤

ウィリアム・フォークナーの『征服されざる人びと』

南北戦争によって黒人奴隷たちは解放され自由になったが、平等な市民権を獲得するという夢は幻想であったことをまもなく知らされる。フォークナー（William Faulkner, 1897-1962）は『征服されざる人びと』（*The Unvanquished*, 1938）において、ベイヤード・サートリスの語りを通して、奴隷制度の崩壊と、サートリス家のような奴隷制度に依拠してきたプランターを頂点とした南部社会の秩序の解体の脅威を表している。白人作家のなかで彼ほど人種の問題について執拗に、また真摯に向き合った作家はいないであろう。それは現代においてもいまだ解決されない問題である。本論では、南北戦争によって翻弄されるリンゴー（マレンゴー）のような、人種の境界があいまいな人間の葛藤について考えたい。

1　南北戦争と奴隷制度の崩壊

『征服されざる人びと』の冒頭、二人の少年――ベイヤードとリンゴーが戦争ごっこをしている描写がある。当時、南北戦争が始まってすでに二年が過ぎ、一八六三年には連邦軍（北軍）のグラント将軍によるヴィックスバーグ占領で南軍は決定的な敗北を喫した。しかし少年たちはまだそのことを知らず、遊びの世界でヴィックスバーグの攻防戦を演じていた。そこへリンゴーの叔父のルーシュがやってきて、南軍の敗北を告げた。この年、リンカン大統領は奴隷解放宣言を発布し、奴隷制度の全面廃止への道筋をつけた。そして黒人は北軍に参加することができるようになり、形勢は南軍にとって非常に不利になっていったのである。

ジョアンヌ・クレイトンは、フォークナーが『征服されざる人びと』の改訂の際、リンゴーとベイヤードの対等な友人関係を描くのにかなり苦心したと指摘している［注1］。たとえば次の引用にあるように、作者はベイヤードを通して人種の差異を否定している。

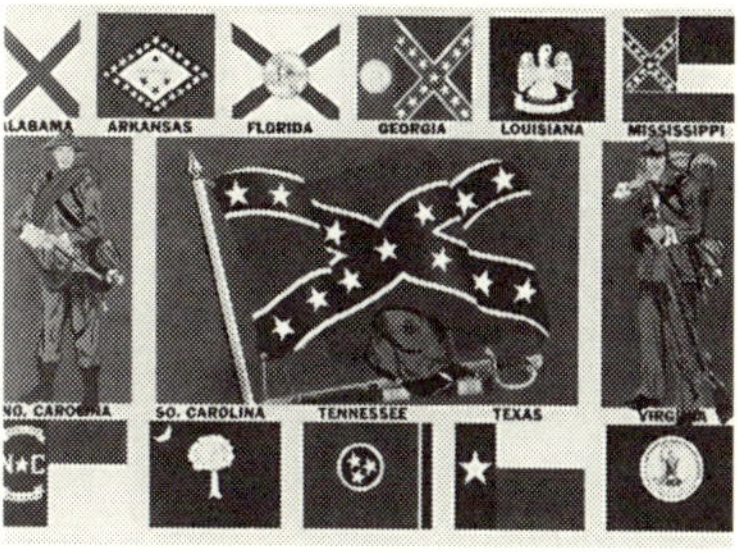

南軍諸州の旗

……なぜならリンゴーとぼくは、同じ月に生まれ、長いこと二人とも同じ乳を吸って、一緒に寝たり、食べたりしあっていたので、リンゴーはグラニーのことをぼくと同じようにグラニーと呼んで、しまいには彼がもう黒ん坊なんかではなく、ぼくももう白人の子ではないのかもしれない、二人ともそうじゃないんだ、人々ももう白人も黒人もいないんだというふうになってしまった［注2］。

実際、南部では引用にあるような黒人と白人のこどものイノセントな関係は珍しくはなかった。むしろ北部の方が人種隔離が進んでいたといえるだろう。フォークナーは一九五五年に来日した際、自身の同様な体験を語っている［注3］。もうひとつ興味深い例をあげると、ベイヤードの叔母ローザ・ミラード（グラニー）が北軍兵士に発砲した二人の少年をとっさにスカートの中へ隠す描写がある（三二）。フォークナーはリンゴーをプランテーション特有の拡大家族の一員として描いているとはいえ、たとえこどもであっても黒人が白人女性のスカートの中に隠れるというのは、センセーショナルなことにちがいない。しかしプランテーション社会では白人と黒人の間に「親密な関係」〔注4〕があって、たとえばハリエット・ビーチャー・ストウ（Harriet Beecher Stowe, 1811-96）の『アンクル・トムの小屋』（*Uncle Tom's Cabin*, 1852）において、メイン州から来た女性が、白人と黒人奴隷との「接触」を嫌悪する描写があるように、北部の白人には奇異に映った。

リンゴーと対照的なのがルーシュである。リンゴーの祖母ルーヴィニアは『響きと怒り』（*The Sound and the Fury*, 1929）のディルシーのように典型的な「マミー」で、白人の主人を裏切ることには反対するが、若いルーシュはプランテーションの多くの奴隷たちと同様、自由になることを切望していた。彼は妻の反対を押し切ってまでも、夫婦や親子を一緒に住まわせてくれた寛大な主人のもとを離れようとする。しかし黒人として自由を求めるのは極めて自然であり、多くの黒人は北軍が南部に侵入するとプランテーションを抜け出し、北軍の列に加わろうとした。ルーシュは誇らしげに、次のように主張する。

「そうでさあ」とルーシュは言った。「俺は行くんだ。俺は自由になったんだ。神様の天使が俺は自由だと公布なさって、俺たちを引き連れて行って下さるんだ。俺はもうジョン・サートリスのものではねえ、俺のもの、神様のものさ。」(八五)

彼の発言には黒人独特のキリスト教観が読み取れる。黒人たちは一九世紀に入ると、それまで他のプロテスタント教会と比べて寛大であったバプティストやメソディスト教会からも締め出されてしまい、やがて独自の教会を建て、奴隷解放運動もそうした黒人教会が中心となっていったと言われている[注5]。黒人霊歌「行け、モーセ」では、旧約聖書のユダヤの民のエジプト脱出はプランテーションから逃れることであり、古代エジプトのファラオが苛酷なプランターを意味するといったような過激な歌であり、多くの霊歌には白人に理解できない隠喩が含まれていたという[注6]。また「地獄」といえば奴隷制であり、「約束の地カナン」は天国というより自由の地、北部であるといった具合に奴隷制度を暗に否定した。しかしルーシュが饒舌になればなるほど、奴隷解放の理想と現実の落差によって彼の言葉はアイロニカルに響く。結局、彼は北軍兵士の解放奴隷にたいする苛酷な扱いに幻滅し、茫然自失の状態で再びサートリス家に戻ってきて沈黙を余儀なくされる。

前述のようにリンゴーとベイヤードは兄弟のような関係であったが、フォークナーはプランテーションにおける黒人の伝統的イメージを使用する。たとえば、北軍が家の近くに姿を現すとリンゴーはおびえてしまい、するとベイヤードは「お前は自由になりたいのか」と繰り返す(二八―二九)。リンゴーはルーシュのように自由になることよりも、サートリス家の一員であることを選ぶ。しかしそれはダニエル・ホフマンが指摘するように「悲劇的なジレンマ」[注7]である。つまりリンゴーは白人ではないので、いつかは南部社会に歴然として存在する人種や階級の壁に突き当たることになるのだ。ベイヤードが北軍の侵攻にたいして毅然としているのと対照的に、リンゴーは泣いたり叫んだりしておびえている。彼は抜け目ないが、臆病でもあるというステレオタイプの黒人像が見え隠れし、人種の差異が暗示されている。

「反撃」の章では、リンゴーの抜け目なさが如何なく発揮されており、彼は持ち前の機知を生かし、グラニーと二人で北軍の将軍の署名がある偽りの証書を使って、北軍に没収された馬や黒人奴隷たちをまんまと取り返してしまう。サートリス大佐がゲリラ攻撃をしかけて北軍兵士たちを身ぐるみ剥いでしまう話といい、フォークナーは随所に南北戦争時代のトール・テイル(ほら話)を巧みに利用し、現実の戦争を戯画化している[注8]。しかしリンゴーは、解放された奴隷を再びプランテーションに連れ戻してしまうという「ジレンマ」に無意識のうちに陥ってしまう。要するに彼は自分が黒人なのか、それとも白人なのか自己認識できていないのである。

リンゴーはベイヤードやグラニーと一緒にホークハーストに逃れる途中で、プランテーションを離れて北軍兵士のあとについていこうとする黒人の集団を目撃する。ところがリンゴーにとっては、黒人たちのことよりもベイヤードが先に見た蒸気機関車の方が重大な関心事なのである。大地を疾走する蒸気機関車は、リンゴーにとって自由の象徴であり、同時に漆黒の車体は白人を圧倒する黒人の象徴でもあるはずだ。したがってリンゴーは、潜在的にはルーシュのように黒人としてのアイデンティティを希求しているように思われるが、表象的には白人文化の言説に支配されている。しかし蒸気機関車は北軍に破壊され見る影もない。グラント将軍は南部連合の鉄道を徹底的に破壊し尽くし、南部経済に大きな打撃を与えたのである。それゆえリンゴーは南部白人と同様、ある種の喪失感を味わうことになる。ここに彼のアイデンティティのあいまいさがある。

リンゴーたちが目撃したプランテーションを離脱した奴隷たちは、自由を求めて河を渡ろうとするが、北軍兵士に阻止される。こうした状況を、ドルーシラは次のように語っている。

「……北軍は騎兵の一旅団を出して黒人たちを押し止めようとしているのよ。そのあいだに橋を渡って砲兵隊を渡らせるためにね。男も女も子供も、聖歌を歌ったりしながら、まだ出来上がっていないその橋のところに行こうとしたり、川の中に入ろうとさえするのよ、追い返そうとする騎兵隊に軍刀の鞘でぶたれながら。あの人たち、いつ物を食べたのかわからないわ……」(二〇四)

ヴィックスバークの陥落以後、北軍はミシシッピ河流域の広大なプランテーションにいた膨大な数の解放奴隷の扱いに苦慮して、その結果、多くの黒人は元のプランテーションに無理やりつれ戻されてしまう。ドルーシラがこうした黒人たちに同情しているのとは対照的に、リンゴーは彼らにたいしてあまりにも無関心である。彼は北軍兵士や、バック・マッキャスリンのような南部白人にもへらず口をたたいて、まったく人種のこだわりを持たない。しかしリンゴーは黒人であり、苦況にある同胞たちを他者としてしか見られない彼は、白人文化に取り込まれてしまっているのである。

前述のグラニーについて考えてみると、彼女は典型的な南部の淑女であり、北軍に屋敷を焼かれるまでジョンに代ってプランテーションを守ってきた。彼女はリンゴーをベイヤードと分け隔てなく家族同様に考えているが、それでも白人男性にたいしては、たとえばアブ・スノープスのようなプア・ホワイトにも「ミスター」と呼ぶように強制する。南部白人に共通するこうした人種的、階級的差別に関する首尾一貫した態度は注目に値する。ヴィクトリア朝の影響を受けた南部レディーの伝統は貞節で気高く、献身的で信心深いといった理想の女性像と結びついていたが、同時にプランテーション社会の奴隷制度にもとずいた貴族的階級意識を拠り所にしていた。グラニーは、ルーシュ夫妻のようにプランテーションを離れる奴隷たちにたいして、自由になったからといって以前よりも幸せになれるとは思っていない。彼女は、南部の温情的なプランターたちのように、自分を劣等人種にたいする慈悲深い保護者〔注9〕であると考えていたのである。

2　南部再建期

リー将軍の降伏によって、一八六五年南北戦争はようやく終結したが、その直後、リンカン大統領の暗殺や、南部における保守反動勢力の台頭など混乱が生じた。一八六七年から七七年までの再建期には黒人男性にも投票権が与えられ、南部諸州では共和党支持の白人と協力して、多くの黒人議員が生まれた。プランターを頂点とした支配権力構造は一部崩壊していたが、それでも白人支配階級はこうした状況にたいして危機感を抱き、貧困に陥っていた白人たちを扇動して暴力的な行動をとるなど、巻返しをはかった。

南軍兵士像

混乱の続く中、グラニーは白人のならず者に殺害され、小説の後半部分では成人したベイヤードとドルーシラが物語の中心になって、リンゴーは次第に周縁に追いやられてしまう。ドルーシラは、フィアンセや父親を戦争で失った悲劇のヒロインである。彼女は南北戦争末期、ジョン・サートリスに従って勇敢に戦った。彼女の質素で男のような身なりは母親や貴婦人たちを驚かせた（二二〇）が、戦争が終ると、周囲の女性たちは彼女を無理やりジョンと結婚させようとした。南北戦争は黒人奴隷だけでなく、南部の女性をも解放したといわれている［注10］が、プランテーション社会の家父長制はそう簡単には崩壊しなかった。

結婚式の当日、ドルーシラはジョンと二人で、黒人が連邦保安官に選ばれるのを阻止しようとして共和党派の白人を射殺し、黒人たちが投票するのを妨害する。ダイアン・ロバーツは、ドルーシラが白ずくめでKKKのようなコスチュームをしていたことなどから、階級やジェンダーの境界を越えることができても、人種の壁は越えることができなかったと述べている［注11］。ドルーシラはジョンが共和党派の白人を殺害したことを正当化しようとして、ベイヤードに次のように弁解する。「彼らは北部人だし、ここには用のないよそ者だったのよ。あれは略奪者だったの」（二五七）。彼女はグラニーのように、かつての南部連合支持者の保守的なイデオロギーからのがれることはできなかった。戦後、家父長制社会に閉じこめられていた女性たちの価値観も変貌したが、敗戦による秩序の混乱から戦前の南部を理想化する「失われた大義」によって、強引に過去に引き戻されてしまう。

戦争が終わってジョンが戻ると、もはやベイヤードとリンゴーの関係は一変する。ベイヤードは破壊された屋敷が元通りになるまでの間、ドルーシラや父と一緒に黒人の小屋を利用し、リンゴーは祖父母と別の小屋で寝泊りする。無言のうちに、彼とベイヤードの間には人種という壁が次第に具体化してくる。それは見えない力によって自己増殖を続ける不合理な観念である。

旧南部の白人支配者たちは、戦後も権力を維持しようとして手段を選ばなかった。リンゴーは、ジョンが元奴隷のキャッシュ・ベンボウの選挙運動を邪魔したり、ミズーリ州出身の「二人のバーデン」が黒人たちを共和党組織に組み入れようとするのを妨害していることを知る。そして彼は、「俺は黒ん坊なんかじゃねえ。奴隷はいなくなったんだ」と言って、「黒ん坊」という奴隷制によって虚構化された言説を否定しようとする（二二八―二二九）。ベイヤードがキャッシュのことを「黒ん坊」と呼ぶと、即座にリンゴーは反発する。ベイヤードは奴隷解放に関して態度があいまいであり、結局彼も父と同様に劣等人種にたいする保護者として、黒人たちといままでの関係を貫こうとしているように思われる。したがってベイヤードは南部の人種差別的社会構造に組み込まれているのである。そこには、白人は黒人よりも優れているという白人優劣主義、あるいは「温情的権威主義」［注12］をみることができる。

リンゴーが「この戦争は終わっていない。まだ始まったばかりだ」（二二九）と言うように、黒人にたいする南部白人の暴力的抑圧や人種差別は南部再建期を経て、ずっと二〇世紀にいたるまで続くのである。それは黒人にとって戦争そのものだったと言えるかもしれない。しかしリンゴーは自分の言葉の真意をどこまで理解していたのだろうか。パトリシア・イエーガーが指摘しているように、フォークナーは黒人解放について、リンゴーが理解する意味と、本来の意味を微妙にずらしている［注13］。リンゴーは決して奴隷制廃止論者のような視点から言っているのではない。それはフォークナー自身が、北部主導の急進的な奴隷解放にたいして批判的であり、『墓地への侵入者』(*Intruder in the Dust*, 1948) の中でギャビン・スティーヴンズが甥のチック・マリスンに説明しているように、南部自身による漸進的な変革を望んでいたからだと思われる。

次にベイヤードと彼の父との関係をみてみたい。ジョン・サートリスはKKKのような秘密結社に属していて、前述のようにカーペット・バガーと呼ばれた北部出身の共和党の白人や元奴隷たちの政治活動を暴力的に阻止しようとする。彼はドルーシラと二人で投票箱を自宅へ持ってゆき、黒人が連邦保安官に選ばれないように画策する。ジョンはプランテーションの黒人にたいしては非常に寛容であったが、それは旧南部のプランターの家父長主義イデオロギーによるもので、一方で黒人の政治進出は断固認めようとはせず、その意味で南北戦争以後の人種差別の指導的役割を演じたのである。ベイヤードは父を尊敬しながらも、暴力肯定のいままでの慣習を否定する。フォークナーの曾祖父はジョン・サートリスのモデルともいわれ、彼も決闘で相手を倒したことがあるが、最後に共同出資者であり、政敵となった男に射殺されてしまう[注14]。フォークナーの曾祖父にたいするアンビヴァレンスは、ベイヤードに投影されている。

3 新南部と黒人

南北戦争以後、リンゴーは次第に冗舌さを失って寡黙になっていく。これはドルーシラが最終章で言葉を失って、ヒステリックな笑いしかできなくなり、舞台から退場するのと呼応している。二人とも白人男性支配の南部社会に抑圧され、歪められて沈黙せざるをえないのである。リンゴーは前に述べたように、単純に黒人奴隷の解放を信じていたが、今ではルーシュのように白人至上主義の現実社会に幻滅しているようである。少年時代は白人よりも知的に優っていたが、もはや大学で法律を学んでいるベイヤードには到底太刀打ちできない。再建期時代、初等教育だけでなく、ハワード大学を始め黒人の高等教育機関も陸軍の解放民局によって設立され、黒人たちに高等教育の機会が与えられるようになった。しかしベイヤードの父はリンゴーを息子のように遇していたにもかかわらず、黒人に学校教育を受けさせるつもりはなかったのである。

リンゴーはジョン・サートリスの死を伝えるために、ウィルキンズ教授の家までやってきて、台所でベイヤードを待つ描写がある。彼は白人ではないので、居間に通されないことを知っている。奴隷制時代からのこうした人種や階級による差別は、南北戦争後も南部社会に浸透していて、リンゴーはそれを黙って受け入れざるをえないのである。ベイヤードは教授の前でリンゴーのことを「召使」と呼ぶが、一方でリンゴーの機転の良さにたいして、「ぼくは彼に対してはサートリス家の代表にはなれないだろう」(二四八)と思い直す。二人の間は、社会的には主従関係にあるが、個人的には少年時代の友達のような対等な関係が生き続けており、ここには作者の黒人観の揺れが如実に表れている[注15]。

前述のようにフォークナーは、リンゴーにたいしてもステレオタイプの黒人のイメージを描いている。たとえばグランビーを襲った時からリンゴーの精神的成長は止まっているというベイヤードの考えは、伝統的な「サンボ」的言説である[注16]。少年時代のリンゴーは、自分が黒人であることの社会的意味を理解できなかったが、いまでは自分の境遇を十分認識しており、その意味で彼の内面的成長はベイヤードにも劣らないと言ってもよい。

ワイアット・ブラウンは南部社会において、支配階級の文化的価値観の一つであった「名誉」について言及している[注17]。南部において名誉という概念は、家父長制イデオロギーによって人種、ジェンダー、階級と深く結びついていた。すなわち名誉は、一般的に名家の白人男性のみにあてはまり、ここではベイヤードがその資格に値する。戦争中、男装して南部のために勇敢に戦ったドルーシラは、女性ゆえに名誉の対象にはならない。ベイヤードの前では彼女もグラニーもリンゴーも他者として周縁に追いやられてしまう。またベイヤードの名誉とつながる「身分の高いものに課せられる道徳的義務」(noblesse oblige)は、プランテーション中心の南部の奴隷制度を正当化するイデオロギーである。さらにそれは、一九世紀初め南部のプランテーション社会に流行した騎士道精神と結びついて、人種、ジェンダー、階級の差別と密接に関連していた。

フォークナーは、こうした南部神話をある程度は認めながらも、さらに人種間の錯綜した人間関係を探求しようとしたのである。たとえばレドモンドとの「対決」の直後、ベイヤードは、いままでの緊張が融けて、少年の頃リンゴーと一緒にグラニーの復讐をした時のように激しく泣きだすのだが、リンゴーは黙って見守っている。彼の沈黙はさまざまに解釈できるだろうが、この場合、白人にたいする黒人の精神的優位性を暗示していると思われる。白人男性が黒人の前で泣くのは異様であるが、フォークナーは当時の南部における白人至上主義に挑戦するかのように、男性性の抑圧の仮面を脱いだ真実の人間の弱さを露呈している。マーク・トウェイン(Mark Twain, 1835-1910)の小説にでてくる白人少年ハックにたいする逃亡奴隷ジムのように、リンゴーもまたベイヤードの精神的、倫理的支柱になっている。白人は黒人にたいして優越感を抱きながら、一方で依存を求めるという両義性がここでもみることができる。それはフォークナーの黒人にたいするアンビヴァレントな気持ちを表している。彼もまた奴隷所有プランターの子孫であり、自分の家に住まわせた黒人たちにたいして保護者としての道徳的義務を感じていた。彼はそれゆえ奴隷制を基盤とした南部のプランテーション文化を時には否定しながらも、完全にはぬぐい去ることができなかったといえるだろう。

再建期が過ぎると、南部では人種差別(ジム・クロウ)やリンチが恒常化し、黒人への抑圧はますます厳しいものとなり、南北戦争によってようやく解放されたはずの黒人は再び苦しい状況に追いやられる。彼らは投票権を剥脱され、政治的にも沈黙を余儀なくされる。したがってリンゴーはドルーシラ同様、白人男性主流の南部社会において抑圧され、沈黙せざるをえないのである。リンゴーは再びフォークナーの作品に登場することはない。

注

[1] Joanne V. Creighton, *William Faulkner's Craft of Revision* (Detroit: Wayne State UP, 1977) 80.
[2] William Faulkner, *The Unvanquished* (New York: Vintage Books, 1965) 7-8.
以下本書からの引用は、漢数字で本文中にその頁数をしるす。また邦訳は斉藤光訳『征服されざる人びと』(富山房、一九七五年)を使用させていただいた。
[3] Robert A.Jelliffe, ed., *Faulkner at Nagano* (Tokyo: Kenkyusya Press, 1956) 168-69.
[4] C.Van Woodward, *The Strange Career of Jim Crow* (New York: Oxford UP, 1974) 42.
[5] August Meier and Ellit Rudwick, *From Plantation to Ghetto* (New York: Hill and Wing, 1976) 98-109.
[6] ベンジャミン・クォールズ『アメリカ黒人解放史』明石紀雄他訳(明石書店、一九九四年)、九一－九三頁。
[7] Daniel Hoffman, *Faulkner's Country Matters* (Baton Rouge: Louisiana State UP, 1989) 67.
[8] Jean Mullin Yonke, "Faulkner's Civil War Women," *The Faulkner Journal* vol.V, Number 2 1992: 40.
[9] メアリー・ベス・ノートン他『アメリカの歴史2』本田創造監修、高橋裕子他訳(三省堂、一九九六年)

二五一頁。

[10]『アメリカの歴史3』一五七頁。

[11] Diane Roberts, *Faulkner and Southern Womanhood* (Athens: The U of Georgia P, 1994) 22.

[12]『アメリカの歴史2』二五一頁。

[13] Patricia Yaeger, "Faulkner's 'Greek Amphora Priestess': Verbena and Violence in *The Unvanquished,*" Donald M.Kartiganer and Ann J.Abadie eds., *Faulkner and Gender* (Jackson: UP of Mississippi, 1996) 218-19.

[14] Yonke, 46-47.

[15] Peter Nicolaisen, "'Because we were forever free': Slavery and Emancipation in *The Unvanquished,*" *The Faulkner Journal* vol.X, Number 2 1995: 82.

[16] Leonard Cassuto, *The Inhuman Race* (New York: Columbia UP, 1997) 133.

[17] Bertram Wyatt-Brown, *Southern Honor* (New York: Oxford UP, 1982), Philip M.Weinstein, "Divinig into the Wreck: Faulknerian Practice and the Imagination of Slavery," *The Faulkner Journal* vol.X, Number 2 1995: 31.

参考文献

Cash,W.J. *The Mind of the South.* New York:Vintage Books, 1969.

Clinton,Catherine. *The Plantation Mistress: Woman's World in the Old South.* New York: Pantheon Books, 1982.

Davis,Thadious M. *Faulkner's "Negro".* Baton Rouge: Louisiana State UP, 1983.

Hinkle, James C. and McCoy, Robert. *Reading Faulkner: The Unvanquished. Glossary and Commentary.* Jackson: UP of Mississippi, 1995.
Jehlen, Myra. *Class and Character in Faulkner's South.* Secaucus, N.J.: The Citadel Press, 1978.
Jenkins, Lee. *Faulkner and Black-White Relations.* New York: Columbia UP, 1981.
Pilkington, John. *The Heart of Yoknapatawpha.* Jackson: UP of Mississippi, 1981.
Williamson, Joel. *William Faulkner and Southern History.* New York: Oxford UP, 1993.
大橋健三郎『フォークナー研究2』　南雲堂、一九七九年。
フランツ・ファノン『黒い皮膚・白い仮面』海老坂武・加藤晴久訳、みすず書房、一九九八年。

＊本稿は「フォークナーと黒人――『征服されざる人びと』」（『英米文学と言語』第二期四号、一九九五年八月、ビビュロス研究会発行）の内容と重複するところがあることをお断わりしておきたい。

V

自然との闘い、その他

12

〈自然と人間〉の調和と闘い

スタインベック『知られざる神に』というネイチャーライティング

金谷優子

1　『怒りの葡萄』の〈自然と人間〉

スタインベック（John Steinbeck, 1902-70）は、彼の生まれ育ったカリフォルニアの地を舞台とした多くの作品を表しながら、生涯を通じてアメリカという国と、そこに生きる人々について取り組みつつ、人生の意味を追求し続けた作家ということができよう。そんな彼が特に注目し続けたのは、額に汗して土を耕し、その実りを得るべき人々、つまり農民であり、換言すれば、開拓者の末裔としての意義を依然として保持する伝統的なアメリカ人であった。新大陸の自然と大地と常に対峙し、厳寒、豪雨、旱魃などといった、時に苛酷なまでの様々な自然の様相に戸惑い翻弄されながらも、大地から糧を得、生きてきた人々――そんな開拓民達を、スタインベックは、一方では己の祖として見据えながら、彼と同時代のアメリカ人の生について考察する。その際自然環境は、ルイス・オーエンズを始めとする多くの批評家が指摘するように、スタインベックの表出する世界を常に左右する非常に大きな力として存在している［注1］。彼の小説の随所で語られる新大陸の大いなる自然は、開拓者の末裔である登場人物をその影響下に置きながら、しばしば重要な働きを果している。

その典型的な例は、スタインベックの最高傑作と評価される『怒りの葡萄』（*Grapes of Wrath*, 1939）にみとめられよう。彼はこの作品において、西方の地、カリフォルニアでの豊かな生活を夢見るジョード一家の移動と挫折の物語を繰り広げてゆくが、一家の運命は彼等を取り巻く自然環境に常に左右されており、さまざまな自然現象は、ストーリーの展開と深く関わり合っている。

まず作品の冒頭では、春の雨の恵みで生育したとうもろこしによって緑色に埋め尽くされたオクラホマの地が色彩豊かに描写されているが、それも束の間、五月の末からの日照り続きにより土地は日増しに乾いていく。川は干上がり、とうもろこしの葉は萎え、徐々に枯れていく。その地を見捨て、後にする人々の列は、乾いた砂煙を上げて行き過ぎる。砂煙はもうもうと立ち昇り、宙に舞い続ける。――これらの叙述を通してスタインベックは、天候が大地とそこに根ざす植物に与える影響をカメラに写し出すかのように、静かに、しかも克明に語っていく。雨、太陽、雲の有りさまに対して、人は全く無力である。天候によって痛めつけられ、不毛になった大地を目の前に、農民たちには、なす術《すべ》がない。かつては豊かな実りをもたらしてくれたであろう土地を潔く捨て、新しい土地を求めて旅立つより他に残された道はないのだ。

JAY PARINI
(John Steinbeck ― a biography)

ここに、アメリカ合衆国の形成に不可欠であった西漸という民族的移動に「自然」が深く関わっていたという事実が示され、同時に、「自然の変化に対して無力である人間」という＜自然対人間＞の関係が提示される。

しかし、自然災害に起因する西漸運動は、『怒りの葡萄』では極めて悲劇的な結末を遂げることになる。その最終章にあるように、結局ジョード家の人々は自然の恵み豊かな地での安楽な生活という夢に破れた挙げ句、浸水により、唯一の財産であるトラックまで失うという致命傷を負う。オクラホマの日照り続きとは対照的な自然現象である豪雨が、カリフォルニアでは、ジョード家の人々に砂嵐と同様の、あるいはそれ以上の大きな痛手を与えてしまう。他方、かねてから身重であった娘のローザ・シャーンは、激しく降り続く雨の中で出産の時を迎えるが、一家の期待むなしく彼女はひからびた死児を生む。この場に及んで、ジョード家の人々の抱く喪失感、挫折感はクライマックスに達する。かくも自然は強大な力を持ち、人々をことごとく打ちのめすのである。

勿論、自然に立ち向かおうとする人々の姿も表されている。降り止まぬ雨に、ジョード家の父親の発案で、みんなは力を合わせて泥土をすくい、小さな堤防を築いた。以下の引用は、雨が一向に降り止まず水位が徐々に上がってゆくのに対し、それよりも高く高くと、一心に土砂を積み上げてゆく男達の姿を鮮明にとらえており、まさに、圧倒的な自然の力に対する人間の挑戦を描いたものとも理解できよう。

水位は徐々に上がってきた。最初に土を盛り上げた高さにまでなった。父親は勝ち誇ったように笑って叫んだ。「見たことか、土を盛らなけりゃ大変なことだったぞ。」だがやがて、川面は新たに盛り上げた土の高さにまでなって、水は敷いた柳の筵の所から流れ出始めた。「もっと高く!もっと高く土を盛るんだ!」と、父親は叫んだ。(五六三)[注2]

しかし、自然の力は、人間の力を遥かに越えて存在する。父親達が大変な苦労をして築いた堤防はいとも簡単に決壊し、ジョード家のトラックは水浸しになる。水は車の機関部にまで及び、車は使いものにならなくなってしまう。堤防を築くことを提案した父親は、みんなに罵られる。これは、自然の力を前にして、人間のなせる技など無に等しく、自然に対抗しようなどというのは愚かな試みだという認識を導く叙述と言えよう。

このように、『怒りの葡萄』において、嵐や洪水といった自然的要素は非常に大きな力を持ち、その力を惜しみなく人々に及ぼしている。一方、人間とは全く非力な、卑小な存在であり、自然の力に翻弄されるばかりである。〈自然対人間〉間の力関係は全く一方的であり、しかも、スタインベックの筆は、猛威を振るう砂嵐に対しても、降り続ける豪雨に対しても、極めて客観的である。「打ちのめす自然と打ちのめされる人間」との関係は確固たるものであり、運命論的でさえある。

しかし、前述のように、死児を生んで絶望の極みにあったローザ・シャロンが、『怒りの葡萄』の最終部において、餓死寸前の男に自らの乳を飲ませ神秘的な笑みを浮かべているその姿の荘厳さに出会うとき、我々読者は「大いなる自然の力の前で無力な人間」などという言葉では表現しきれない人間の意味を知る。スタインベックは、離散し、不幸のどん底に置かれたジョード家の残存者に、人間の生の尊さを託しているのである。すると、前述の＜自然対人間＞という構図は、卑小な人間存在からより深遠な意味を導き出そうとする試みに他ならないと、分かるのである。その試みは、一つには、作中で精神的な指導者的人物として描かれているケイシーが「あそこにある丘と、ここにいる俺は繋がっていて、一体なのだ。それゆえ神聖なのだ」（一〇五）と、語っていたように、人間存在を自然の一部として理解するということなのである。

スタインベックは『コルテスの海』（*The Log from the Sea of Cortez*, 1941）で、その考えをより明確に表している。「人は他と融合し、更に、他の種の生物と融合した後、最終的には無生物と普通理解されるもの、例えば、フジツボや岩や大地、地球、木、そして雨や空気と出会う。それらは融合して、一体として存在するのだ。けして個別に存在するのではない。」〔注3〕友人である生物学者、エドワード・リケッツとの共著であるこの旅行記で、スタインベックは、生態学の立場から現象の相互関係を分析し、因果関係を排して物事をありのままにとらえようとする非目的論（Non-teleological thinking）はもとより、彼の宇宙観についても語っている。この本に一貫しているように、人間を自然生態系の一部として認識することは、スタインベックの文学の基調であり、自然と向き合い、時に戦いを繰り広げてきたアメリカの開拓者達の到達すべき一つの境地であったに相違ない。

'Haying in Salinas Valley,' 1900, California: "Courtesy of the Monterey County Historical Society"

有木恭子氏は、スタインベックのアメリカ性について論じた際、「土地を耕す者への賞賛、人間中心の思想、さらに民主主義の重視は、フランクリン、ジェファーソン、そしてエマソン達によって継承されてきたアメリカ神話の内容である」［注4］と述べ、スタインベックの文学を、このようなアメリカ神話の系譜として理解しているが、彼が理想として掲げた典型的アメリカ人とは、彼自身述べているように「自分の畑を耕し、その土地を所有し、土地とともに生きてゆくことに誇りを持っている人々」なのだと理解できるだろう。［注5］

次に、このようなアメリカ人について描いた彼の最初の中編小説と理解される『知られざる神に』（*To a God Unknown*, 1933）を考察してみたい。この作品は、アメリカの成功神話の夢に駆られ、西漸運動に関わる農民を表現したものという点では、『怒りの葡萄』と同様であるが、この作品の主人公ジョセフは真っ向から自然つまり「旱魃」と取り組み、最終的にジョセフ自身が自然（現象）自体である旱魃の後の雨になってしまうという奇想天外な結末を得る。この作品は、初期の作品ゆえの稚拙さは否定できないとはいえ、スタインベックの描くアメリカ神話の原点を示し、さらに、人間を自然の一部として認識するということの深遠な意味について明らかにしている、見過ごすことのできない作品なのである。

2 『知られざる神に』に於ける自然と人間との一体感

ヴァーモント州からカリフォルニア州のヌエストラ・セニョーラの谷間にたどり着き、自作農場法に従って土地を手に入れた主人公ジョセフは、『怒りの葡萄』のジョード一家の人々と同様、アメリカの開拓者の末裔として、表現されている。しかし、彼がジョード一家と根本的に異なっているのは、『怒りの葡萄』に登場した人物の一人、ミューリー・グレイブス同様、彼が、旱魃に喘ぐ土地を見捨てずに居残り、あくまでもその地に執着し続けたということであろう。それでは、ジョセフをヌエストラ・セニョーラの地にそれ程までに縛りつけたものは、一体何であろうか。その問いについては、ジョセフについての以下の叙述が答えてくれる。「ジョセフは、大変嬉しく思った。なぜなら、彼自身はその土地と同様の本質（"nature"）を持つのだという確信を得たからである。」[注6]（一〇八）スタインベックは、ジョセフを、自然との一体感を体現している人物として、この作品中に表しているのである。ところで、ジョセフがそのような、啓示的とも言える認識を得るに至った経緯を考慮すると、まず、ヌエストラ・セニョーラ（Our Lady の意味）という地名が象徴的であるように、カリフォルニアの大地に母性を見出すジョセフの横顔に行き当たる。

春の陽光のもと、恵み豊かなヌエストラ・セニョーラの大自然を前にして心沸き立つジョセフは、林に分け入りながら、絡み合う幹や枝々に「奇妙な女性らしさ」を感じ、さらには、「原始宗教の象徴のように、曖昧で、しかも有望な意味」を感じとる。ジョセフは、その美しい土地を所有しているという事実に熱狂し、「これは俺の土地だ」、「ずっと深く、地球の中心まで俺の土地なのだ」と、繰り返す。そして彼は、草むらの上にうつ伏せになり、頬を露に濡れた草の茎に押しつけ、草を握りしめ大地を抱き、大地と交わる。その際、大地は「妻」と形容される(十二)。以上は、唐突ながらも、『知られざる神に』の冒頭部に表現された主人公ジョセフと大地との結婚である。さらにジョセフは、大地と繋がりを持つ者として、大地の豊かな恵みを希う。

……彼を取り巻く全ての物――大地、牛、人々は実り豊かであり、ジョセフは豊かさの源であった。彼が、豊かさを願う源であった。ジョセフは、彼の回りの全てがすばやく成長し、受胎し、繁殖しなければならないと思った。救いようのない、我慢のならぬ、許しがたい罪は不毛さなのである。……ジョセフはこういったことを頭で考えたのではなくて、これらは、彼の胸や、足の筋肉等に記憶されていることなのだ。これは、大地の乳房を吸い、地球と共に生きてきた人類が何百万年もの間、受け継いできたことなのだ。(三四)(傍点筆者)

ところで、右に表されたジョセフは、ただ単なる一人のアメリカの開拓民にとどまらず、人間存在の深層部に通底する共通の特質…つまり、種の存続・繁殖へと向かう本能的な願望を表す人物として描かれている。一人の人間に対するこういった視点は、一方では、スタインベックに、ユングの集合的無意識論についての理解があったことを示唆する箇所でもあるが、他方、大地との繋がりを持つという表現が、人間存在について巨視的な意味づけを与えるということを示すところでもある。人の生とは、生まれてから死ぬまでのたかが数十年の一サイクルにとどまらず、悠久の歴史を持つこの地球と共存し続けて来た存在として、人類の発生以来繰り返されてきた無数の個人の人生の集積としての意味をも持っている。それゆえ人々は容易に、原始的、原初的な光景に自らを結びつけることができる、とスタインベックは考える。『知られざる神に』の内に、樹木崇拝を始めとして、太陽神崇拝、生け贄等の、古代・原始宗教的な要素が散在するのはそういった認識に由来する。さらにジョセフは、自らを大いなる自然の一部と認識するがゆえに、アメリカの大地と共存し続けて来たインディアンの独得の自然観、そして死生観に耳を傾ける。彼はインディアンの血を引くファニートから「大地はわれらの母であり、命ある者はすべて、母なる大地から命をもらって、また大地へと戻るのだ」という教えを聞き、理解する(二六)。そして、インディアンが特別の時に訪れるという松山にある巨岩の洞穴に神聖さを感じとる。苔むして神秘の静寂を湛える巨岩の洞穴からは清水が湧き出ているが、この場所がジョセフ自身にとっても特別な場所であることを直感するのである。

しかし、いかに人間が自らを自然の一部として認識しても、依然として、雨期・乾期などの自然のサイクルが存在することも否定できない事実である。「救いようのない、我慢のならぬ、許しがたい罪は不毛さなのである」と表された「不毛」は、ジョセフの願いにもかかわらず、静かに、しかし着実にジョセフの土地に忍び寄ってくる。あれ程までに緑豊かであったヌエストラ・セニョーラの緑は枯れ、動物は痩せ細り、土地は徐々に干上がってゆき、ジョセフは土地の死を予感するまでになる。ジョセフの兄弟、家族は全て他の土地へと移り住むことを決意する。しかし、ジョセフ自身は居残り、何とか土地の死をくい止めようとする。彼は、土地の中心である例の巨岩の泉が水を湛えているうちは、土地はまだ生きていると信じ、手桶に水を汲んでは岩に注ぐという行為を繰り返す。これこそが、忍び寄る旱魃と、それによる土地の死に対してジョセフの成し得る唯一の行動であったのだ。それが、一人の非力な人間が自然の力に対して成しうる唯一の行為であったのだ。

ところで、そのように描かれた巨岩は、先述のように、アメリカインディアンが太古の昔から聖地として崇めていた場所として形容されていたが、他方、M・R・サティヤナラーナが「スタインベックの作品におけるインド思想」で述べているように、シヴァ神とも同一視でき、洞穴から音もなく流れ出てくる小川は、地球の中心から流れ出る聖なる川——シヴァ神のもつれ合った髪の中に抱かれているといわれるガンジス川と対応するのだという[注7]。さらに、サティヤナラヤーナは、ジョセフが手桶に水を汲んで岩に注いだその行為を、「クンバービシェーカ」(kumbhabhishekam) と呼ばれるヒンズー教徒の雨乞いの祈りと理解している。この小説の題辞が、スタインベック自身認めるように、宇宙の最高原理であるブラフマン (Brahman) の神秘と謎とを喚起するヴェーダ賛歌から採られていることを理解すれば、サティヤナラヤーナの解釈はそれほど無理なものではない。しかし、前述のように、その巨岩には、アメリカインディアンの神聖な意味がこめられている一方、ジョセフの妻エリザベスによれば、ドルイド教的なものをも含む古代的なものを表しているのだ(一四九)。また、そのようにして土地を死守しようとしているジョセフの姿は、キリストの姿と重ね合わされており、アンジェロ神父の言葉を借りれば、ジョセフは、「西部の地へのキリストの再来」なのだという(二五二)。これらを総合して解釈すれば、スタインベックが自然に対峙するジョセフを表すことによって成しえたのは、あまねく原始宗教に浸透した聖なるもの —— それを、西漸運動の終着地たるべきアメリカ最西端の地、カリフォルニアを舞台にして表すことであった、と理解できよう。

3　古代宗教とアメリカ神話

来る日も来る日も情け容赦なく照りつける太陽に対して、ただひたすら手桶に水を汲んでは岩に注ぐという行為を繰り返すジョセフの姿には、非力ながらも、人間が築き上げたものを破壊しようとする自然の企てを何とか阻止しようという気概を感じさせるものがある。それは、サティヤナラヤーナの述べるようにヒンズー教の「クンバービシェーカ」と限定しないまでも、未開社会の雨乞いと重ね合わされる。それは、ジェイムズ・フレーザー卿が『金枝篇』(*Golden Bough*, 1890)で語った「共感呪術」、つまり、「水をふりかけたり雲のものまねをしたりして、雨を降らせる真似」と、理解されよう[注8]。フレーザー卿によれば、未開社会の人々は「事物は遠く離れていても密かな共感によって互いに作用しあう。その密かな共感とは、いわば目に見えないエーテルのようなものを媒介として、一方から他方へ伝わる波動である」と、理解していたのだという。

ところで、この際、問題となってくるのは、呪術の行為者に「目に見えないエーテルのようなもの」を震撼させ、彼の思いを、彼を取り巻く自然界へと共感させることが可能か否かということである。そうすることが可能な者だけが真の呪術者――フレーザーの言葉を借りれば「未開社会の王」として容認されるのだ。果たしてジョセフは、最終的には、自らの手首を切り、血液を巨岩の泉に滴らせて自らを大地に捧げることにより、全世界の一部となり、旱魃の後の恵みの雨として再び大地に降りて来る。その結末を考慮すると、ジョセフが「未開社会の王」として容認されうるのみならず、作品内に構築された文学空間自体が、フレーザーの言う「密かな共感」の作用しあう空間――その中で人は孤立することもなく、人と人とを取り巻く自然環境とが一体になった有機的空間――であることを改めて思い起こさせる。

そのような有機的空間では、人と人、人とさまざまな事物が可視的世界を越えたところで繋がり、結びつく。それゆえ、不可視の世界についてスタインベックは注意を傾ける。それが、この作品に一種独特な雰囲気を与えているのである。初めてジョセフが丘の上から見下ろしたヌエストラ・セニョーラの町は、霧に包まれ、極めて幻想的であった。半透明な霧、そして雲は、存在と非存在の合間に揺れるかのようであり、それゆえ、死者の魂と喩えられ、この世とあの世、実在と非実在の双方に跨る幻想的な空間を創り出している。

木々の枝々の合間に白っぽい霧が少し出てきて、その先端の辺りをほのかに漂っている。しばらくすると、また半透明の霧が生まれ出て、先ほどの霧と一緒になった。さらにもう一つ、もう一つと現れた霧は、まるで幽霊がこの世に姿を現したかのようにどんどん大きくなったかと思うと、暖気に当たって上昇し、雲になった。谷中に薄雲が漂い、それはまるで、眠っている町から立ち昇る死者の魂のようだった。(九)

そして、主人公ジョセフの豊かな感性は、現実の表層に覆い隠された様々な「非現実」的な意味や想念、霊的存在といったものについて感じとる。彼は、亡き父の魂が宙を漂った挙げ句に家の前の樫の木に宿ったと理解し、以後その木を父代わりとみなす(二五)。さらには、彼自身、インディアンのようにあらゆる事物に霊を見出し、霊的世界と現実世界とが交感しあう境地に在ることを認める(二六)。ついには、空に浮かんだ黒い雲を山羊と連想したジョセフは創造する力を授かったと思い、現実世界内の実在は、彼の意のままになるという認識に到達するのである。

彼自身、地球のように実質的な物を創造する力を授かったとジョセフは思った。

「もし、私自身が山羊がいると認めれば、山羊はいるのだ。……それが重要なのだ。」(八六)

「それが山羊だと思い続けなければならない。その存在を否定などして、山羊がいるのだという信念を裏切ってはいけない。」(八六)

実在を思いのままに操る力——その力を持つ存在こそ神、創造主であると、通常理解されるべきである。実際、ジョセフをそのように、神性を付与された人物として表現している箇所は作品内に少なくないが、ジョセフ自身の意識が拡大して、「世界の脳」("the brain of the world")となった件はその最たる例である。妻、エリザベスが巨岩から足を滑らせて死んでしまった後、ジョセフは悲しみに浸るというよりはむしろ、死の意味について思いを巡らせるが、やがてジョセフの意識は拡大し、山並みや谷間にある町、畑を広く見下ろす「世界の脳」となる。そして、以下の叙述のように、人々の生活の秩序を崩すのは気の毒だと思いながらも、大地を揺るがせ町を破戒して、天変地異を引き起こすのである。

……山の背と谷間との上に高くそびえたひときわ高い山の上に、その世界の脳と人体の大地を見下ろす二つの目があった。……そのようにして何事も変わらず平穏のうちに百万年の時が過ぎた。……世界の脳は少し悲しくなった。と、いうのは、いつかは動かなければならないことを知っていたからだ。……世界の脳は残念に思ったが、何も変えようがなかった。世界の脳は思った。「偶然の産物ではあるが、この秩序を保つことができるのなら少しは辛くとも我慢するのだが。この世界を破壊するのは恥ずべきことだ。」けれど、偉大なる大地は一定の形態を保つことにうんざりしてきた。それで、大地は突然に動いた。家々は倒壊し粉々になり、山々は恐ろしいうなり声をあげた。百万年もかかって創り上げられたものが失われた。(一九五)

サティヤナラヤーナによれば、これは天地創造以前の創造主の夢に対応するということだが、果たして、ジョセフの意識は、幻想とはいえ、創造主の意識にまで高められ、自然界のサイクルに力を及ぼす。農夫として、自然の恵みを受けるべく降雨を願いながら、未開社会の呪術者のように手桶で岩に水をかけているジョセフとは、立場は対局に位置している。しかしそれらの叙述も、ジョセフが弟ベンジーの死に際して、以下のように語っていたことを考慮すれば、単なる矛盾としては片づけられない。

「トーマスとバートン（ジョセフの兄弟）は、好き嫌いが許されている。私だけが違う。私は他の人とは違うのだ。私には幸運も不運もないし、善悪も関係ない。喜びや苦しみといった純粋な感情でさえ、私には無いのだ。全ては一つで、全ては私の一部なのだ。」（九三）（傍点筆者）

この場に至って、ジョセフは、宇宙を一なるものとし、しかも、その宇宙を自己の一部と見なす。つまり、『知られざる神に』の主人公ジョセフこそ、汎神論的な宇宙の中で、自らの神性をも認め、世界イコール自分自身と見なすというオプティミストであり、彼は、そのオプティミズムに徹することにより、自己を取り巻く自然環境のいかなる仕打ちも必然として受け入れることができる。そして、死は、稲沢秀夫氏が語るように、大地との合一を徹する為の「創造」的行為と、「生のより高度な表現」と、なりえるのだ［注9］。

一なる宇宙を内包する、そのような、『知られざる神に』の文学的空間には、さまざまな解釈が可能である。エマソンの大霊思想の影響のもとに表出されたとする解釈、サティヤナラヤーナのようにインド思想に由来するという解釈、あるいは、スタインベックと交友のあったジョセフ・キャンベルの語る神話的世界の元型－「神聖な一なるものから多が派生して生成された宇宙」――の影響を論じる解釈などが主なものとして指摘できよう［注10、11］。スタインベック自身は、ユジューヌ・ヴィナーヴァー教授に宛てた手紙の中で、「小説家である私は、私の時代であるだけでなく、私より前にあったありとあらゆる断片とぼろきれ、神話と偏見、信仰と汚濁の産物でもあるのです」[注12]と、書いているが、スタインベックが『知られざる神に』で実現させたことは、アメリカの大地と共に生き続けて来た開拓者の末裔が、新天地の自然と取り組むさまを、スタインベックが触れた様々な精神世界をおり「こんで描きながら、彼独自のアメリカ神話の世界を創造したものと理解できよう。ここに、「自然と人間との間の調和と戦い」というテーマは、一つの神話的、信仰的、精神的な融合体へと昇華されているのである。

注

［1］Louis Owens, "*The Grapes of Wrath*," *A New Guide to Steinbeck's Major Works: With Critical Explications* ed. Tetsumaro Hayashi (New Jersey: Scarecrow Press, 1993) 98.
［2］テキストは John Steinbeck, *Grapes of Wrath* (New York: Penguin Books, 1988) を使用。以下引用はページ数のみを示す。
［3］John Steinbeck, *The Log from the Sea of Cortez* (New York: Penguin Books, 1986) 99.
［4］John Steinbeck, *Their Blood Is Strong* (California: Simon J. Lubin Society of California, 1938) 31.
［5］有木恭子「スタインベックとアメリカ」橋口保夫編『スタインベック・作家作品論』(英宝社、一九九五年) 二六頁。
［6］テキストは John Steinbeck, *To a God Unknown* (New York: Penguin books, 1986) を使用。
［7］M・R・サティヤナラヤーナ「スタインベックの作品におけるインド思想」国際スタインベック協会

『ジョン・スタインベック――サリーナスから世界に向けて』（旺史社、一九九二年）二七六頁。

[8] サー・ジェームズ・ジョージ・フレーザー『金枝篇』内田昭一郎・吉岡晶子訳（東京書籍、一九九四年）六二頁。

[9] 稲澤秀夫『スタインベック序説』（思潮社、一九六四年）一七二、一七三頁。

[10] Harold Bloom ed., *John Steinbeck* (New York: Chelsea House, 1987) 4.

[11] Joseph Campbell, *The Flight of the Wild Gander* (New York: Harper Perennial, 1990) 73.

[12] テツマロ・ハヤシ『スタインベックの創作論』（審美社、一九九二年）五五頁。

参考文献

Bloom, Harold ed.. *John Steinbeck.* New York: Chelsea House, 1987.

Steinbeck, John. *The Log from the Sea of Cortez.* New York: Penguin Books, 1986.

――――. *Their Blood Is Strong.* California: Simon J. Lubin Society of California, 1938.

Campbell, Joseph. *The Flight of the Wild Gander.* New York: Harper Perennial, 1990.

Owens, Louis. *John Steinbeck: Trouble in the Promised Land.* Boston: Twayne, 1989.

――――. *"The Grapes of Wrath," A New Guide to Steinbeck's Major Works: With Critical Explications.* ed. Tetsumaro Hayashi. New Jersey: Scarecrow Press,1993.

Parini, Jay. *John Steinbeck: a biography,* London: Heinemann, 1994.

稲澤秀夫『スタインベック序説』思潮社、一九六四年。

テツマロ・ハヤシ『スタインベックの創作論』審美社、一九九二年。

国際スタインベック協会『ジョン・スタインベック――サリーナスから世界に向けて』旺史社、一九九二年。

サー・ジェームズ・ジョージ・フレーザー『金枝篇』内田昭一郎・吉岡晶子訳、東京書籍、一九九四年。

橋口保夫編『スタインベック・作家作品論』英宝社、一九九五年。

13

フォークナーの血をめぐる闘い
『響きと怒り』と『死の床に横たわりて』を中心に

並木信明

1　フォークナー家と戦争

第二次大戦後の一九五〇年代中葉、アメリカ南部が差別的人種政策によって外部世界のみならず、北部の政治家や知識人から批判されていた頃、フォークナーはイギリスの記者に対し、不用意にも次のように述べたと報道されて、烈しい非難を招くことになった。「「合衆国政府と南部との」中間の道がある限り、わたしはそこを歩むでしょう。しかしもし戦闘が生じたならば、合衆国政府に対して南部のために戦います。たとえそれが街頭に出て黒人に発砲することになったとしても。」[注1]

その後、この発言をフォークナーは躍起になって否定しようとしたが成功しなかった。フォークナー言葉の真意がどのあたりにあったのか今では確認しようもないが、その当時南部の白人に対して外部の世界がいかなる発言を期待していたかを端的に示すものであり、彼を取り巻く環境がどれほど戦闘的かつ敵対的であったかがうかがい知れる。

フォークナーほど戦争や闘いに縁のあった作家も珍しい。闘いの血筋をたどると、フォークナー家の伝説的な英雄ともいうべきウィリアム・クラーク・フォークナー（William Clark Falkner, 1825－1889）に辿りつく。この作家の曾祖父は、一八四七年メキシコ戦争の時は中尉としてミシシッピ義勇軍に参加して負傷する。しかし「戦争の栄光を望む気持を失う」[注2]こともなく、南北戦争の時には歩兵大隊を率いて大佐に選ばれ連隊長にまで昇進している。戦場以外でも戦う場面に直面しており、一度はナイフで、もう一度は銃で相手を殺し裁判で無罪放免となっている。結局、このフォークナー大佐は設立した鉄道の共同出資者との諍いがもとでピストルで撃たれて六十四歳に及ぶ波乱の生涯を閉じている［注3］。

ヨーロッパで第一次大戦が勃発したとき、フォークナー家の息子たちは一様に戦争に参加することを熱望したと、フォークナーの弟マリー・C・フォークナーはフォークナー家の回想録『ミシシッピのフォークナー一家』（一九六七）の中でこう伝えている。「アメリカが一九一七年に参戦した時、ビルは十九歳、わたしは十七歳、ジョンは十五歳だった。私たち兄弟はみな兵役に服したいと願っており、またいめいが、自分以外の者もできるならそうしようと思っていることを知っていた。」［注4］ 三人の兄弟のうちで、次男のマリーだけが海兵隊に入隊してフランスに渡って実戦を経験した。三男のジョンは年齢を偽って入隊しようとするがすぐに連れ戻されてしまい、長男のビル［ウィリアム］は将校として軍に加わろうとしたが高校中退の学歴を考えてそれを断念し、ニューヨークに旅立ちしばらく立ってからカナダから英国空軍に参加して飛行訓練を受けているという手紙を送ってきた。

フォークナーが英国空軍に所属していたのはほんの五ヶ月程度にすぎないが、士官候補生として除隊する前に士官の最上の制服一式を注文している。ミシシッピ州のオックスフォードに戻った「［フォークナー］飛行士は明らかに一人で悦に入っていた」とブロットナーは彼の伝記に記録する。軍服は軍隊に関する会合に限るという規制があったにもかかわらず、フォークナーは家の中、町の中、そして近隣の町のダンスパーティにさえそれを纏っていった。そして写真機の前で六回もポーズを取る有様であった。そのような写真の一つに、左手をズボンのポケットに入れ、右手はステッキに軽く持たせ、右膝をやや曲げてつきだし、口元にタバコをくわえながら斜め前方に顔を傾けた、有名なポーズがある。フォークナーにとって戦争はマリーのように泥にまみれて闘う場であるよりは、自分が主役となる輝かしい舞台のようであったのかもしれない。その劇の題はもちろん「栄光」でなければならない［注5］。

長篇の第一作『兵士の報酬』(*Soldiers' Pay*, 1926)には、第一次大戦でヨーロッパに渡って重傷を負って帰郷する飛行兵が登場する。フォークナーの現実の体験と重ね合わせて読むと興味深いが、意識もほとんどないようなメアンと作者を同一視することはむずかしく、彼の体験はメアンと同じ列車に乗った、若く軽薄な士官候補生ロウの素朴な戦争への憧れに反映されているというべきだろう。これはちょうどヘミングウェイが、国を挙げてヨーロッパ戦線からの帰還を祝ってくれた自らの体験をすっかり変貌させて、ずっと遅れて帰郷したために市民生活になじめなくなったアメリカの若い兵士を、「兵士の帰郷」("Soldier's Home")という短篇で描いたことと同様に作者の現実体験とテクストとを同一視する危険性を伝えている。

『兵士の報酬』では、戦争は体験として人々の記憶の内部にとどまり、ほとんど外部に現れぬままその後の人生を規定し束縛している。列車の中で会ったメアンに同情して故郷の町まで彼を連れてゆくパワーズ夫人は、結婚してすぐに出征して戦死した夫パワーズへの思いを断ち切れない。またパワーズ将校を戦闘の狂乱の最中に銃で殺害してしまった、メアンと同じ町に住むかつての部下たちは、絶対口外することのできない過去の罪を共有する。そして物言わぬ主役メアンはドイツ機に撃墜された日の記憶をかかえたまま帰郷し、背後から銃撃を受けた記憶が呼び戻されたときに死んでしまう。このように過去の記憶によって登場人物の現在の生が支配される状況は『響きと怒り』(*The Sound and the Fury*, 1929) のベンジーやクエンティン、『八月の光』(*Light in August*, 1932) のハイタワー元牧師のようにその後のテクストに頻出するようになる。

メアンのように戦場で傷を負って意識を失い、他者との対話ができなくなって、ただ自分の記憶の世界にひたすら閉じこめられる兵士という設定は、同時期に書かれやがて詩集『緑の大枝』(*A Green Bough*, 1933) に収録された詩の中の人物にも認めることができる。その第一連で帰還した兵士三人が夏の日の午後遅く、カフェで座って昇り始めた月を眺めている。時折通り過ぎる女たちは彼らに声をかけながら、密かに彼らの一人が撃墜されて深手を負っていることを囁きあっている。メアンと同様に彼らの戦場の記憶も空の上の世界の出来事であり、負傷した兵士は妖精を見つけて追いかけていたときに突然―おそらく背後から敵機が現れて―自分の左胸を打ち抜かれて飛行機が撃墜されてしまったのだという。

一人の白い女、白い浮気女が茂みのそばにいて

そしていっぱしの男である私は日の出る前から、
愛用の小さな耳のとがった飛行機に乗りながら
かすかにきらめく空の果てまで、こっそり彼女を追いかけていた。
私が望めば彼女を捕らえることができると思っていた
彼女ほど素早く走る妖精など知らなかったからだ。
われわれはどんどん空を昇った
やがて森の端にいる彼女を見つけた
雲の森のことだった、そしてその縁で止まったとき

私は彼女の腕と冷たい息を感じた。
その時弾丸が私を貫いた、
左の胸だったと思う
そして私の愛用のとがった耳の飛行機の命を奪ってしまった。［注6］

フォークナーが、生まれ故郷の南部が小説に書くに値することを初めて知った『サートリス』（*Sartoris*, 1929）には、フォークナーの家系をモデルにしたとされるサートリス一家が初めて登場する。その現代の末裔である双子の兄弟は飛行士として第一次大戦に参加して、二人のうち

のジョンは空中戦で命を失い、ベイヤードは傷ついた心で帰郷する。『緑の大枝』や『兵士の報酬』と共通するテーマが見られる一方、この小説では家族の歴史に刻まれた南北戦争時の先祖の武勇が伝説化されて語られている。若いベイヤードの大叔母ヴァージニア・デュ・プレによって長年にわたって語られてきた「自らの若さにおぼれた不注意で無軌道な少年たちの無謀ないたずらでしかなかった」歴史的出来事は、くり返し語られるたびに事実としての実在性から解放されて、歴史そのものが立ち上がる「勇壮ですばらしく悲劇的な中心点」に次第に近づくのであった〔注7〕。

『サートリス』は、それを執筆することによって、フォークナーが「故郷の小さな郵便切手が書くに値することを発見した」〔注8〕テクストとして知られる。フォークナーが幼い頃から生涯の大半を過ごしたミシシッピ州ラファイエット郡オックスフォード町という現実の生活空間を、ヨクナパトーファ郡ジェファソン町という想像の文学的空間に置き換えて、白人の名家の人々、貧乏白人、町の独身女、保安官、黒人の使用人や綿花栽培の小作人、インディアンの先祖や混血の末裔など、さまざまな人々が過去と現在という時間的制約を越えて自由に生きる世界を創造するきっかけとなったテクストである。それと同時にヴァージニア・デュ・プレの語りが示唆するように、フォークナーは戦争を個人的な心の傷として描く代わりに、現在と過去という対比の中で歴史化する方法を学んだといえる。戦争の栄光は個人の記憶を彩るモチーフとなり、戦争そのものは家族・ジェンダー・人種などをめぐる葛藤そして闘いへと変化していくのである。

2　瞬間の発見と家系による血の闘い

『響きと怒り』はフォークナー自ら「最も壮麗な失敗」（"the most splendid failure"）〔注9〕と呼んでいるとおり、その作品の構成も成立過程もそれ以前の作品ともまたそれ以降の作品とも大きく異なっている。四部に分かれた構成は、フォークナーの説明に従えば、綿密な計算によるのではなく、最初は短篇として浮かび上がったものが執筆してゆく過程で次第にふくらんでいき結果として四部の構成となったという。その生成の過程についてはこれまで幾度も言及しているのでここではくり返さないが〔注10〕、ただコンプソン家のベンジー、クエンティン、ジェイソンという三兄弟の視点による三つのセクションに、作者自身の視点による四つ目のセクションが付け加えられた構成は、最初に予想されるような線状的時間の流れに沿って連続的にプロットを構成するものではなく、「一九二八年四月七日」、「一九一〇年六月二日」、「一九二八年四月六日」、「一九二八年四月八日」とそれぞれに与えられた日付が示すように時間的に非連続的な構成になっていることは強調しておく方が良いだろう。

このセクションの大胆な配列自体、フォークナーがこのテクストで成し遂げようとしたものの方向性を示している。それは端的にいうと、線状的時間軸にそったストーリーの否定であり、小説というテクストがストーリーを必要とするという伝統的観念への疑問であり、線状的時間の流れに沿って歴史が刻まれ意味が生じることへの懐疑であり、そしてさらに歴史化される人間の表象への問い直しだといえよう。そのような大胆な文学観の大転換は直接的には出版社による小説出版の拒否によって発想の転換を迫られた結果だが、この時にフォークナーが瞬間の意味を発見したことが、時間は連続ではなく非連続化されることによって互いに対照・対比・比較できることを知り、それを小説技法に取り入れるきっかけとなったのである。後年フォークナーは創作時の創造的瞬間についてこう説明している。「いつも［創作時の］経験には一つの瞬間が、つまり一つの思考、一つの出来事がそこにあるのです。私の行うすべてはその瞬間まで働きかけることです。私は、そのような特別な瞬間に［作中の］人々を導くためにそれ以前に起こったに違いないことを考えだし、それからそこを退き、その瞬間ののちにどのように彼らが行動するかを見るのです。」［注11］

『響きと怒り』への作者のこだわりは、その創作の時にのみ、比類なき興奮をもたらしたイメージが生まれ、その結果テクストが生成されたことによる。そのイメージに関するいくつかの説明のうちでは、特に兄弟のうちでただ一人女の子だけが木に登る勇気を持っていて、木の上から室内の様子を下にいる兄弟に伝えるイメージがよく知られている。このイメージはやがて家族の誰からも愛されぬまま雨樋を伝って家出をする薄幸の娘のイメージに取って代わられたという。『響きと怒り』は「キャディと［その娘］クエンティンという二人の道を踏み外した女の悲劇なのです」というフォークナーの言明は、このような原因と結果を暗示する作中の二つのイメージによって支えられている〔注12〕。

この作品以降、イメージばかりでなく、異なる要素の並置・対照によってプロットと意味が生成されるという基本構造が確立する。つまり常に緊張と矛盾をかかえたテクスト構造が生まれたのである。『響きと怒り』においては、このように線状的時間の解体とイメージに象徴される異なる要素の並置と対照構造に加えて、「血」の問題が前景化している。フォークナー自ら「これは堕落した血の物語になる予定だった」〔注13〕と述べている。

『響きと怒り』では、ベンジーとクエンティンのセクションでキャディに関する記憶が大きな比重を占めており、ベンジーの記憶の世界で重要な「キャディの処女喪失」と「キャディの結婚」という二つの出来事は、クエンティンの意識でも大きな比重を占めている。ベンジーとクエンティンのキャディに対する思いに共通するのは、彼女が無垢で純潔を保っていて欲しいという願望である。ベンジーにとって無垢なキャディは「木の香り」を放つ存在であり、処女を失った瞬間に木の香りは喪失し、キャディはかつてのキャディでなくなってしまう。クエンティンにとってキャディはただ単に血のつながりのある妹であるばかりでなく、コンプソンの家名を維持する象徴的存在でもあり、彼らの関係は白痴ベンジーほど単純ではない。キャディの「処女性」をめぐる父コンプソン氏との間で幾度となくくり返された対話は、名前と実体、観念と存在、男性と女性などのテーマへと昇華している。

というのは、純潔は女にはあまり意味がないからだ、と父はいった。処女性を考案したのは男であって女ではない。父はいった、それは死みたいなものだ、他の人が残された状態にすぎない、そして僕はいった、でも信じるだけなら問題はないでしょう、そして彼はいった、それが何事においても悲しいことなのだ、処女性だけではない……。（七八）［注14］

クエンティンが意識の内部でくり返すコンプソン氏との対話は、酒浸りの宿命論者の父と世間知らずのロマン主義者の息子との間の議論としばしば見なされるが、克明に読めば皮肉屋の父親の論理の方がその後に展開するジェンダー的言説に沿っている。クエンティンのよりどころとする南部騎士道精神は、女性を男性の作った礼節・慣習・美徳などに従わせようとするもので、自由に生きようとする女性にとって越えがたい障害であると同時に、彼女らがあずかり知らぬところで作られた拘束装置に他ならない。したがって処女性を考案したのは男性だと述べたコンプソン氏はジェンダー論的にいって正しい。そのような意味で、キャディは古臭い騎士道精神にこだわるクエンティンの議論の相手にはなりえず、クエンティンはひたすら自問し続けるか、父親相手に架空の対話を展開する他はなかった。

だがキャディとクエンティンの関係は近親相姦的な同一性の関係であって、木の上に登る少女と雨樋を伝って降りる少女のような明瞭な対比になってはいない。『響きと怒り』において決して妥協することのできない闘いを生み出しているのは、それぞれコンプソンとバスコムという家系を背負った夫ジェイソン・コンプソンと妻のキャロライン・コンプソンの間の確執である。もっともこの対立を絶えず意識して家系的劣等感を味わうのはコンプソン夫人の方だけではあるが。コンプソン夫人の夫への愚痴もまたクエンティンの意識に現れてくる。

彼女［キャディ］は生まれてからこの方一度だって自分勝手な考えを見せないことはなかったわ、彼女を見ているとときどきこの子は本当に私の子かしらと思ってしまう、ジェイソンは例外よ、あの子はこの腕で抱いて以来一度も悲しみをもたらしたことはないわ、生まれたときこの子はきっと私のよろこびと救いになるって分かったわ、ベンジャミンは私がこれまで犯した罪を全部合わせたくらいの罰だって思った、あの子はプライドを捨てて自分が私より上だと思っている男と結婚した罰と思ったの……。（一〇二―一〇三）

二人の葛藤は父の側に立つクエンティン、キャディそしてベンジーと、その兄弟の団結からはずれたジェイソンと母との連合という家族内の対立へと発展する。こうした二つの家系の対立のコンテキストを背景にすると初めて、キャディが結婚し家を出た直後に長男のクエンティンが自殺し、父コンプソン氏も程なく世を去ってしまい、それによってキャディの落とし子クエンティンが、いわば白痴と黒人の使用人のディルシー以外の味方を持たずにジェイソンとコンプソン夫人という敵陣に残された捕虜となってしまった結果、やがて彼女が長じて闇夜に乗じて家を出ざるを得なくなった歴史的必然性が理解できるのである。

3　父権制をめぐるジェンダーの闘い

『死の床に横たわりて』(*As I Lay Dying*, 1930) では、このような夫と妻の家系の争いは、少なくとも表面上はほとんど見られないが、それに代わって男性と女性の対比・対立が全体を通底し、テクスト中のほとんどの抗争に関わっている。そして血の意味が『響きと怒り』以上に高められて用いられている。「血」すなわち "blood" は、動物の体内を循環し酸素や栄養素を運び老廃物を排出する液体という生理学的な意味に加えて、生命の源泉、活力の源、人間の気質や性格を左右する要因をも意味し、血統や血筋を表すと共に、流血や殺人をも意味している。またそれぞれ異なる血筋を持つ男と女の肉体的な交わりを証明し、その結果を表象する媒体となるものでもある。したがって血は男性と女性、家系、人種などの異なる要素が混じり合う媒体であり、その融合と格闘の現場だといえる。フォークナーが血に関するテーマや人間関係をテクストの構造としたことは、闘いの家系を引き継ぐ作家として至極当然のことであった。

『死の床に横たわりて』において、血を異なる要素の対立の媒体としてだけでなく、異なる要素間の対話・コミュニケーションの媒体であることに気づいたのはアンス・バンドレンと結婚する前のアディであった。彼女は父親から「生きる理由は長い間死に続けるための準備をすることだ」と教えられ、学校で教鞭をとるようになってから、子供たちがそれぞれ密かに利己的な殻に閉じこもり、彼らの血が互いに異化しているのを見て、父の言葉の意味を知るようになったという。それゆえアディは生徒が過ちを犯した時を逃さず、鞭を打ち、彼らの肌に鞭が振り下ろされるたびにそれを自分の肌に感じ、彼らの肌がみみず腫れになるごとにその下に流れるのは自分の血だと感じるのであった。鞭を打つことによって、生徒という他者の血に自分の血を永遠に刻印したと思うのであった。

このようにアディにおいて、血は異なる人間の表象となり、その混合には相手の個我への侵犯が必然的に付随することが明確化する。血の混合が—たとえそれが一方的な暴力と受け止められるにせよ—異なる人間同士のコミュニケーションを生み出すとき、表象の媒体として血と言葉が対比されるのは当然の結果であろう。アンスと結婚したアディが最初の子キャッシュを身篭もったとき、生きることは怖ろしいことだと知ると共に、「言葉は役に立たず、いおうと目指していることにさえ適合しないことを学んだ」(一五七)〔注15〕という。ちょうど梁から口でぶら下がった蜘蛛が揺れたり、捻れたりしながら、決して触れることがないように言葉を用いながら、われわれは互いに関係せざるを得ないことを知ったのである。そうしてただ「鞭を通してのみ彼女の血と生徒の血が一体化することができることが分かった」(一五八)のである。

言葉はいうべき事柄を表象せず、対象と遊離しているというアディの言説は、「処女性」は女性自身と関わらないというコンプソン氏の言説を引き継ぐものであり、言葉を駆使しながらもデカルト的主観主義では表象し得ない「生きた瞬間」を現出させようとしたフォークナーのテクストの目指す方向に沿うものである。アディによれば、夫アンスは「愛」という言葉を使うがそれはただ「欠乏を埋める形」（一五八）にすぎず、近所の主婦コーラのいう「罪」も罪を知らない人の言葉だということになる。最初の子キャッシュが生まれたときに、アディの個我(aloneness)は破られたが、破られることによって再び完全にされた。次男のダールを身篭もったとき、アディはアンスを殺そうと思ったほど衝撃を受けるが、すぐに彼女はアンスや愛よりも古い言葉に欺かれており、アンスさえもそれに欺かれていることを知る。そしてアンスに気づかせないように復讐しようと思い、死後ジェファソンの町に連れ戻すように約束させる。

このテクストには『響きと怒り』におけるような妻と夫の対立は表だっては現れないが、決してそれがないわけではない。むしろコンプソン氏とコンプソン夫人のように直接的な言葉のやりとりではないために、いっそう根源的な対立となっている。それは男と女というジェンダーの相違に基づく対立であると共に、父権制的秩序とそこからの解放を願う女性の対立でもあるのだが、特徴的なのは夫であるアンスはアディから敵対視されていることすら気づいていないことであり、それにもかかわらず両者の対立は二人の個人的な関係を越えて構造化されていることである。

アディが死んで埋葬されるまでの物語が作品全体に占める割合を考えると、彼女は生前よりも死んでからの方が家族に大きな影響を及ぼしているといえる。それこそが彼女の父のいった、長い間死に続けるための準備をすることが生きる理由だという言葉の意味なのだろう。この埋葬旅行ではアディの蒔いた種が彼女に代わって対立と抗争のドラマを形成している。彼女は生前「生者への義務、すさまじい血、すなわち大地を貫いて沸き立つ赤く烈しい奔流への義務」(二六二)にしたがって、まるで衣服のように罪を纏って、神に仕える男と関係を持ち、三男のジュエルを生む。その埋め合わせとしてデューイ・デルという娘とヴァーダマンという四男をアンスとの間にもうける。

死後の子供たちの間の争いは、当初予想されるような不義の子ジュエル対他の子供という対立ではなく、村の人たちから特別視されていたダール対他の子供という関係においてなされている。次男ダールは『響きと怒り』のベンジーの超能力とクエンティンの知性を兼ね備えており、その特別な能力によって家族や共同体から異化されるべき存在になっている。ベンジーがコンプソン氏の臨終の時に別の部屋にいて死の瞬間を知る能力を発揮したように、ダールは家から遠く離れて荷馬車を側溝から引き上げながら母の死の場面を透視し、弟のジュエルに母の死を告げる。「ジュエル、とおれはいう、あの人は亡くなったよ。アディ・バンドレンは亡くなったよ。」(四八)　また、ベンジーが処女を喪失したキャディの変化を見抜いたように、ダールは村の若者と交わって妹のデューイ・デルが妊娠したことを家族の内でただ一人察知する。さらにジュエルの出生にまつわる秘密さえも掴んでしまう。

このような並外れた特殊能力によって家族から感謝されるどころか、深い憎悪を抱かれてしまい、精神病院への強制収容の時には、ジュエルと特にデューイ・デルによって烈しく掴みかかられてしまうのである。「[デューイ・デル] はまるで山猫のように [ダール] に飛びかかり、やつらの一人が彼女をやめさせ押さえていなければならなかった、彼女が山猫みたいにダールに爪を立てひっかいている間に、もう一人の男と親父とジュエルがダールを投げ飛ばして仰向けに抑えつけていた……。」(二二〇)

しかしバンドレン家の家族はなぜここまでダールを憎悪し排除しようとしたのであろうか。冷静な長男キャッシュがいうとおり、ダールが母の棺ごと納屋を焼こうとした放火の罪で持ち主のギレスピーから訴えられそうになっていたので、二つの選択肢の中から精神病院しか選ぶ他はなかったかも知れないが、それ以上に家族のダールへの態度には別のポリティカルな衝動が潜んでいるように思われる。それは秩序を維持し、平和を乱す要素を排除しようとする保守的共同体を支え推進する力であり、その体制は父権制と呼ばれるものである。バンドレン家をはじめその体制の中にいる人は、その体制が何たるかも、また自分がその中に占める位置すらも分かっていない。

常にバランスを気にし、その維持に腐心するキャッシュは自分の肉体を犠牲にしてまでも物事を安定させる秩序を保持しようとする男であり、そのために兄弟の内で一番理解し合っているダールに味方して秩序を乱すよりも異分子である彼を除外したである。デューイ・デルは未婚の出産という恥にさらされるよりも、それをなんとか隠蔽し秩序を保とうとしたために、その障害となる―と思った―ダールを烈しく憎んだといえる。一方、ジュエルの場合はやや複雑である。母の不倫の子である彼にとって、自分の稼いだ金で得た馬は、ダールや弟のヴァーダマンがいうとおり、母と同然であった。「おれ［ダール］は母を愛することはできない。母がいないからだ。ジュエルの母は馬だ」（八四）。この馬を父が川に流された騾馬を買うために売ることに彼が同意したときに、ジュエルは事実上母ではなく父の権力にしたがったと解される。ジュエルにとって馬はいつでも家を出て旅にでることのできる可能性であったが、それを売り渡したときに自由も手放したことになる。そういえばアンスは家の前を通る道をひどく憎んでいたが、それは道が子供たちに家を飛び出すきっかけとなることを恐れたからである。

道路が家のそばを通ったとき、おれがアディに道路端に住むのは縁起が悪いっていったら、あいつは世間の女みたいに、「それじゃ、立ち上がって移動しなさいよ」っていいやがった。それでおれは、「道路には運が向かない、だって神様は道路を旅行するためにお作りになったんだし、だから道路を地面に平べったく置かれたんだ、っていってやった。もし神様がいつも移動するように何かをお作りになったのなら、道路や馬や荷馬車みたいに横長にお作りになるはずさ……。（三二）

このような強固な秩序を保つ父権制から解放されるためには、その秩序を支える言葉の実態を知り、その言葉よりももっと古い力を見いだす必要があった。アディにとってそれは大地と一体になった血を知ることであり、その衝動に従い、夫以外に愛を求めることであった。結果として、アディの行動は愛ではなく、罪を背負うこととなり、それによって秩序の土台を揺さぶることになった。このようなコンテクストに従って考察すると、アディのジェファソンへの埋葬の旅は、彼女の密かな生前の行動が真に秩序に影響を及ぼし始めることを意図していたと理解できよう。

少しずつ腐敗し始めた遺体を収めたお棺にははげたかがその上を舞い、周辺の人に耐え難い悪臭をまき散らしたのである。お棺はそれ自体共同体の秩序をはなはだしく乱す存在となり、まさに「侮辱」(outrage)そのものとなる。そして長期間棺を引き回すこと自体が、サムソンの妻レイチェルがいうとおり、夫たる男性による妻である女性への劣悪な扱い方を象徴することになるのである。「生きている間はこき使い、死んでからは侮辱して、国中引きずり回す」とレイチェルは泣きながら訴える(一〇三)。

こうして家族に水と火の災難を与え、アンスに非道な仕打ちをする夫の汚名をもたらしたアディの葬送行は、家族から主婦と次男を奪い従来の秩序を喪失する結果をもたらし彼女の思惑通りに進むかに見えたが、アディの埋葬後アンスが町で「アヒルのような恰好をした」(二四二)女性を調達することによって再び家長として家庭の秩序を回復させて終る。これをアンスの勝利と見るか、それとも二度目の妻との新たな血の争いの始まりと見るかは読者の解釈にゆだねられているというべきだろう。

『響きと怒り』で家系の闘いを、『死の床に横たわりて』では父権制における男性と女性の闘いを演出した血は、『八月の光』では男性と女性の戦いに加え人種的要素として大きな役割を果たしている。そして『アブサロム、アブサロム！』では、家系・ジェンダー・人種の三種の要素が複雑に絡み合いながら血のテーマを総合化しているのである。それについてはいずれ機会を改めて論じてみたい。

注

[1] Joseph Blotner, Faulkner: *A Biography*（New York: Random House, 1974）1591.

[2] Blotner 20.

[3] Blotner 14-48.

[4] Murry C. Falkner, *The Falkners of Mississippi: A Memoir*（Baton Rouge: Louisiana State UP, 1967）. 岡本文生訳『ミシシッピーのフォークナー一家』（冨山房、一九七五年）一二五頁。

[5] Blotner 229-33.

[6] William Faulkner, *A Green Bough*（New York: Harrison Smith & Robert Haas, 1933）8.

[7] William Faulkner, *Sartoris*（1929; New York: Random House, 1956）9.

[8] James B. Meriwether and Michael Millgate, eds., *Lion in the Garden: Interviews with William Faulkner, 1926-1962*（New York: Random House, 1968）255.

[9] Frederick L. Gwynn and Joseph L. Blotner, eds., *Faulkner in the University: Class Conferences at the*

University of Virginia 1957-58（Charlottesville: UP of Virginia, 1959）77.

［10］たとえば、拙論「"A Rose for Emily"の二枚の活人画―Faulknerにおけるイメージとテクスト」『英米文学』（立教大学文学部英米文学科）第五七号（1997）、六五―六六ページを参照のこと。

［11］*Lion in the Garden* 220.

［12］*Lion in the Garden* 244.

［13］*Lion in the Garden* 222.

［14］以下テクストの引用はWilliam Faulkner, *The Sound and the Fury: New, Corrected Edition*（New York: Random House, 1984）による。

［15］以下テクストの引用はWilliam Faulkner, *As I Lay Dying: The Corrected Text*（New York: Vintage Books, 1987）による。

14

フォークナーへの挑戦

エリザベス・スペンサーの《マリリー三部作》を中心に

原川恭一

いささか旧聞に属するが、一九六七年刊行の『小説の奇妙な死』の中で、ルイス・D・ルービンは、「現在（フォークナーの影響を受けずに）南部の作家になる難しさ」という章を構え、フォークナー（William Faulkner, 1897-1962）以後の南部作家たちが、フォークナーの偉業の壁を乗り越えて、もしくはその影響から脱して、自己を確立してゆくにはどのような道があるのかを詳しく論じ、マディソン・ジョーンズ（Madison Jones, 1925- ）の『埋もれた土地』（*A Buried Land*, 1963）を実例としてあげながらそれを示唆した。ルービンが論じ、示唆したところは、要約すれば、フォークナーの生きた時代の南部と、その後継者たちの南部とは状況が異なり、その中で生きる彼らの経験もおのずから違っているのであるから、彼ら独自の経験を踏まえ、独自の描き方によって小説世界を構築してゆくべきであり、「フォークナーの方法が、いかに際立って秀れたものであったにせよ、もはやそれで十分とは言えまい」［注1］ということである。

ルービンがこの章で論じるべきであったとする（結局は論じなかったのだが）他の南部作家たち、たとえばウイリアム・スタイロン（William Styron, 1925- ）、フラナリー・オコナー（Flannery O'Connor, 1925-64）、トルーマン・カポーティ（Truman Capote, 1924-84）、シャーリー・アン・グロウ（Shirley Ann Grau, 1930- ）、ピーター・テイラー（Peter Taylor, 1917- ）、ジェイムズ・エイジー（James Agee, 1909-55）、レイノルズ・プライス（Reynolds Price（1933- ）などの中に、本論でとりあげるエリザベス・スペンサー（Elizabeth Spencer, 1921- ）も入っているのだが、ルービンの著書が、前述したように一九六七年の刊行であるから、仮に彼女を論じていたとしても、それはフォークナーの影が色濃く投じられていると指摘される、南部を題材とした初期の三長篇『朝の火』（*Fire in the Morning*, 1948）、『この歪んだ道』（*This Crooked Way*, 1952）、『勝手口の声』（*The Voice at the Back Door*, 1956）を書き、グゲンハイム助成金を得てイタリーに渡り（『勝手口の声』を完成したのはイタリーに渡ってから）、当地で結婚をして、イタリー在住のアメリカ人を主人公とした中篇『広場の光』（*The Light in the Piazza*, 1960）、『騎士と竜』（*Knights and Dragons*, 1965）を発表し、更に長篇『天使に居場所はない』（*No Place for an Angel*, 1967）と短篇集『シップアイランド、その他』（*Ship Island and Other Stories*, 1967）を刊行したころまでのスペンサーということになる。

この時点でルービンが、スペンサーの小説世界をフォークナーのそれとの関連の中で、どのように解釈し、批評しようとしたかは、ジョーンズの場合から推しておおよその見当こそつきはするものの、とは言えしかと分かるはずもない。以後、彼女は長篇『罠』（*The Snare*, 1972）、『エリザベス・スペンサー短篇集』（*The Stories of Elizabeth Spencer*, 1981）、そして、マリリー・サマーオールという女性を主人公とした三つの短篇を選んで収めた小冊『マリリー』（*Marilee*, 1981）、長篇『ソルト・ライン』（*The Salt Line*, 1984）、短篇集『ダイヤのジャック』（*Jack of Diamonds*, 1988）、二六部限定の署名入り短篇『遺産』（*The Legacy*, 1988）、傑作五短篇を収めた『湾岸にて』（*On the Gulf*, 1991）、長篇『夜の旅人』（*The Night Travellers*, 1991）などの作品、更には、『座談集』（*Conversations with Elizabeth Spencer*, 1991）と回顧録『心の風景』（*Landscapes of the Heart*, 1998）をも加えて、いっそうその世界を深化させ、鮮明にし、わが国でこそさほど紹介されてはいぬものの、現存する

南部作家の中にあって、声価、評価ともに高く、揺るぎない文学的地歩を築きあげて現在に至っている。［注2］

1　マリリーの見た南部

『エリザベス・スペンサー短篇集』の「はしがき」の中で、著者は、故郷南部の地を離れてイタリーへ渡ったのは、「それまでに数えきれないほどの長篇小説を生み出してきたひとつ舞台に、長い間とどまり続けてきたという状況をうち破るという意味あいがあった」［注3］と述べているが、とりもなおさずそれは、ルービンの主張するフォークナーの影響からの彼女なりの脱出法だったのだろうし、また、一九八二年の『サザン・レヴュ』誌のインタビューで、「大学へ行くまでフォークナーの作品など一冊も読んだことはありませんでしたが、今ではもうフォークナーを意識しないでいられる南部作家などひとりもいません。フォークナーがいなかったように書くことなど絶対できないでしょう。つまりコンプスン一族の物語の二番煎じを書かないように注意しなければならないのです」［注4］と語ったように、一九五三年、いまだ三十二歳の若さであったとはいえ、当時なりに長篇作家フォークナーを意識した上での旅だちであり、彼への挑戦の開始だったと言えるだろう。

すでに述べたように、渡欧後もスペンサーは幾つかの長篇小説を発表していったが、特記すべきは短篇小説へのあらたな志向であり、そのあたりについて彼女は、「あれこれ考えてみると、多分それは当時のせわしない生活に関連があったのだろうか? こういった状況で仕事にとりかかるには、長篇小説よりも短篇小説の方が適している。少なくとも出発するにはその方がいいと思われた」[注5]と述懐している。そして一九五七年に、以前『ニューヨーカー』誌で断られた「褐色の少女」("The Little Brown Girl")が同誌に掲載されたのをきっかけとして、「創作のあらたな可能性が心に胎動してくるのを感じた」[注6]彼女は、「黄昏」("First Dark")、「南部風景」("A Southern Landscape")、「白いアザレア」("The White Azalea")などを次次と発表し、一九五八年夏に居をカナダのモントリオールに移したのちも、「シップアイランド—人魚の物語」("Ship Island: The Story of a Mermaid")、「魚釣り場」("The Fishing Lake")、「不在」("The Absence")、「その前日」("The Day Before")、「バフォード家の人々」("The Bufords")、「贈り物」("Presents")、「湾岸にて」("On the Gulf")、「シャロン邸」("Sharon")、「捜し手」("The Finder")、「凶器」("Instrument of Destruction")、「あるキリスト教教育」("A Christian Education")、「小春日和」("Indian Summer")等の南部を背景とした珠玉の短篇を、ときに「訪問」("The Visit")、「ピンシアンの門」("The Pincian Gate")、「騎士と竜」("Knights and Dragons")などのイタリー物を交えながらも公にし続けていった。

『エリザベス・スペンサー短篇集』は、著者の言うとおり、「自分の歩んできたひと筋の道」[注7]をそのまま記そうとして、発表順ではなく執筆順に作品を並べ、それらを四つのパートに区分けして一本にまとめたものであるが、この短篇集を発表した同じ年に、彼女はその中から、マリリー・サマーオールという作者自身を彷彿させる女性を主人公とした三つの短篇を選んで収めた小冊『マリリー』を刊行した。それは、『短篇集』の区分けで第一期（一九四四―六〇）に収録されている「南部風景」、第三期（一九六五―七二）の「シャロン邸」、第四期（一九七二―七七）の「小春日和」の三篇であり、ともにスペンサーの故郷、ミシシッピ州キャロルトンの町を偲ばせる田舎町の自然と、そこでの生活とをモデルとして背景に配した作品である。

「南部風景」は、二十年ほど前に高校生だったマリリーと、彼女がひそかに好意を寄せていた年上の大酒のみのフォスター・ハミルトンとの、出合いと別れの物語であり、そこにくり広げられるいくぶんドタバタ喜劇的な過去の光景は、四季おりおりに美しい南部の自然を背景としながら、マリリーの記憶の中に「ひとつの土地、ひとつの確かな領域、ある種永久不変の心の風景」［注8］として残り続ける。作中、マリリーの故郷はミシシッピ州ポートクレイボーン（モデルは同州南西部の町、ポートギブスン）近くの田舎町という設定になってはいるが、それは、「路盤にとどくほど深く穿たれたほこりっぽい砂利道をゆっくりと抜けて行くと町に着くのだった。四囲の丘には浸食された赤土の谷が、いく筋も縫い刻まれていたが、春ともなればドッグウッドやレッドバッドの花が咲き乱れ、丘の背に沿って、カシワやスズカケやゴムの木がうっそうと繁っていて、その下の白い砂地に湧き出る澄みきった泉を隠していた」［注9］という、往時のキャロルトンの佇まいと同じである。「南部風景」の中で、「ある種永久不変の心の風景」のひとつを、著者は次のように記している。

道は、まるでトンネルのように深く穿たれていて、夏にはうっそうとした緑陰に沈み、春には甘く強い芳香が溢れ……秋になると、車のタイヤの下で落葉がかさこそと鳴り、落葉の匂いはあくまで悲しく、さながら凋落のインディアンのようだ。そしてそれから冬がくると、あたりはただほこりと裸木だけ、雨が降ればぐしゃぐしゃにぬかり、曲がり角など、古いジガバチの巣のようになってしまう。そう、季節を問わずいつでもいい、このトンネルのように穿たれた道を一マイルかそこら進むと、やがて、じめじめした川底低地に架かる木の橋へと通じる平らで開けた場所に出る。低地には丈の高い木木が——柳や糸スギやゴムの木やスズカケの木が——生えていて、それに蔓草の茂みが——クズや、ジャクスン・ヴァインや、スペイン苔や、野ブドウの蔓や、アメリカヅタや、スイカズラなどが——まるでジャングルのように絡まりあい、木木に輪を掛け、這いあがり、花綱で飾り、下にひそむありとあらゆる種類の蛇や害獣、害虫などに、恰好の隠れ家をつくってやっている。木の橋は渡るとかたかた音をたて、遙か下には、ひとまたぎもない幅の、静かに澱んだ小川が見える。そして、片側の岸には草が生い茂り、もう一方は傾斜した畝状の白い砂地である。〔注10〕

2　失われた心の風景そして「受容というもの」

マリリーはやがて高校を卒業したのちに、ジャクスンの大学に入学し、フォスターもニューオールリンズの新聞社に就職して、二人はそれぞれ別別の人生を歩み、音信も途絶えたが、日日変転して寄る辺ない生活にあって、この風景こそが、二十年を経た今になっても拠るに価する「確かな領域」「永久不変の心の風景」として生き続けているのであり、また、そうあってもらいたいと思うがために、彼女は、別れたフォスターにも、変わらず大酒を飲み続けていて欲しいと念じるのである。O・ヘンリー賞を受賞した「黄昏」の主人公、トム・ビーバーズもまた、不変の過去を求めて、生活する大都会から週末ごとに、生まれ育った古い小さな田舎町に戻って行き、その地の旧家の娘と恋仲となって、その過去を掌中にしようとするが、その町とその旧家に押し寄せてくる新しい時代の波を察知した二人は、やがて手をたずさえて町を去る。現実の過去はこのようにして「喪の世界へ、暗がりの世界へ、追憶の世界へ」[注11]と葬り去られねばならず、マリリーの場合のように、それは、「心の風景」として生き残る他はない。両作品ともに、過去への訣別と執着との間で揺れ動く、南部人のアンビバレントな心情がよく描き出されている秀作であり、過去の重圧のもとで喘ぎ苦しみ、ただただ崩壊の一途をたどる現実を描くフォークナー的世界とは一歩離れた、新しい南部小説の実例と言ってよいだろう。

「シャロン邸」のマリリーは、「南部風景」の彼女より更に若い、思春期直前の少女であり、母の兄弟で近所に住むハーナン伯父さんの秘められた生活を知って、自分の知らぬ人生の諸相に、とりわけ南部の抱える重大な問題のひとつにとり込まれてゆく。彼女は決まって木曜日に昼食に招かれ、ハーナン伯父さんの家に行くのだが、その家「シャロン邸」でいつも料理を作ってくれるのは、今は亡き彼の妻、アイリーン伯母さんが嫁入りのときに連れてきた、メリッサという黒人のメイドだった。母に、招かれないときには行ってはいけないと禁じられていたのだが、ある日、彼女はそっと「シャロン邸」にしのびこみ、客間のひとつで、伯父とメリッサとが抱きあっている光景を目撃した。そして、後になって、メリッサの四人の子供たちが実は自分の従兄弟たちであり、彼らの血が自分の一族の中に流れ入り、「その血は永遠に、いつまでも消えはしない」〔注12〕ことを認識する。スペンサーは『短篇集』の「はしがき」の棹尾近くで、彼女の短篇群に一貫して流れ続けてきた本質は、「何やら受容（acceptance）といったもの」〔注13〕と記しているが、ここでのマリリーの認識もまた、テリー・ロバーツが『エリザベス・スペンサーの小説における自己と共同体』（一九九四）の中で指摘するように〔注14〕、間違いなくそのひとつであり、『アブサロム、アブサロム！』（*Absalom, Absalom!*, 1936）のトマス・サトペンが生涯を賭けた白人ダイナスティ建設の夢とその挫折を、「デルタの秋」（"Delta Autumn," 1942）の中で白人と混血女との結婚を拒否する老アイザック・マッキャスリンの苦衷を描いたフォークナーの、重苦しい出口なき世界はここにはない。

「小春日和」は、大学を卒業して不動産会社に勤めるマリリーが語り手となり、主人公のひとりとなって展開する、もうひとりの伯父レクス・ワースをめぐる物語である。レクスは若いころ、向こう見ずで放逸な生活をおくっていたが、やがてマーサ・マクレランドという女性と結婚して落ち着き、妻の一族の所有する農地を耕し、管理しながら暮らしていた。しかしながら彼の心の中には、常に、一家の主人でありながら強大なマクレランド一族のとりこにすぎないという意識が根強く巣くっていた。そしてある日、妻と息子アンドルーが勝手にもちこんだ不動産売買の件で激怒し、トレーラーに気に入りの雌馬を乗せ、集配用小型トラックでかって狩猟キャンプを張ったことのあるデルタ地帯へと出奔してしまった。マリリーは皆の要請のもと、知人の助けを得て伯父の居場所を突きとめ、その知人といっしょに双眼鏡で沼地で営まれている彼の生活を覗き見る。彼は、昔、キャンプの世話をしてくれた男の若い娘とその子供と暮らしていて、そこには、「血の繋がりのある家族ではない、神に選ばれた家族のようなものがあり」[注15]、マリリーはそのとき、なにか季節外れの小春日和に思いを馳せながら、「レクス・ワースが日日解こうとしながらも、いまだに解けていないに違いない問題」[注16]を知るのである。だが、やがて寒冷前線に巻きこまれて天候が一変すると、伯父は妻と息子のもとへ帰ってきた。そしてマリリーは、あれこそが彼の居場所であり、あれこそが本当の家族というものだとするならば、なぜ伯父はそれを棄てて帰ったのだろうかと思う。小春日和のような束の間の夢世界を、血の束縛から逃れて瞬時、過去を、自由を生きたレクスが、再び帰らなければばならなかった現実の世界。二つの世界の間で揺れ動きつつも、ついには決断を下した彼の行動は、おそらくはワース家の物語を語りながら、マリリー自身もまた日日揺れ動き、決断を迫られていた行動であったのかも知れず、最後に、「レクス伯父さん――いったい彼はどんな夢を心に描いていたのだろうか?」[注17]と自問するように、それは彼女の、そして彼女なりの「受容」であるに違いない。

3　フォークナーの影からの脱出

「南部風景」と「シャロン邸」とが比較的平易な一人称語りの追想であるのに対して、「小春日和」では時間があい前後したり、数数の副次的な出会いや想像による会話が混じったりして、物語が複雑化し、マリリーもまた物語の中心から、筋を離れてその観察者へ、解説者へと移行してきていることを指摘した前述のテリー・ロバーツは、このように漸次強まってゆく登場人物の中の客観性こそが、スペンサーの技法上の熟達度を示すものだと述べている[注18]。『マリリー』の「序文」の中で、「彼女は私ではない」と著者は記しているが[注19]、物語の背景といい、マリリーの言動、性格づくりといい、それは、たとえばキャサリン・アン・ポーター (Katherine Anne Porter, 1894-1980) の作品に登場するミランダが、キャサリン・マンスフィールド (Katherine Mansfield, 1888-1923) のローラやケザイアがそうではない程度に作者そのものではないだろうし、また、彼女たちがそうである程度には作者であるだろう。とにかく、『短篇集』の第一期、第三期のマリリーよりも遙かに成長した「小春日和」の彼女は、いっそう色濃く作者の思いを、姿勢を映し、それは「序文」でユードラ・ウエルティ（Eudora Welty, 1909- ）が指摘する、「南部人に特有とは言い難いひとつの才能、つまり、冷静に偏見なく物事を判断できる天与の才能」〔注20〕に恵まれたスペンサーの分身だと断じてもまず間違いはない。

スペンサーと同じく、フォークナーの存在を強く意識して、「フォークナーが私たちのまん中にいるということだけで、作家の可能性ないしは限界というものにおのずと大きな相違が生じてくる。誰ひとり、デキシー特急が驀進する同じ軌道に自分の騾馬ひき車をはまりこませたくないのだから」〔注21〕と語ったフラナリー・オコナーは、フォークナーよりもさらに迫真的とさえ言える日常的怪奇性の中に、真正で揺るぎない神学的枠組を構え、独自の世界を築きあげることによって偉大な先達の影から一歩抜け出たが、スペンサーもまた、若い時代にミシシッピという母港を船出して、そのまま長い海外生活を送り、終始異国の地から故郷南部を眺め、南部人であると同時に異邦人でもあるという二重の立場、つまり複眼的考察で「心の風景」を追い求めることにより、南部の過去に沈潜し続けたフォークナーの影から抜け出たと言ってよいだろう。「黄昏」のヒロインで、「外国暮らしが長かったために、これぞ南部人の見方といった頑な物の見方をしないようになっていた」〔注22〕フランシス・ハーヴェイが、激しい心の葛藤を経たのちに、過去と歴史の重荷を背負う旧家の相続権を棄てて、恋人トム・ビーバーズと共に新しい世界へ旅立ってゆくあの姿は、そのまま作者の精神、姿勢の投影であり、その小説的表白の好例であるのだ。

スペンサーは、そちこちで企画された座談会の席上で、ごく若いころ影響を受けた作家のひとりとして、キャサリン・マンスフィールドの名をあげているが〔注23〕、思えばこの作家も短篇の名手であり、故郷ニュージーランドを離れてヨーロッパの地から、夭逝した弟と共に過ごしたウェリントンの生活を「心の風景」として描き続けた閨秀であった。一九一六年一月二十二日の日記の中で、彼女は、「今、今こそ私は私自身の国の思い出が書きたい。そうだ、私の貯えを使い果たしてしまうまで自分の国のことを書きたい。それは、弟と私が共にそこで生まれたから、そうすることが私に課せられた《神聖な負債》であるというのではなく、私が心の中で弟といっしょに想い出の場所を歩きまわっているためである。私はそれらの場所から遠く離れてしまってはいない。それらを書いて再生させてみたいのだ。ああ、あの人たち──私たちが愛した故郷の人たち──あの人たちのことも書いてみたい。これもまた別の《愛の負債》だ」〔注24〕と記している。

『至福』(*Bliss and Other Stories*, 1920)『ガーデンパーティ』(*The Garden-Party and Other Stories*, 1922)『鳩の巣』(*The Dove's Nest and Other Stories*, 1923)と、短篇作家としていわゆるニュージーランド物を中心に漸次、だが確実に開花していったマンスフィールドは、やがて自我が確立し、技法が完成するに伴い、諷刺と皮肉、ファルスに満ちたチェーホフ的世界と訣別してゆく。後年彼女は、暗澹たる現実を映しだす処女短篇集『ドイツの下宿屋』（*In a German Pension*, 1911）を「あまりにも未熟で自分のものとも認めてすらいない」［注25］と断じて切り捨てている。マンスフィールドの初期の暗い世界からの離脱は、それはそのまま、スペンサーのフォークナーへの挑戦、そしてその影からの脱出と重なるだろう。

注

［1］Louis D. Rubin, Jr., *The Curious Death of the Novel: Essays in American Literature*（Baton Rouge: Louisiara State UP, 1967）286.

［2］翻訳書としては、青木秀夫訳『天使たちの広場』（*The Light in the Piazza*）（早川書房、一九七二年）と、原川恭一訳『黄昏――エリザベス・スペンサー短篇集』（*The Stories of Elizabeth Spencer*）（松柏社、一九九八年）くらいしかない。

［3］Elizabeth Spencer, *The Stories of Elizabeth Spencer*（Garden City, NY: Doubleday & Company, 1981）（"Preface"）*xiv*.

［4］Peggy Whitman Prenshaw, ed., *Conversations with Elizabeth Spencer*（Jackson and London: U P of Mississippi, 1991）59.

［5］*The Stories of Elizabeth Spencer*,（"Preface"）*xiv*.

［6］*The Stories of Elizabeth Spencer*,（"Preface"）*xiv*.

［7］*The Stories of Elizabeth Spencer*,（"Preface"）*xv*.

［8］Elizabeth Spencer, *Marilee*.（Jackson, MS: U P of Mississippi. 1981）24.

[9] Elizabeth Spencer, *Landscapes of the Heart: A Memoir* (New York: Random House. 1998) 6-7.

[10] *Marilee* 10.

[11] *The Stories of Elizabeth Spencer* 40.

[12] *Marilee* 35.

[13] *The Stories of Elizabeth Spencer* ("Preface") *xv.*

[14] Terry Roberts, *Self and Community in the Fiction of Elizabeth Spencer* (Baton Rouge and London: Louisiana State U P, 1994) 96-97. テリー・ロバーツは、この短篇の最後の "It (blood) was there for good." を取り上げて、"for good" には "forever" と "for the benefit of all" の両義があり、"At the close of this central story, Spencer manages to capture both the daunting complexity of her southern heritage and her growing acceptance of it--in a single phrase."と記している。

[15] *Marilee* 60.

[16] *Marilee* 60.

[17] *Marilee* 63.

[18] Roberts 100.

[19] *Marilee* 7.

[20] *The Stories of Elizabeth Spencer* ("Foreword") *xviii*

[21] Flannery O'Connor, "Some Aspects of the Grotesque in Southern Fiction," *Flannery O'Connor: Mystery and Manners,* ed. Sally and Robert Fitzgerald (New York: Farrar, Straus & Giroux, 1969) 45.

[22] *The Stories of Elizabeth Spencer* 28.

[23] たとえば、*Conversations with Elizabeth Spencer*の中で、“When I was in college, I had a natural inclination to write a little like Katherine Mansfield. So it seemed to me that if I was ever going to firm things up and be the kind of writer I wanted to be, I needed to escape a feminine sort of hovering over things, an overly-sensitive poetic prose like Mansfield’s or Virginia Woolf’s. To get away from that, I read a lot of Hardy and Conrad--excellent writers with a very firm, controlled style.”（p. 60） “At the start, I felt put off by sensitive woman writers whom I’d read but did not want to be like, even though I’d started by admiring them. I mean someone like Katherine Mansfield, then later Virginia Woolf.”（p. 126）と語っている。

[24] Murry, J. Middleton, ed., *Journal of Katherine Mansfield*（London: Constable, 1954）93-94.

[25] Murry, J. Middleton, ed., *Katherine Mansfield’s Letters to John Middleton Murry: 1913-1922*（London: Constable, 1951）467.

テクスト

Spencer, Elizabeth. *The Stories of Elizabeth Spencer.* Garden City, NY: 1981.

______. *Marilee.* Jackson, MS: U P of Mississippi. 1981.

（本稿の一部に、拙訳『黄昏――エリザベス・スペンサー短篇集』に付した、「訳者あと書き」と重複するところがあることをお断りしておきたい。）

執筆者一覧

◎坂野明子（さかの・あきこ）
専修大学文学部教授
主要著書：『アメリカ短篇小説を読み直す』（日本マラマッド協会、北星堂、共著）
『女というイデオロギー』（南雲堂、共著）

◎藤平育子（ふじひら・いくこ）
成城大学文芸学部教授
主要著訳書：『カーニヴァル色のパッチワーク・キルト――トニ・モリスンの文学』（学芸書林）
フォークナー全集『随筆・演説他』（冨山房、共訳）

◎高階　悟（たかしな・さとる）
秋田県立大学総合科学教育研究センター教授
主要著訳書：『たのしく読めるアメリカ文学』（ミネルヴァ書房、共著）
『公共性の喪失』（晶文社、共訳）

◎小野雅子（おの・まさこ）
國學院大學文学部非常勤講師
主要論文：『響きと怒り』におけるCaddy Compson――真実を求めた少女の悲劇」（*Soundings* 20）
「「熊」のアイクに見る現代アメリカ人の成長と挫折」（湘南工科大学紀要　第29巻第1号）

◎高田修平（たかだ・しゅうへい）
九州東海大学総合教育研究センター助教授
主要論文："Subject and Subjection in Pynchon's *Vineland*"（九州アメリカ文学No. 39、九州アメリカ文学会）
"*Mason and Dixon* as "Oedipalized" and "Schizophrenic" Characters"（九州アメリカ文学No. 40、九州アメリカ文学会）

◎鬼塚大輔（おにつか・だいすけ）
静岡英和女学院短期大学英文学科教授
主要著書：『論文・レポートを書くためのアメリカ文学ガイド』（荒地出版社、共著）
『活劇帝王70s/マグナム・アクション列伝』（フィルムアート社、編著）

◎並木信明（なみき・のぶあき）
専修大学文学部教授
主要著書：『アメリカ短編小説を読み直す』（日本マラマッド協会、北星堂、編著）
『映像文学にみるアメリカ』（日本マラマッド協会、紀伊國屋書店、共著）

◎本間章郎（ほんま・あきお）
駒澤大学外国語部非常勤講師
主要著書：『アメリカ文学の冒険――空間の想像力』（彩流社、共著）
「戦争の表象と人種問題の回避――『征服されざる人々』におけるベイヤードの「語り」」
『フォークナー』第2号　（フォークナー協会、松柏社）

◎佐々木英哲（ささき・えいてつ）
桃山学院大学文学部講師
主要論文："*The Blithedale Romance*: Coverdale's Establishment of His Own Identity and the Middle-Class Ideology"　(*Forum* 3)
"Hawthorne's *The Marble Faun*: The Collapsing Patriarchy Unveiled"　(*Forum* 4)

◎酒井喜和子（さかい・きわこ）
いわき明星大学非常勤講師
主要論文：「岩野泡鳴とエマソンの超絶主義」（山梨学院大学一般教育部論集第17号）
主要著書：『楽しく読めるネイチャーライティング――作品ガイド120』（ミネルヴァ書房、共著）

◎新井透（あらい・とおる）
名古屋市立大学助教授
主要著書：『英米文学と言語』（ホメロス社、共著）
『アメリカ文学の冒険――空間の想像力』（彩流社、共著）

◎金谷優子（かなや・ゆうこ）
獨協大学非常勤講師
主要著書：『たのしく読める英米幻想文学』（ミネルヴァ書房、共著）
『シャーウッド・アンダソンの文学』（ミネルヴァ書房、共著）

◎原川恭一（はらかわ・きょういち）
武蔵野女子大学文学部教授
立教大学名誉教授
主要著書：『魔神の歌――W. フォークナー作品論集』（表現社）
『アメリカ文学の冒険――空間の想像力』（彩流社、編著）

文学的アメリカの闘い
多文化主義のポリティクス

二〇〇〇年五月二十日　初版発行

編著者　原川恭一／並木信明

発行者　森　信久
発行所　株式会社　松柏社
〒一〇二-〇〇七二　東京都千代田区飯田橋一-八-一
電話〇三（三二三〇）四八一三（代表）
ファックス〇三（三二三〇）四八五七
装幀　ローテリニエ
装画　安藤千種（パラダイス・ガーデン）
印刷・製本　（株）平河工業社

ISBN4-88198-935-9
定価はカバーに表示してあります。